卷八

梅娘文集

1936-2000

【诗歌 · 剧本 · 儿童故事 ·
连环画改编 · 未刊稿】

1996 年 11 月摄于泰国

1942 年 3 月

梅娘寄给老师孙晓野的签名照

1935 年 11 月

梅娘母校吉林女师校园内的魁星楼

1985 年 8 月
摄于镜泊湖

1980 年
摄于农业电影制片
厂门口

1987 年 9 月
摄于广州中山宾馆

1974 年
与外孙女柳如眉（左）胡雁（右）在一起
摄于北京中山公园

1988 年
摄于农影小区家里

1999 年
摄于北京农影小区住所

梅娘据鲁迅的译本编写的连环画脚本
图为2013年6月重版的封面 连环画出版社

1957年北京出版社出版
的梅娘改写的中国历史
通俗故事之一

梅娘根据凡尔纳原著小说编写的连环画脚本
1958年5月由人民美术出版社出版，至1981年9月第三版已印刷785,000册

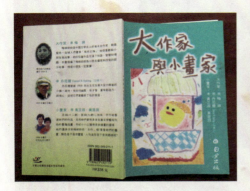
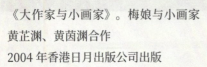

《大作家与小画家》。梅娘与小画家
黄芷渊、黄茵渊合作
2004年香港日月出版公司出版

《我的小鸟朋友》。梅娘文，黄芷渊绘

2013 年 3 月与黄芷渊（后排右）、黄茵渊（后排左）在新加坡相聚。
那时距梅娘离世不到 2 个月。

为表彰梅娘对《农业影视》编辑的贡献，2005 年特颁发获奖证书。

1996 年夏

摄于北京农影小区住所

主编例言

《梅娘文集》第 8 卷

梅娘（1916-2013），原名孙嘉瑞。吉林长春人。从 1936 年 5 月 20 日在长春发表散文《花弄影》，到 2013 年的随笔《企盼、渴望》在北京面世，她执笔为文近 80 载，是中国现代文学史上屈指可数的"长时段作家"。

梅娘的创作生涯大体上分为隔断清晰的五个时段。

第一个时段，1936 年至 1945 年，20 至 29 岁，大约十年。曾短期在长春、北京的报社、杂志任职，基本上专职写作，以小说家名世。出版有新文学作品集四种，还有大量的儿童读物单行本。署名玲玲、孙敏子、敏子、芳子、莲江（存疑）、梅娘等。与内地（山海关以南）相比，新文学在东北的发生滞后。1936 年梅娘在长春益智书店出版的《小姐集》，很可能是苦寒北地的第一部个人的新文学作品集，标志着五四开启的现代女性新文学写作，在正处于水深火热之中的东北落地、开花。

第二个时段，1950 年至 1957 年 8 月，34 至 41 岁，八年。先后入职北京的中学、农业部农业电影社。使用梅琳、孙翔、高翎、刘遐、瑞芝、柳霞儿、云凤、落霞、王崇、白芷等笔名，在上海、香港发表了数量可观的作品。为北京、上海、辽宁等地的美术出版社编写了大量中外文学名著连环画的文字脚本。出版有通俗故事单行本。

第三个时段，1958 年秋至 1960 年冬，42 至 45 岁，接近三年。在北京北苑农场期间，被选入由劳改人员组成的翻译小组，承担日文翻译，也参与其他语种译文的文字润色工作。匿名。

第四个时段，1979 年 6 月至 1986 年，63 至 70 岁，大约八年。恢复公职后，在香港以及上海、北京等地发表随笔和译文，出版有译著。署用柳青娘以及本名。

第五个时段，1987 年至 2013 年，71 至 96 岁，大约二十七年。开始启用笔名梅娘。以散文写作和翻译为主。出书十五种。

其中，第一、第二和第五这三个时段最为重要，也均与张爱玲有着不解之缘。

在第一个时段，梅娘以其丰厚的创作实绩，成为北方沦陷区代表女作家，当年新文学圈内曾有"北张南梅"（欧阳文彬语）之说。[①]诗人、杂文家邵燕祥 (1933-2020) 回忆他在北京沦陷期

---

① 欧阳文彬：《孙嘉瑞的现实材料 (1955 年 9 月 5 日)》。

阅读《夜合花开》的感受时说，"我从而知道有一种花朝开夜合，夜合花开，寓意是天亮了。她的小说好读的，不难读。说是'南张北梅'，南张（爱玲）我当时没读过，但是梅娘我从小就知道。"①而上海沦陷区作家徐淦（1916-2006）在 1950 年代初的表述是："在敌伪时期北京有个叫梅娘的女作家，同上海的张爱玲齐称"。②1945 年 5 月 30 日，有一则《文化消息》披露，南北正在竞相盗版对方的畅销书："南方女作家张爱玲的《流言》、苏青的《涛》，均在京翻印中。同时华中亦去人翻北方女作家梅娘之《蟹》。此可谓之南北文化'交''流'"。③这或可充作沦陷期的一个间接证据。还有另一个。南京在一个月前出版了《战时文学选集》，收小说十篇，作者除王予（徐淦）和北京的曹原影响略小外，均是南北文坛的一时之选。女性仅两篇：张爱玲的《倾城之恋》，梅娘，《侏儒》。④

在第二个时段，即共和国建政初期，梅娘在上海、香港发

---

① 邵燕祥：《一万句顶一句：邵燕祥序跋集》，北京十月文艺出版社，2016。第 316-317 页。

② 见《抄于新民报·唐云旌交代的社会关系（1956 年 1 月 7 日）》。

③ 引文中的"华中"，即今华东。"去人"，疑"有人"之笔误。

④ 《战时文学选集》，中央电讯社编印，1945 年 4 月。该书收入了张爱铃、张金寿、爵青、梅娘、萧艾、曹原、王予、袁犀、山丁、毕基初十位作家的作品。书前有穆穆（穆中南）的《记在前面》。

表了一大批小说、散文。这些作品长期以来鲜为人知，而时任上海新民报社负责人的欧阳文彬，见证了梅娘与张爱玲在"亦报场域"同台为文。前者发文超过 430 次，后者 400 次。两人旗鼓相当。

在第五个时段，梅娘怀人纪事文的数量颇为可观。对于沦陷期是否有过"南玲北梅"说的问题，有文章加以探讨或质疑，[①]最后争论溢出了通常意义上的史实考证，返回到我们应当如何评价沦陷区文学的原点。同时，也引出如何解读作家自述作品的接受美学问题。[②]对于梅娘重新发表旧作时所做的修改，有的研究做了认真的实证分析，也有的"上纲上线"一笔了之。[③]所有这些讨论或商榷，均有助于梅娘乃至沦陷区文学研究的深化。

梅娘在以上各个阶段都笔耕不辍，然而由于各种各样的原因，有相当数量的作品从未结集出版。有鉴于此，编纂梅娘的

---

① 最早质疑"南玲北梅"说的，可能是我的《华北沦陷区文学研究中的史实辩证问题》（《中国现代文学研究丛刊》1998 年 1 期）。

② 参见张泉：《关于"自述"以及自述的阅读》，《芳草地》2013 年 1 期。

③ 参见张泉：《构建沦陷区文学记忆的方法——以女作家梅娘的当代境遇为中心》，《山东社会科学》2013 年 10 期。

全集，便提上了议程。①

这版《梅娘文集》分为 9 卷。第 1、2、3 卷为小说卷，书名分别为《梅娘文集·第 1 卷 / 小说卷·卷一（1936-1942）》《梅娘文集·第 2 卷 / 小说卷·卷二（1942-1945）》《梅娘文集·第 3 卷 / 小说卷·卷三（1952-1954）》。第 4、5 卷，散文卷，书名，《梅娘文集·第 4 卷 / 散文卷·卷一（1936-1957）》《梅娘文集·第 5 卷 / 散文卷·卷二（1978-2013）》。第 6、7 卷，译文卷，书名，《梅娘文集·第 6 卷 / 译文卷·卷一（1942；2000）》《梅娘文集·第 7 卷 / 译文卷·卷二（1936-2005）》。第 8 卷，书名，《梅娘文集·第 8 卷 / 诗歌·剧本·儿童文学·连环画及未刊稿卷（1936-2000）》。第 9 卷，书名《梅娘文集·第 9 卷 / 书信卷（1942-2012）》。另有附录卷，书名为《梅娘的生平与创作——年表·叙论·资料》。

本卷为 9 卷本《梅娘文集》的第 8 卷，将梅娘 1936 至 2002 年的其他题材的作品分四辑收集在一起。包括新诗 9 首（1936-2002）、科教片电影文学剧本 5 个（1980-1985）、儿童故事

---

① 详情见张泉：《东北首部个人新文学作品集〈小姐集〉的发现——从寻访梅娘佚文的通信看文化场人情世态》，《燕山论丛 2022》，燕山大学出版社，2022。以及《梅娘文集》附录卷《梅娘的生平与创作——年表·叙论·资料》中的梅娘叙论《二十世纪"长时段作家"梅娘及其全集的编纂》。

17 篇（册）（1936-2000）以及连环画改编 5 本（篇）（1950-1958）。最后是未刊稿小说《芦苇依依》。新中国初期，就连文化古城北京的文盲人口也高达百分之八十。这样，在 1950 年代的文化普及热潮中，连环画，俗称小人书，就有了用武之地。好一点的连环画往往是一版再版，发行量非常大。梅娘的小人书的文学脚本远不止这几本。由于图书馆大多不典藏连环画，搜寻起来异常困难，只能寄希望与今后有个人收藏家来锦上添花。中篇小说《芦苇依依》背后的故事，参见注释所提介绍梅娘作品及其背景的专文。

张 泉

于京东北平里

2022 年 9 月 25 日

2023 年 4 月 11 日改定

目录 Contents

📖 儿童故事

诗歌

世 间

署名：玲玲

初刊"新京"（长春市）《大同报》
1936 年 10 月 4 日

抱着颗轻纱的心

我飘飘的飞向世间

世间有的该是欢欣与愉快

我要将我的心渲染上鲜艳的色彩

最先我遇见一个笑容

一个耀着红光的笑容

牠殷勤的靠近了我

却在我的心上画上条赭红

为什么你不给我——

像你一样美丽的！

牠蔑然地笑了

你——你难道不知道笑容中是藏着虚空？

第二次我遇见了柔情

辉着火青色的柔情

我稚气的望着牠

柔情中有的该是真情？

谁知牠在我心上印了条灰蓝！

一条死寂的灰蓝——

牠还历然的申斥我

你——你不知道世间就没有真情？

三次我遇见了温存

带着橙色的温存

我哀伤地走向牠身边

牠微笑地在我心上刻上条昏黄

我惊异地望着牠——

牠石头样的看了看我

孩子！你不知道温存本是石样的硬

我又遇见了欢欣

灿着桃色的欢欣

我不敢走上前去因为——

我的心上已经是灰暗和昏黄

牠跳跃的逗着我

姑娘！你真的不要欢畅？

我无力的挨近了牠

牠猛地在我心上印了一掌

约！死血样的紫黑！

我不自觉的晕倒在路上

昏黄、紫黑、赭红、灰蓝

我的心上交织着寂寞与凄伤

空中还隐隐的荡着歌声

声颂着人间的欣笑

天！是我笨呢？

还是人间真的就是装满欺谎？

秋 花

署名：玲玲

初刊"新京"（长春市）《大同报》
1936 年 10 月 8 日

是秋风吗，吹进了纱窗？

灯摇曳着，

墙纸沙沙地响。

吹醒了午夜的梦，

梦也是冷的，但觉

满目昏花，不，

是秋花开遍了人家。

辽远的吠声，记起

童年夜醒，妈妈拍着。

"狗来了，别说话，

好好的睡吧！"如今，

自家拉上了被角，

缩成了一团，还等什么？

忽的一个希望袭上了心，

眼泪遮不住微笑，

秋花突然化成了金花。

秋 思

署名：玲玲

初刊"新京"（长春市）《大同报》
1936 年 10 月 16 日

一生能有多少，

落日的光景？

远天鸽的哨音，

带来思念的话语，

瑟瑟的芦花白了头，

又是一年将去。

城下路是寂寞的，

猩红满树，

零落只会自知呢：

行人在秋风中老了。

江风

署名： 敏子

初刊《小姐集》益智书店出版
1936 年 12 月 11 日

"小姐！挨紧我吧！我感到凉呢！
你没听见风更加劲地笑了吗？"
别划了，让船自己飘下去吧！
浪是这样美哟！

看呀！小姐！风吻着可真底脸呢！
你没看见她底短发在舞吗？
呀！它又蹿在我底衣衿里了。
它要向你奔去呢，

去了！去了！小姐！
不要让它在你底裙子里跳荡吧：
它是顽皮的孩子呢，

到岸了吗？呀！真快！
小姐！跟风说再会了吗？
真的，它不再跟我们来了，
你看江上不是又开了银花吗？

过去的生命

1936 年 12 月 "新京" （长春）
益智书店出版的《小姐集》

呀！又是半年！

真的！这半年又去了。

我亲自看着它走的。

在教室里，

在宿舍中，

在操场上，

我都听见那索索的，轻轻的，悄悄的步调。

我去抓它。

它从指缝间溜去。

我去追它，

它又在脚步中逃去。

我惘然了。

于是，拿起笔来，

我企图留它在纸上。

然而从笔尖留下来的却只是：

朦胧，凄寂。

真的，它真的去了。

在教室里，

在宿舍中，

在操场上，

我都听见那索索的，轻轻的，悄悄的步调。

迷惘

署名： 敏子

原载《小姐集》1936 年 12 月
益智书店初版

握着手帕，拢着发！我尽力地追着前面飞跑的车，

我要去抓那支摇摆的手，

喘息扼着我底喉

疲乏赖在我底身上。

伸开手躺在手心里的是烟底尾巴，

转过身子，迷惘抓着我底心

手儿无力地垂下了。

抬起头来，云正向我眨着眼睛

ＸＸ！真的忍心去了吗。

慈爱的满洲大地

初刊"新京"（长春市）《大同报》
1937 年 12 月 14 日

终有一天，

那一天我会寂然地死去。

许在寒冷的清晨，

许在幽凄的夜里。

于是人们传说着，

喟叹着，

夹杂着虚伪的情意，

随即将我悄悄地忘记，

爱和恨都扔在东风里！

只有你——

我底满洲，我底慈爱的满洲大地！

你会将我紧紧地拥在怀里，
多情而亲密的！
即使我变成了泥，
化成了灰，
我知道，
你也永不会遗弃我的。

春来！
装点了繁茂的树，
装饰了灿烂的花枝，
山野里回荡着人们的深情蜜意。
只有你！
我底满洲，我底慈爱的满洲大地！
记着枯苦的我！
替我铺上了绿草，开了黄花
和你特有的醉人的大地的香气！

夏

酷热的太阳，

蒸干了树，蒸干了花，

蒸干了地里的稼粮。

人们吝啬地把水全留下了，

为了他们依底花，

他们底牲畜，

和他们底家！

只有你——

我底满洲，我底慈爱的满洲大地，

记着饥渴的我，

替我预置了湿润的土壤。

秋

带给人们丰收，

送给人们秋高气爽，

人们怀抱着无限的欢畅。

然而她却抢去我底花！

而且将绿草变为枯黄，

仅留给我一片荒凉。

只有你——

我底满洲，我底慈爱的满洲大地，

记着凄惨的我，

将温软的风带给我，

并为我红了半山枫叶。

冬

朔风转起人们"年"的纷忙

大雪里赶着"岁暮"的集场

有人在围炉话衷肠,

酡红的脸,怡悦的心情。

我将永远被忘在记忆外头。

只有你

我底东北,我底慈爱的满洲大地

记着冷寞的我

为了披上了皑然的雪裳,

替我驱走了骚扰的寒鸦,

温情地伴着我等待着再一个春的高唱!

如今梦都迟重的

初刊"新京"（长春市）《诗季》第 1 卷春季号
1940 年 6 月 1 日

如今梦都迟重的，

那一夜，

沙漠风在我窗外呼啸着，

大粒的沙砾从窗隙直送到我底眼前来，

我并没有将桌灯扭开。

青色的月光照着我，

她正如我那时的心，

被摇撼着，

而且时有黑色的云，

从上面掩过去。

小的孩子睡着，

大的正在我旧日放着绫花的地方

玩着一只美丽的有弹簧的盒子，

她身下的绒垫和盒子都旧了，

在那绒垫上，

我曾摇摆着，歌唱着，

举起我的第一只画眉的笔。

盒子是我曾装着化妆零件的。

孩子一意地

打开了盒子又按上，按上了又打开，

且用嘴轻轻地吻着盒际，

我眼前浮出了一个年青的，

系着大的绯色的绫花，

带着青春的欢笑的脸。

耳旁遥远地响起了一个飘渺的声音，

我无缘由地伸出双手来。

孩子投进我底臂中，

小手双双地按在我底前胸，

我底心由十年前重坠回到一个梦里

在那梦里，

我在深陷的泥泞中拔着沉重的腿，

肩上负着压过头的东西。

孩子揉着眼睛。

头歪斜地倚在我底胸前，

放她在床上。

我轻轻地扭开了桌的灯，

在一封未写完的信上，

我续写着：

"云雀底歌是不如鸦底叫的。"

于是再扭黑了灯，

我默默地看着正走到窗前的月亮。

第十三片绿叶

初刊北京《稻香湖》第 11 期
2002 年 2 月 20 日

我徜徉在麦田中间；
抚摸着一片绿叶。
被称作旗叶的她，
并不宽硕，也不是绿得格外诱人，
婷婷地伫立在麦株的顶端。

有微妙的芒刺感，
她在我抚摸的手下，迎风轻颤，
无声地向我展示着生命的邃秘。
当有人把空气、阳光和水交给你，
要你制造食粮时，
你会讪笑他疯了。
而麦株顶端的这片旗叶，
这片并不宽硕、
也不是绿得格外诱人的旗叶，

却为全麦株运送着百分之七十的营养

把空气、阳光和水转变为籽粒。

我徜徉在麦田中间

向每片婷婷轻颤的旗叶致敬。

从麦株的根部向上数，

旗叶恰恰是第十三枚叶片。

西方谚语中不祥的数目！

旗叶在我温存的掌下轻颤，

但愿我的痴爱不致干扰，

不致干扰她那独特的运行，

不致干扰她那坚实的奉献。

我徜徉在麦田中间

向每片迎风轻颤的旗叶致敬

奉上一颗迟暮之心

一颗为坚实的奉献欢呼的

迟暮之心。

1998 年 8 月于北京

科教片电影文学剧本

红松林的故事①

署名：孙嘉瑞

初刊北京《大自然》杂志
1980 年 2 期

请听我讲讲红松林的故事。

世界上称我国是红松之国，是红松的故乡，这一点也不假。请看这张地图：

北起北纬 49°20′ 的小兴安岭北坡的黑龙江省孙吴县，到北纬 40°20′ 的长白山西南麓的辽宁省宽甸县，东起东经 134° 的完达山东麓的黑龙江省饶河县，到东经 124°45′ 的辽宁省本溪县，南北约九百公里，东西约五百公里。在这浩瀚的林海里，上层是以红松、阔叶树为主的，树龄在百年以上的大径木；中层是以红松、云冷杉为主的中径木；下层是以红松、云冷杉为主的幼树，地表上是一层针叶幼苗。真是针阔相交，树冠层层，组成了红松森林群落。林相之美，称得上是众树之冠。

红松，是世界上仅存的五针松中的珍贵树种，材质优良，纹理美观，不挠不裂，抗压力强。又耐朽，又有光泽，而且气味芳香，是不可多得的上等木材。

---

① 此文为农业电影制片厂所作，科教片电影文学脚本。

在过去那漫长的岁月里，红松是怎样更新繁殖的呢？

咱们先来看看红松的种子。

天然红松，一般要长到百年以上才能结实。红松的球果，在种子成熟以后并不开裂。就是落在地上，也滚不了多远。它是怎样传播的呢？

红松籽很香，富有脂肪，是寒冷地带最有营养的食品，鸟兽都喜欢吃它。快看，吃松籽的来了。

以灰鼠为代表的林栖小动物最喜欢吃松籽了。这个机灵的灰鼠，先把球果震落到地面上，饱餐一顿，然后在舌囊里藏上十颗、二十颗的，找个草稀的地方埋藏起来，留待以后再吃。

以后嘛，小灰鼠忘记了自己的储藏库，左寻寻，右找找，糟糕！没有找到。有的储藏库找到了，但没有掘完。饱含着生命的松籽，悄悄地在土壤里扎下根去。吃松籽的鼠类在替人们营造着红松林。

星鸦也非常喜欢吃松籽，把它的尖嘴从红松球果的鳞片间伸进去，叼出一颗，再叼出一颗。吃足了，就把松籽存在舌囊里，然后去藏在枫桦树桠、椴树的皱褶里。风把松籽摇落下来。松籽在这些阔叶树的树冠下安家了。

红松破土出苗了，特别喜欢荫湿。红松母亲的林冠又大又高，再加上和红松混生的柞树、椴树、核桃、楸树的阔叶，结成绿色的穹庐，太阳晒不透，寒风吹不进，冷雪落不下，形成又湿又暖的小气候区，像母亲照顾宝宝们那样，为小红松的冷暖操着心。

小红松也不愁没有营养，妈妈落下来的针叶，要十年才能变腐沤烂，但是阔叶树的叶子，却只需要两三年，就可以被地表水泡软沤烂，变成腐殖质渗入大地。而其他林栖动物，也不断有残骸遗留下来，这些腐烂了的皮肉骨骼，为红松林提供着氮、磷、钾。

幽闭的红松林冠下，长着珍贵的人参、五味子、贝母、黄芪；长着茂密的羊齿。这是个多么舒适的所在。吃草的梅花鹿愿意在这里遨游，食量大的野猪也贪婪这里丰富的草类。有了梅花鹿，有了野猪，食肉的东北虎和金钱豹也就跟踪而来了。

因为有了嗜食松籽的鼠类，就招来了吃鼠的黄鼬和紫貂。紫貂捕食起灰鼠来，又快又准。而黄鼬更是摸准了鼠类的习性，十拿九稳，无怪乎乡亲们把黄鼬叫做黄鼠狼了。

大地孕育了红松，红松摄取阳光，为自己制造营养，红松承受雨雪，涵养了水源，又固定了泥沙。以至发源于长白山的松花江，水清见底，被乡亲们誉为铜帮铁底。每当松花落下，碧绿的江面上泛流着嫩黄的花朵，景色真是美极了。

红松为了延续后代，生长了喷香的松籽。鼠们为了取食松籽，蜂拥而来。紫貂和黄鼬为了饱餐鼠肉，又跟踪而至。梅花鹿喜欢吃这肥美的蕨和树叶，野猪中意这茂密的芳草野果，而东北虎和豹又垂涎这肥嫩的野猪和鹿。无论是小小的鼠类，还是凶猛的虎豹，又把自己的残骸归还给大地，为大地输送营养，形成了这样一个由土壤到植物、到动物、再到土壤的食物链。这就是自然生态平衡的一个缩影。

和红松混生的柞树和椴树，是木耳的滋生树。林海里的黑木耳，个大肉厚，被誉为菜中珍品。而寄生在腐朽的阔叶树上的各种蘑菇，香味醇厚，细腻可口，上好的松蘑、黄蘑或是榛蘑，早已扬名海内。

你很可能想象不到，红松的花粉是一种难得的中药。它能够润心肺、益中气、除风止血。松针油是润滑油和高级化妆品的原料。松针含有大量的维生素丙，用松针粉喂鸡，下的鸡蛋又大又香。松脂可以熬取松香，更是众所周知的了。连包着松籽的鳞片都可以提炼出芳香油来。你看，我们的红松林是多么富饶的宝库。

对于这样一个自然宝库，我们应该怎样珍惜、利用呢？

我们的社会主义建设，需要大批的木材。于是伐木大军进山来了，见一棵、砍一棵，见两棵、伐一对。砍呀！锯呀！电锯呜呜叫着，拖拉机嗒嗒响着。大树倒下来，中树倒下来，连小树也倒下来了。松树的幼苗在拖拉机的履带下碾伤了。森林不见了，剩下的只是一行行的木桩。单从暂时增加木材产量的角度来说，好像是合理的。因为这样"砍光头"的作业，出材多、省工时、便于机械作业。可以说是成本低、收效快。

可这是杀鸡取蛋的作法。

不要以为我们浩瀚的林海是砍不完的。我们原是个少林的国家，森林覆盖率只有百分之十二点七，比世界平均水平百分之二十二还低，比起一些国家林复被率百分之三十以上那就低得更多了。若是这样伐下去，二十年后我们将无林可伐。不但出不了木材，而且破坏了自然的生态平衡，将招致大自然的报复，引起一系列的恶果。

也有人这样讲了，有伐也有造嘛！你总不能看着浩瀚的林海不用，做自然的看财奴吧！

这还得从红松的生态特性说起。红松的幼树喜荫，在郁闭的林冠下长得很慢很慢，但长得笔直，很漂亮。这棵八十八岁树龄的树干横断面就足够说明问题了：前六十年中树径只长了十七厘米；而后二十八年，树径却长了三十一厘米。这就是说：后二十八年长了前六十年的几乎一倍。若是把这样生长材积的树砍倒是多么不合算的事。你算算看，要少得多少木材啊！

许多幼树更是如此，在它没有成为栋梁的时候就把它砍掉，既出不了材，也顶不了用，多可惜啊！

咱们再来看看我们营造的人工红松林。肥硕饱满的红松籽播下去了，好久没有吃到红松籽的灰鼠还以为是自己的储藏品呢，赶紧扒出来吃掉了。幸存下来的松籽破土出苗了，高山的太阳火辣辣地照着，小红松东歪歪、西躲躲，哪儿也找不到一块遮荫的地方，长得七扭八歪，完全失去了母树那挺拔秀丽的模样。鼠们又来了，松籽找不到，饿极了，啃啃树皮也能充饥，树皮啃光，鼠们就只好搬家了。

松毛虫和其他害虫可高兴了，一下子占据了整个林场。从这棵爬向那一棵，刚刚绽生的嫩松针，多么芳香可口！害虫的天敌鸟儿们不愿在这缺荫少叶的人工林间安家，纷纷迁走了，最爱吃松籽的兰大胆，从上空飞过，连看都不往下看一眼。

土壤也叹息起来：由于没有阔叶，没有森林的残落物不断地产生和分解，没有林冠阻挡风雪，没有落叶截着径流，土壤又饥又渴，一点点地贫瘠下去。

没有林冠的郁闭，杂草可得意了。它们摄取着骄阳，高高地丛生起来。什么野刺梅呀！野百合呀！野菊花呀！各自占据了自己的阵地，真个是繁花似锦。可长的不是地方啊！把小红松的养分夺走了，原本要长一百年才能开花结籽的红松，还未成材，就提前成熟，提前结籽了。

　　还有更大的灾难等着人工红松林，晚秋和早春，气候寒暖不定，忽然袭来一股西伯利亚的冷空气，刀子一样刮在细嫩的红松上，小红松一下子就冻僵了。等到回暖，轻的留下块块冻疮疤，重的暖和不过来，小红松就夭折了。

　　风也并不因为小红松还很幼小就减少威力，没有宏大的树冠挡路，更是为所欲为。吹呀！吹呀，小红松弯着腰、弯着腰，再也站立不起来了。

　　没有阔叶树，就没有木耳和蘑菇；没有树荫，人参也就无法生存。一派生机的树林寂寞了，林栖的小动物不来，以鼠类为主食的紫貂和黄鼬也就不来了；没有适当的栖息环境，鹿和野猪远走他乡，食肉的猛兽当然也就不来了。扯断食物链，生态平衡破坏了。原想多收点木材，新生的树林起码要三十年才能勉强成林，到那时候才能谈得上收材，请算算这因为目光短浅而受到的损失有多大吧！

　　早在五十年代初期，有识的森林学家就呼吁，要根据红松的生态特性，进行择伐、采育兼顾。中国科学院林业所的刘慎谔教授，大声疾呼，要我们为人民造福，为子孙后代留下基业。这位爱国志士，以七十的高龄，不避艰苦，亲自搞调查，呼吁作到采前林一片、采后一片林，作到青山常在，永续作业。

　　采育兼顾，说的是：够径级的、成熟的、过熟的都可以伐，但不可以滥伐。要从保持生态平衡的角度出发，要考虑林冠的郁闭度。一下子伐空了，小气候骤变，中幼树很难适应，小苗更抵不住日光直晒，杂草也会趁此泛滥起来。

　　要留下足够的母树，有母树才能有足够的松籽，有松籽才能天然更新，还要考虑到留有一定数量的阔叶树。实践证明：三份阔叶、七份针叶的混交林，防风固土的功能最高，涵养水源，增加土壤的肥力的效益也最好。

从一时来说，择伐下来的树比"砍光头"少得多，可是，算细账得从长远看问题。按红松的生态习性来说，伐倒了大树、过熟树，中径树冲破上层林冠的锁闭，很快就能长出十倍、二十倍的材积来。

采育兼顾，不能直开运材通路，不便广设存放木材的楞场，不便于大规模机械作业，是比较麻烦。这也得算细账。留得红松林这个自然环境，就不怕没有鼠类，有鼠就有紫貂，就有黄鼬。

我还忘记给你们介绍出没在红松林中的猞猁。猞猁的皮轻而且暖。单是灰鼠、紫貂、黄鼬、猞猁这些珍贵的毛皮，就不知能为我们换回来多少急需的外汇。

提供木材，只是森林作用的五分之一，余下的五分之四可不容忽视。红松木再好，还可以用钱买到，红松林的功能价值可没法用金钱来计算。单单从调节气候这一点来讲，我们已经遭到了滥伐的恶果。林海中的乡亲们过去有个顺口溜，来形容森林城的小气候，说的是："伊春伊春十天九阴，一天不阴，雾气沉沉"。这反映了当时是气候湿润，雨量充沛。而七十年代统计，大气中的湿度已经降到了历年的平均度以下，有些森林植被破坏以后，经雨水冲刷，岩石裸露，三次造林不成林，有些地段甚至成为不毛之地了。

请珍惜我们富饶的红松之国吧！保护好森林环境，不仅是关系到小兴安岭的生态平衡，还会影响到黑龙江省和东北广大地区。假如把小兴安岭的红松林砍光，我们重要的商品粮基地三江平原就会失去天然的屏障，后果将不堪设想。请听我唱一支"红松之歌"：

"我是珍奇的五针松，

生长在高高的长白山上。

清澈的三江由我供给碧水，

叠翠的群山以我为盛装，

我招来了灰鼠、黄鼬，

为人间提供温暖的冬装，

我献上人参、黄芪，

为人们医治病伤。

还有我的木耳、蘑菇，

和山葡萄酿造的美酒，

请珍惜我这多种贡献，

不要把我砍尽伐光，

请珍惜我这多种贡献，

让我们共同为四化贡献力量。"

开吧！棉桃！[①]
——乙烯利催熟棉花

署名：孙嘉瑞

秋天，风吹着树梢，落叶在飞，显示寒霜来临的景象，镜头推至一株叶稠、枝密的棉株，株上青桃累累，引出片名。

《开吧！棉桃！》
——乙烯利催熟棉花

大片枝繁叶茂的棉田，推至单株，由下及上，看见下部结铃，上部的新枝新叶。

表示盛夏的镜头，柳丝低垂，蝉鸣。

叠印 冻桃特写，由单株上的冻桃拉出。

寒霜一来，冷风一吹，它就受不了啦，叶也蔫了，花也干了，秆也枯了。晚结的棉桃，勉强裂开的，纤维短、颜色发红。成了品质差，不能纺纱织布的霜后花。有的，连裂也裂不开了，得用手剥开，才能得到一点纤维，有的干脆冻坏了，一捏就出水。

---

① 此文为农业电影制片厂所作，科教片电影文学脚本。

能不能叫这些晚结的棉桃提前开裂吐絮，避过寒霜呢？咱们先来窥探棉桃成熟开裂的奥秘。

棉田中盛花，白、紫相间，由紫花特写到小青桃显露。

叠印 **小青桃逐渐长大**

在祖国北方，通常在七月底，棉花就开始开花现铃了。这时候，正是夏季高温季节。小锦铃在这热烘烘的气候里，十分称心。它长呀！长呀，一天天地膨大起来，只用了三个星期就长得够大了。

摘下一个棉桃细看，可以清清楚楚地看到，棉桃内部分成了好几瓣，每个瓣上都整整齐齐地排列着种子。种籽上长着纤维。

显微镜下的种子及纤维化入棉桃内部工作的动画。

不过，这时候，种子还没长成，纤维也很细弱。放在显微镜下看，这时候的纤维只是一根根管皮很薄的空管，一点弹力也没有。气温持续在摄氏廿度以上、棉桃内部紧张地工作着。看！种子一点点地成熟，纤维管皮逐渐充实加厚。种子就要完全成熟了。这时候，棉桃内部顺利地产生了一种被命名为乙烯的内源激素，乙烯可是个活跃分子，它一登场，就指挥棉叶停止光合作用，把养分迅速送给棉桃，棉叶一个个变红，蔫蔫地垂了下来，乙烯指挥棉桃外壳迅速脱水透气，壳皮干了、薄了，乙烯又把连结各瓣的组织溶掉，到棉桃自然开裂的前一天，棉桃内部的乙烯含量，也达到了高峰，科学家把乙烯的这个活跃过程，称之为棉桃的"转折"。

定格 **棉桃开裂，吐出白絮**。

棉桃顺利开裂了，洁白的纤维随风招展，乙烯出色地完成了任务。

晚结棉桃的遭遇可就不一样了。一到九月下旬，气温下降的很快。

每天在摄氏廿度以上的时数急骤减少。棉桃长是长起来了。内部的乙烯却因为没有足够的温度产生的很不顺利，少量的乙烯很难迅速地把棉桃的转折完成。一天又一天，一拖就是三四十天，枯霜来临，棉桃没有来得及在霜前开裂吐絮。成了僵花，纤维短，织不出高档布来。

农业科学家经过长时间的观察、试验、实践，根据内源乙烯催熟的特点，合成了一种放出乙烯的有机磷化合物。命名为乙烯利，用来作为催熟剂。喷洒在棉花上，增加棉桃内部的乙烯含量，帮助因为天冷而不能自然生出大量乙烯的棉桃完成"转折"任务，使棉桃提前成熟开裂。

调药的一组镜头

超低量喷雾器喷洒的镜头。

实践证明：最好的工具是有风力的超低量喷雾器。喷药要求雾滴细、着药均匀，尽量注意药液不被叶片截留流失，使药液均匀地附着于铃体上。

河南省新乡地区农科所在七里营公社宋庄大队作了个有趣的试验。在同一块棉田里划了三个区。一个区不处理，一个区按传统的老方法打老叶，以便养分向晚熟棉桃集中，一个区喷洒乙烯利催熟。十月中旬喷的药，过一个月一看。喷乙烯利的吐絮株是92%，打老叶的吐絮株是78%，没处理的吐絮株只有56%。

三个试验区的摇镜头，每块试验田上停一下，接摇过去。使开裂、一半开裂、很少开裂的景象分明。

上海农科院植保所在上海郊区七一公社使用乙烯利催熟的结果证明，喷药后的棉花，白而疏松，纤维的长度、细度、弹力等都和自然收获的棉花相等。在级别上，则因为减少了霜后花而有所提高。

七一公社收花场。

两社员试看纤维长度。

在夏季积温不足或者秋季低温的年份，使用乙烯利催熟效果良好。

§机械收花全景，溶入透过老、衰无铃的棉田，看到播种机在播小麦。

§播过小麦的大地，麦垄分明。

特别用乙烯利催熟棉花，棉花的收获期整齐划一，便于机械收获。在棉、麦倒茬地区，棉花及时收获，为小麦及时播种争取了时间，为棉麦双高产创造了有利条件。

1980 年 9 月三稿

四用树——新银合欢[①]

署名：孙嘉瑞

初刊北京《大自然》
1983 年 4 期

鸟瞰珠江三角洲。晨雾氤氲，河渠纵横，新银合欢组成的农田林网，在晨曦中舒枝展叶，婆娑多姿。林网内，碧绿的水稻正茁壮生长，甘蔗已经伸展出淡紫的茎干。正是春光烂漫时节。

解说词

著名植物学家何敬贞教授，一九六一年从国外引进来新银合欢树，栽植在海南岛热带作物研究院内。人们发现，新银合欢具有多种功能，很有发展前途。其后，陆续被引种到广东的汕头、肇庆、佛山地区的许多县，绝大部分生长良好。它树冠小，树根深，用作农田防护林，有效地改善了田间小气候，防风效果显著。

新银合欢的条状林带。林间隙地上，骄阳在土壤表层上投下斑斑树影。地上是一片枯枝、落叶、老荚。林下土壤疏松湿润。镜头停在林端的一棵新银合欢单株上。它亭亭玉立，笔直向上，灰白色的树干

---

① 此文为农业电影制片厂所作，科教片电影文学脚本。

略嫌粗糙。镜头从土壤立剖面直摄新银合欢的细根、根毛,停在主根上,用定格技巧,跟随主根前进。细根、根毛,毫发毕现。细根上络有网状菌丝,主根上根瘤粒粒。

解说词

新银合欢主根粗壮,能穿透到土壤下层去摄取土层深处的营养。根瘤菌具有固定空气中游离氮素的能力。据测定,它的固氮能力,每年每公顷达 500 公斤以上,它的细根和根毛,常感染有利的菌根菌,帮助它获得磷及其他养分。它的枯枝落叶,极易腐烂,作为腐殖质归还给大地。经测定,新银合欢的林下土壤的肥力高,所以它还是一种改良地力的树种。它的嫩枝叶产量高,耐割。每年每市亩收割绿肥 3000 公斤,即含氮 27.30 公斤,磷 2.91 公斤、钾 18.24 公斤,约相当于 130 公斤硫酸氨、16 公斤过磷酸钙、39 公斤硫酸钾。是优良的木本绿肥树种。

新银合欢在水渠两侧栽植的固土固沙林带。从树下仰视,枝权交错,白色的头状花序欣然向阳。革质带状的嫩绿种荚,簇簇下垂。但见羽状绿叶纷披,微风中,犹如翠鸟展翅;种荚轻曳,好似串串绿玉;白色球状花序漫摇,恰如点点繁星,林相十分舒展、美丽。

一只肥硕的水牛,贪婪地咀嚼着新银合欢嫩枝,青色的球状蓓蕾,在它肥厚的唇间消失。三五成群的黑白相间的乳牛安闲地向一堆新银合欢的嫩枝叶走来,前面的一头已经衔着了嫩枝。两只白羊争吃一簇嫩荚。

解说词

　　新银合欢的嫩枝叶，用作饲料时，按每市亩产鲜饲料 3000 公斤计算，就有粗蛋白 187 公斤，比温带苜蓿的蛋白含量高。不过，它也含有少量的对动物有害的含羞草碱，因此，用它来饲养反刍家畜比较适宜。因为反刍家畜胃中的微生物能将含羞草碱转化为二羟吡任碇。经过实验，三年间以新银合欢为青饲料的奶牛，发育良好，产奶正常。

　　如用它来饲养鸡、兔等其他家禽、家畜，则需要进行高温干燥，用水煮沸或加少量硫化亚铁浸泡等方法进行处理后才能食用。

　　三年生新银合欢林、四年生新银合欢林、五年生新银合欢林依次划过，镜头停在它通直的树干上。树干昂然刺向晴空、不分杈。树冠下种荚簇簇。晚结的，通体透明，隐约可见荚内整整齐齐排列着种子。早结的，半绿半褐，有的已经完全变成褐色，荚皮厚而略有纤毛。这老熟的种荚自动开裂，深棕色扁平的种子弹向大地。林脚一片密生的幼苗，有的已经侵入林带以外。

　　间伐工人正在三年生的条状林带中间伐。伐根周围留下的萌条，淡绿的嫩枝直指蓝天。

解说词

　　新银合欢生长迅速，萌芽力强，三年生树高就有十米，胸高直径十厘米。作为薪炭林，三年生就可以开始砍伐。伐根留 10—15 厘米，留三到四枝萌条。萌条生长十分迅速，两三年就可以轮伐一次。作为薪炭林经营，十分理想。据菲律宾的一家燃料公司测定，新银合欢木炭每公斤发热量为 7，250 卡，燃烧率高达燃料油的 70%，因此，东南亚人把新银合欢称作"绿色能源"，进行大规模集约经营，准备必要时用以代替石油。

　　新银合欢有自动散子成林的习性，可以说一次造林，用之不尽。

　　新银合欢六年生单株，镜头从根部摄起，上移到荚果簇簇的树冠。树冠上蓝天如镜，衬得绿叶婀娜多姿。叠印表示树干生长速度的字幕：一年生 2.4 米，二年生 6 米，三年 9 米，四年 13 米，五年 17 米。一块新银合欢立木剖面特写，纹理清晰。溶入结果累累的香蕉园，香蕉树依靠着灰白的支柱，那就是我们已经在银幕上见过的二年生的小新银合欢。再溶入室内场景，镜头前依次闪过用新银合欢制作的橱、椅、工作台。台上的打字机正在工作，印好的纸张翩然飘落。

解说词

　　新银合欢材质优良，纹理致密，硬度适中，易于加工；是家具、建筑、枕木的理想用材，又是极好的浆粕原料，可供制作打字纸、新闻纸等，还可以用来制作人造丝。作为木料树，经济价值很高。

　　新银合欢的树身、树冠、花、荚果、种子的多银幕合成。

解说词

　　新银合欢速生、丰产、多用，是华南地区农林牧生产上急需的理想树种。它对土壤的要求并不严格，最适宜的是土层深厚、肥力中等以上、排水良好的中性、微碱性、微酸性沙壤土，在强酸性贫瘠土上生长很差，引种时请注意不同的土地条件。新银合欢的生物学特性、栽培技术及合理利用等正在继续研究。推广这一速生、丰产、多用的新树种，肯定会对富裕农村，改善农田生态环境，解决燃料等问题起到积极作用。

瓜、豆、菜、花的害虫[①]
——白粉虱和它的天敌丽蚜小蜂

署名：叶保全、孙加瑞

初刊北京《大自然》
1984 年 3 期

花圃里的蔷薇正含苞待放。红的、黄的、白的、粉的组成了一幅瑰丽的彩画。花蕾含着夜露，悄悄地舒展着花瓣，迎着朝阳，吐出芬芳。

阳畦里，早栽黄瓜的藤蔓沿着淡黄的竹架向上攀援，叶掖间，似翡翠雕就的小瓜轻摇着顶端的花儿，恰似淘气的小女儿撑着一把过大的金色遮阳伞。

一簇簇圆丢丢、青得闪着荧光的西红柿，依傍着小小的支棍，等待着灼热的阳光。

串红迎着和风的抚摸，轻曳着火焰一样的花朵。

春天！生机盎然的季节。

穿着橙黄色毛线衣的小姑娘雀跃着踏过园中的小路，奔向学校。灵敏的小腿刚刚掠过青青的杂草，无数小白飞蛾骤然从草丛中飞起，扑向小姑娘那美丽的橙黄色毛线衣。小姑娘挥动着双臂扑打着，一批打落，第二批又扑上来，小姑娘气急败坏地跑起来，气得几乎要哭了。

---

① 此文为农业电影制片厂所作，科教片电影文学脚本。

这是个信号，经不起冬季低温冷冻的白粉虱，已经从温室里飞迁出来，在青草地上安家了。

一辆卡车开到园圃中来，起走了一片含苞的蔷薇、起走了一片火红的串红，将去装点其他花圃。人们并没有注意到，就在蔷薇和串红的绿叶背面，白粉虱贴在那里，随着花儿迁居了。在多数情况下，温室白粉虱就是这样利用观赏植物的运输，向更大的空间蔓延。

这个原产在北美洲西南部的小小白粉虱，不胫而走，短时期内就传遍了几乎整个地球，成为一种为害严重的昆虫。它侵害的植物有瓜类、豆类、茄果类、十字花科、菊科、葫芦花科等二百多种，就是辛辣的大葱、大蒜也不放过。

白粉虱成虫，生着两对覆有白色蜡粉的翅膀，这个只有蜜蜂体积十二分之一的小白蛾，生着六支看来酷似黑线头样的小脚，一对鞭形触角，和一个吮吸植物汁液的口针，暗红色的复眼被触角隔开，恰像两个凝固了的小血点。它虽然只能生活十五天，最长不超过一个月，因为繁殖快，世代重叠出世，为害的能量却远非寿命可比。

让我们摘下一片叶子来进行观察。

白粉虱的成虫密集在一片黄瓜叶子的背面，那个光尖的口针插在叶肉中，正在不停地吮吸着叶液，叶子开始退绿、皱卷，失去了挺拔的模样。

借助普通放大镜再看西红柿叶，白粉虱成虫不但在贪婪地吮吸着植物的汁液，而且在追逐、在交尾、在产卵。0.2毫米卵呈长椭圆形，像炮弹头似的竖立在叶子背面。原来它生着一个肉眼很难看清的卵柄，刺入叶肉中，为卵输送水分，又依附固定，不怕风吹雨淋。

淡黄色的虫卵慢慢变黑，最多超不过七天，长好了的一龄幼虫便从卵壳纵裂处爬了出来。白粉虱的这个新的世代，已经有了眼点、有了触须，慢慢地爬行两三天，就脱皮进入二龄。一龄时爬行的脚退化，成为肉瘤，紧紧嵌在叶背上吮吸叶子的汁液。这样经过三四天，又脱皮进入三龄。三龄可以说是白粉虱的青年时代。它明显的长大了，体积差不多是一龄幼虫的二倍，通体晶莹透明，闪着和叶子相近的黄绿色。它不但不停地吮吸着叶子的汁液，还通过腹孔舌状器向外弹射出一粒粒粘性又透明的虫粪。这种虫粪是腐生真菌最好的培养基，黑色的煤污病菌一遇到这通常叫做蜜露的虫粪，便会迅速孳生蔓延开来，使蔬菜、花卉、果实的面目全非。

让我们再看看西红柿和向日葵吧！那一簇簇曾经闪烁着青色荧光的小青西红柿，如今青里透红，已经接近成熟。可惜的是，已经长得拳头似的柿子上，由于被白粉虱的蜜露所沾染，黑色的煤污病正一块一块、一片一片地蔓延着。好端端的一簇柿子，就像掉在煤灰堆里似的，又肮脏又畸形。

那亭亭伫立的向日葵，叶面潮湿光亮，白粉虱喷射出来的小水滴似的蜜露连成一片，严重地阻碍着叶子的呼吸，使它无法进行赖以生存的光合作用。

白粉虱的三龄若虫，只三、四天便脱皮进入四龄，四龄虫一般生活两天后就进入蛹期。虫体明显地加厚，失去了透明度，虫体周围长出又短又细的纤毛，长出刺瘤，背面长出蜡质纤毛，这是为羽化成虫作准备的。只需要三天，成虫就从蛹壳背上十字裂口中钻出来，并拢着的翅膀半小时内展开，轻捷地游走一天，第二天便能飞翔。

白粉虱喜欢群集在嫩叶背面为害，随着植株的向上生长，形成了一种有规律的虫态分布。植株最下部的叶片背面聚集着蛹或老龄幼虫，中部是一、二龄幼虫，上部是将孵化为幼虫的黑卵或刚刚排下来的淡黄色虫卵。常常是一大批成虫同时从蛹壳中钻出来，带着半开不开的翅膀在叶背面爬来爬去。不同叶位上有不同虫态，甚至是各个虫态同时发生。条件适合的时候，一个月一个世代，一年能发生十个世代，假如一个世代的雌白粉虱是十或五十头，第二个世代便上升为六百到八百头。一片菜豆叶上能密集二千到四千头幼虫，两个世代就能繁殖到一百二十万头以上。这是多么惊人的繁殖量。一般情况下，暮春到初夏、仲秋到初冬是白粉虱滋生的高峰季节。加温温室内白粉虱可以常年繁殖。

这个寄主多、繁殖率高、虫口增长速度快、各虫态同时发生的白粉虱，成虫和幼虫的体表都覆有蜡质，对农药有一定的抵抗能力，植物叶片的重叠又给它提供了屏障，使农药难以均匀地喷到。只要有少数幼虫残存下来，很快就会酿成大患。在水果、蔬菜的收获季节，为了保护果实，避免使用农药。这些，都为消灭白粉虱带来了一定的困难。

人们和白粉虱进行着不懈的斗争，用烟草水加少许洗衣粉或面粉喷雾，或者使用机油喷雾，能使成虫、幼虫和卵窒息。利用白粉虱趋黄色的习性，用黄板或者黄颜色水皿放置在植株行列间诱杀成虫，结合打顶摘去有卵叶片，摘除被蛹钉蔫的老叶，利用清晨的低温人工捕杀成虫等措施都有一定的效果，最要紧的是消灭虫源。

白粉虱不耐寒冷，一般是藏在温室里越冬。温室如能做到无虫，就抄了白粉虱的老窝。温室里前茬作物一经收获就密闭起来，用高温加药剂熏蒸十天以上，所有作物的茎叶、杂草全部清除烧掉。温室周围的杂草也要喷药，消灭附近的虫源，做到无虫温室。

这个狡猾的白粉虱，在它的天敌丽蚜小蜂的面前，却丧失了生存下来的本领而在青年期夭折。这个只有 0.6 毫米长，生着棕黑色的头，长着两对羽毛似的翅膀，一对黑色复眼、肉眼很难看清的丽蚜小蜂，是消灭白粉虱的能手。

让我们仍然借助放大摄影的手段，来观察这场悄悄进行的战斗吧！

丽蚜小蜂在叶背爬行，很轻，很快。棕黑的小触须，像探测器一样地摇过来摆过去，一经接触到粉虱那个会喷射蜜露的三龄若虫，便把产卵器刺入虫体。奇妙的是，它总是选择没有同代成虫排进虫卵的粉虱三龄若虫，一二龄或四龄虫它都不予理睬。也就是说，一个粉虱三龄若虫只有一个蜂卵。卵排在若虫体内，若虫继续生长，用自己的体液滋养这个入侵者，随着蜂卵的成长，粉虱也进入蛹期，也就是进入死亡。这时肉眼看到的只是叶背上出现了点点黑斑。这黑斑是丽蚜小蜂已经完成了它的一个世代的标志。在 27 摄氏度的条件下，小蜂的一个世代是十三天到十七天。喜欢光照的小蜂，如果遇到低光照，便会延长破蛹而出的时间。丽蚜小蜂的成虫，百分之九十八是雌性，一头雌蜂能产 50 到 100 粒卵。生命最长的约为四、五天。

世界上很多国家都在探索利用小蜂控制粉虱的最佳方案。英国的英格兰和威尔士地区大量繁殖小蜂，把它作为"商品农药"出售。我们国家从 1978 年起，引进了丽蚜小蜂进行研究和试生产，已经有了一些成功的经验。

简易的方法是，用笼养的办法来繁殖小蜂，为了防止其他害虫的感染，一定在严密隔离的条件下进行。

第一步培育洁净的寄主植物，将四季豆浸泡发芽后种在盆里，盆土一定要洁净无虫。豆一出苗就罩上养虫笼，定期浇水施肥。豆苗长到七、八片叶时，接入粉虱成虫。粉虱成虫最好是羽化一两天的，这样便于得到龄期整齐的粉虱若虫。

　　一般在十四小时以后，笼内清洁的四季豆植株上便排满了小炮弹似的虫卵，完成了使命的粉虱成虫用沾有少量敌敌畏的纸条熏杀。养虫笼用塑料布包裹严禁，也差不多是十四个小时，粉虱成虫便全部消灭了。

　　粉虱卵并没有被敌敌畏损害，它们发育、成长，进入三龄。时间已经是十七天以后了，这时便可以接蜂。按一头寄生蜂比一百三十粉虱三龄若虫的比例放入寄生蜂成虫。小蜂顺理成章地在三龄若虫的体内播下了自己的新的世代。

　　为了适时放蜂控制粉虱，在粉虱若虫呈现黑色时，也就是肉眼看见的叶面上的黑斑时，把叶片剪下来，在平常室温下平放在纸上，过六、七个小时，叶片稍干，放进纸盒或木盒里，在低温条件下贮存，注意，向木盒里放叶片时，要放一层叶片夹一层吸水纸，以免叶片过湿而霉烂。

　　经过观察，在八到十三摄氏度的条件下，寄生黑蛹能保存三十八到四十天，羽化率为百分之八十左右。在十五到十九摄氏度条件下保存八天，第九天开始放在十一到十三摄氏度的条件下，能保存十六到二十九天，羽化率为百分之八十五左右。在变温十五到二十五摄氏度条件下能保存十五到十八天。在十摄氏度条件下能保存二十三到三十七天，羽化率为百分之八十五。

　　英国也用过保留有寄生蜂和粉虱的植株作为虫源植物，用自然繁殖寄生蜂的方法控制粉虱。

　　丽蚜小蜂的生物学和生态学方面的问题非常复杂，这项研究在持续进行，作为植保工作前进方向的生物防治，肯定会取得新的成果，我们期待着适合我国具体条件的繁殖小蜂和应用小蜂的最佳模式早日出现。

水乡绿化[①]

署名：孙嘉瑞

厂标

片名

水乡地区三座渡桥

船航行在河中央

方方水田

我国的长江中下游到珠江三角洲一带，江河纵横、湖泊众多，素称水乡。

这一带，地势平坦，水热资源丰富，是我国的重要商品粮基地之一。

大面积水稻丰收

水乡晴空

这里也并不是风调雨顺，由于季风的控制，季节交替的时候，南下的寒流和北上的暖流遭遇，气温变化骤烈，忽寒忽暖。春天有倒春寒，夏天有台风，秋冬之交有寒露风，使农作物遭受不同程度的损害。

---

① 此文为农业电影制片厂所作，彩色科普片完成台本。

白云片片

险云

春江鸭戏水

雨打池柳

风吹棉株

棉蕾被风吹落

水稻大片倒伏

水稻倒伏

稻叶撕裂

甘蔗倒伏

柑桔溃疡果实

　　缓解和改善水乡的自然灾害，最好的办法，就是营造林、田、路、渠，统一规划的农田防护林网。但是，水乡人有自己的顾虑，这里，人多地窄，造林，会不会是得不偿失？

　　水乡地下水位高，林网能把无效的水分损失，转变为生物蒸腾，对防止地下水位上升和土壤次生盐碱化有好处，林网可以改善小气候，大风时候，能有效地保持湿度。

　　降温时候，又能有效地增加地温。

　　林网能有效地利用太阳能。把光、热、资源转化为干物质积累。提高产量。

　　有人担心，树栽在田头，要和作物争肥争水。

不要紧。在田地与林网之间开沟，阻止根系向田间伸展，避免树木与作物争肥。

这种两水夹一基的管林方式，效果很好。

最大的顾虑是怕树荫胁地，我们算一笔帐看看。在百亩大的林网内，由于胁地而减产的部分，约占70%，不增不减的平产区占20%，增产区占70%，一加一减净增产为5%~6%，这就是群众说的，胁地一条线，增产一大片的道理。水乡地窄，要23营林网，一般以50到100亩的小网格为宜，最好是一至三行的窄林带，疏通结构，通风透光效果好，株距二到三米。

乔木、灌木结合，栽树的立地条件，不同的树种

乔木、灌木间种，防风效果好。

要根据立地条件，巧选树种，喜湿的树和怕湿的树种在同一立地之上，效果大不一样。

渠边的番石榴树

根系庞大的番石榴。种在生产河两岸。避免根系侵入田间。

水松

渠边杞柳

喜水的水松和杞柳，种在河海岸边，防风设岸双得利。

雨打蒲葵

围堤林带全景

乔木全貌

路旁荔枝树

大蕉与荔枝

荔枝果实

树下药材

薏米

树下菜

堤脚种蒲葵，截留雨水，减少冲刷堤岸。广东省新会县礼乐公社营造了一条四十里长的围堤林带，这种称作三度林业的围堤林带，上层是高大乔木，防风并收护木林，利用中层的光热资源种植果树，收获水果。树下地面，种植短期收获的药材，蔬菜、豆类等等，这种先进的混农林业年收益在四十万元以上。

树下豆夹

打药治虫

修枝

种树必须巧管，水乡人成立了护林队，治虫修枝，间伐样样有人负责。

拖树枝

作家俱

木房顶

间伐下来的树木，打家俱，盖房子，缓和了民间用材的紧张。

杞柳加工

杞柳是农家之宝，加工成各种日用品，工艺品，经济收入很高。

蒲葵加工

蒲葵制品，远销海内外。

房前栽树

屋后树

　　江苏省赣江县一户农民，屋前种乔木，屋后种喜荫树种，林木收益丰厚。

茂密林带

甘蔗田

水稻田

　　农田林网，采用古老的生物手段，科学地利用太阳能，达到了较高的生物产量，取得了良好的生态效益和经济效益，是农村致富的宽阔大路。

儿童故事

奸刁的曹操

署名：莲江

初刊《大同报》
1936 年 10 月 7 日

　　"三国"你们一定很熟悉的，是不是！像什么诸葛亮草船借箭啦，关云长单刀赴会啦，一定都能讲得津津有味的。现在让我再告诉你们一个曹操的故事，那个挟天子令诸侯在当时的东汉不可一世的曹操。说东汉你们一定要奇怪，三国不是明明的"蜀魏吴"吗？是的，曹操所操纵的国家就是三国中的魏。不过，废汉帝称魏国是曹操的儿子曹丕干的事，那时候距现在是一七一七年。

　　曹操——这个绝世的奸雄——到了晚年，自己也知道做的坏事太多了，活着，人都不敢把他怎的，死了，一定要发掘他的坟墓的。因此，他预先买嘱了九个工人，等他死后，替他造坟墓。

　　他这样嘱咐的：九个人每人预给一千两银子，等他死后一共要造七十二个坟墓，但是，究竟那一个是葬他的尸身的，却始终要替他保守秘密，使人家猜测不出，他的真坟墓在那里。这就是后人称为七十二疑冢。

　　过了几年，曹操真的死了。于是那九个和他预约好的工人，便依照他的遗言，开始造起坟墓来。他们今天在甲地造一个，明天又在乙地造一个，不久就造成了七十一个坟墓。当然，那曹操的尸身，早就葬在这七十一个坟墓的一个之中了。

末了，他们又去造第七十二个坟墓。九个人把职务分派了一下，约定八个人掘土一个人烧饭。这八个人掘了一会，忽然听得叮的一声响。仔细一瞧，原来在地里埋着八锭很沉重的金子，上面刻着字道："曹操留给九个造坟人平分"。

八个人悄悄地互相商量道，金子只有八锭，九个人怎样分派呢？

其中有一个人说，现在动手掘土的是我们八个人，当然归我们八人平均分派。至于那烧饭的，只要趁他不备的当儿将他杀死了，就完事啦！

其余七个人都赞成他的主张。因此他们把坟作好，便暗暗地带了凶器，聚在一起，打算吃饭了。

同时那烧饭的也知道了这八锭金子的事。他想，人一共有九个，八锭金子，怎样分呢？不如让我把他们一起弄死了，独自得了这八锭金子吧。想着他就在饭里下了毒药。

八个掘土的人走来，把那个烧饭的人打死了，便很快活的平分了金锭，然后又围拢来将锅子里的饭，吃了一个饱。

哪知过了一会，这八个人也一起毒死了。所以一直到现在，曹操真的坟墓到底在那里，还没有人知道呢。

吓！瞧，曹操在死后，还能杀死九个人。他的手段真厉害极了。

王戎的聪明

署名：莲江

初刊《大同报》

1936 年 10 月 14 日

　　这次让我告诉你们一个有名的人小时候的故事。这人就是晋朝的王戎。晋就是统一三国的司马氏所建设的国家，晋以后是南北朝，接着是隋唐宋元明清民国——才到我们今天。王戎是晋朝有名的学问家，看他小时候的事迹，也可以想到他后来的成就一定不会小的。

　　有一天，王戎和许多小孩子到田野中去游戏。这些小孩子，看见路旁有棵李子树，而且树上已结满了成熟的李子。大家便馋涎欲滴的都跑过去预备摘些李子吃。

　　这时，只有王戎一个，远远地站着，呆呆地瞧着他们采摘，自己并不动手。

　　有一个过路的人问他道："孩子你为什么不跟他们同去摘李子呢？"

　　王戎摇摇头道："我不吃，那些李子的味道都是很苦的。"

　　那人道："你已经采来吃过了吗？"

　　王戎道："没有，我连这地方都没来过呢。"

　　那人道："你既然没有来过，怎么知道这些李子是苦的？难道这些李子上有苦字写着吗？"

　　王戎道："凡事总要仔细推想才是。你想，这是一条大路，往来的人这么多。要是这李子是好吃的，早已被人采完了。现在却结得累累的一个也没有动。所以我可以断定它味道一定是很苦的。"

　　说着那人便去问那些吃过李子的孩子。果然都说味道是很苦的。

假面具的来历

署名：莲江

初刊《大同报》
1936 年 10 月 21 日

玩具中有一种假面具，上面绘着各种颜色，画得狰狞可怕，我们虽然常常玩着却还不知道它的来历。现在让我把我知道的一个关于假面具的故事讲给你们。这故事发生于南北朝中的北齐，南北朝往上是五胡十六国，再往上就是上次说过的晋朝，接着南北朝的便是隋……南北朝是指着对峙的南朝和北朝而言，南朝起始是宋，接着是齐、梁、陈。北朝最初是魏，魏分裂成东西魏。接着西魏的是周，接着东魏的便是齐。"齐"因为是在北朝的系统内，所以后人便称为北齐。

北齐有一个兰陵王，他的武艺十分娴熟，无论枪、戟、弓、刀，没有一样不是精巧异常。只是他的像貌却秀丽得和美女一般，谁也不相信他是位猛将。

有一次，他又上阵去和敌人厮杀了。他骑着一匹高头大马，手里执着兵器。虽然神勇非凡，可是一到战场，敌人望见他那文雅的面貌，便发出一阵轻视的冷笑。

因为敌军并不怕他，自然都一点顾忌也没有了。他们只是挺着枪杆，向着兰陵王杀奔过来。当然无论他怎样勇猛，哪里敌得过这些敢死队呢。所以不到几分钟，兰陵王便被敌军包围了。幸喜他臂力过人，总算杀开一条血路，逃回自家营帐。但是这次的战争却失败了。

第二天，兰陵王便召集部下，大家讨论失败的原因。有几个在前阵的将士道：当我们开战的时候，起初敌军并不敢轻于前进，后来他望见了我们主帅的面貌，都说这样一个文弱书生，我们怕他作甚，因此便一窝蜂拥上来将我们包围着了。

兰陵王听了部下的话，觉得很有道理，便立刻唤来一个工匠，教他制了假面具。上面用颜色画得非常凶恶，好像鬼怪一样。他套在头上，然后问那些兵士道：你们看怎样？兵士果然吓得战战兢兢的，向外面逃开去。

兰陵王微笑道：好了，这一来，他们一定怕我了。他顿时发了一个命令，整队出发。自己戴上那个假面具，坐在马上，威武极了。

敌军将士见对面阵上来了这样一位夜叉将军，个个都有些胆寒起来。况且兰陵王的武艺又是勇悍无比的，那些孱弱的敌军本来不是他的对手。所以他们在阵上连招架也不敢招架一回，早已像丧家犬一样地逃跑了。

兰陵王这时更加兴奋起来。他一直向前追去，不一会，便已把敌军杀得片甲不留。

从此以后，大家把兰陵王制假面具的事，传为美谈。玩具店里，也将它制成历史上各大英雄和名人的像貌，卖给孩子们当玩具。舞台上的伶人，也将它套头上，化装剧中的人物。

这便是假面具的起源。

如梦令

初刊"新京"《电影画报》6卷4号
1942年4月

小英轻轻地走出门来，轻得像一只老鼠出洞时那样谨慎又轻俏。幸而没惊醒了妈妈，妈妈已经连着几天没睡了，守着枯黄的小妹妹。小妹妹却没因为妈妈底体贴的看护苏生过来，一切都远了，妈妈底嬉笑伴着妹妹底喊叫永远消失了。一切都如梦，小英底心里充满了不知所以的黯淡。

但小英是好孩子，虽然今天还没吃晚饭，可是他不愿意把睡熟了的母亲叫醒，放下了小书包后，便轻轻地溜出来。

风虽然还吹着，已经有暖意。将落的夕阳温柔地把薄细那样软绵的光线绕着小英裸露的颈上，小英有一点想哭，但可不是悲哀到能哭那样程度的情绪。

他走着，无意识地沿着一条走熟了的街。

一会，他在一家玩具店的窗下站着了。在那窗下，他和妹妹曾作过无数次希冀的梦。可怜的妈妈却只能把袋里的钱票去换金黄的米粉，妈妈说，就是一只拇指大的小老鼠，他们也买不起，那恰是他们一天所用的饭费。但妈妈鼓励小英，说小英是好孩子，小英念好了书，挣了钱，可以给妹妹买那只比妹妹还高的大洋熊。小英还没念好书的时候，小妹妹不能等待地带着希冀去了。

　　玩具店里的窗饰，今日恰在适当人们视线的地方置了一只白纸的洋熊，它是那样的神气，以至小英觉得它是在责备他？责备他不把它买回去给那可爱的小妹妹。现在，就是买回去也晚了，家里不会再有呼唤小哥的声音。小英把小小的头靠在窗前的冷冷的铜柱子上，后悔这几天没把那个烦难的算术题记好。他觉得太对不起小妹妹，而且恨心的小妹妹连一个悔过的机会都不留给他，他想起他几年来的储蓄，虽然那是一个过分可怜的数目，可是那是他从珍贵的早点钱中樽节得来的。它们一共是两块一毛钱，不，是两块四毛钱。小英愿意用它无论买一点什么都好，去给小妹妹，小妹妹说是孤零零地一个人生活去了，多么寂寞的小妹妹的生活呀；没有妈妈没有哥哥，而且没有玩具。

　　小英把眼光仔细地在窗间巡视，注意每件东西上标着的价目，他尽可能地先从很小的东西上看起。就是小东西上的价目也使得他吃惊，小英不能制止失望从心上升出来。眼中旋转着泪。

　　泪光得视线模糊的时候，小英突然看见一个美丽的花环上的价牌，他仔细地看了又看，把眼睛揉了又揉，疑惑是看错，但不是，那的的确确是两元一只的花环。

　　那可爱的美丽的花环是戴在一个美好的小姑娘底头上，小姑娘穿着拖地的白衫，衫上缀着玫瑰的花朵，可爱的头发卷曲着围着裸露的颈，有一半拖下去，留在温腻的双肩上。

　　她望着天空，在她头上，夜幕蓝空覆盖着，带着闪烁的小星。她的脚下，蜷伏着一匹柔软的小羊，羊的后面，绿草绵亘，夹杂着青色紫色的花，花间，一间白色的房子，房中寂寞地摆着一张小琴，一只小小的椅子。

小英觉得从她底头上取下那只花环来实在是一件最不好的事，她看去那样寂寞，虽然她是美丽得如她身上的花朵。

她是谁呢？是那美丽得天仙一样的，为后母所忌妒而被驱逐到山间的白雪公主吗？那么她是在等待她亲切的小侏儒回来吗？寂寞的山间的夜，她底可爱的仔鹿也没在，聪明的知更鸟也没在，只有那柔软的羊，那柔软的白羊在她纤脚下守护着，伴着美丽的公主在等待着，焦灼地看夜星照遍了山谷。设如那狠心的继母已经扮作了可怜的老婆婆来了，要求那好心的公主买一枚装了毒药的苹果，谁去提醒她呢？那柔软的白羊能吗？它看去是那样贪着甜睡。这真是一个千钧一发的时间，小英想自己可以去提醒她，而且愿意公主不嫌冒昧地留小英住，一齐去打跑那扮得可怜而实质心坏的可恶的继母，小英相信自己是能打走那可恶的怪声怪气的老婆子，他捏紧自己的小拳头。

但，等一会儿，她不是白雪公主，她底身后草丛里坐着那慈祥的裹着大红肩巾的、戴着光光睡帽的仙人婆婆，婆婆正在削一个南瓜。她是可怜的灰姑娘，被姐姐们硬推在厨房里整天烤面包的可爱的灰姑娘。姐姐们已经去赴王子的宴会。她帮助她们装饰，帮助她们束紧并不窈窕的腰，帮助她们在并不好看的脚上套上最好看的鞋，然后，看着她们得意洋洋地前去。留下自己去灶间陪伴那支只会打呼的猫，看着天空怎样由蓝变成黑，看狡猾的萤火虫怎样闪动那小小的光亮。

仙人婆婆来了，她是一个最爱好孩子的慈心的婆婆，她能满足任何人的欲望，她底仙杖能带来所有的希冀与快乐。

她当然更爱灰姑娘，因为她是美丽，温柔，而又耐苦的好孩子，她为她用南瓜刻成精巧的马车，肥老鼠变成威严的跟班和仪表非凡的马匹。给灰姑娘一双恰合她纤美的小脚的玻璃鞋。她去了，在王子的跳舞会中她像安琪儿一样地震撼了每一个赴会的人。他们追逐她，以和她跳舞为荣，最后，因为王子底追逐她丢掉了她可爱的天下仅有的玻璃鞋。夜半，她底服饰她底车马以及她底跟班身上的仙法都消失了，她独自赤着一只脚走着为夜冷侵蚀了的大路。小英愿意去扶掖她，把自己的鞋子给她穿上，而且愿意叫妹妹去帮他料理厨房中的琐事，妹妹离了妈妈和哥哥，一人是生活不了的，好心的婆婆一定会去带她来，带她到这蓝的夜空下的绿草毯上来，为她作一只顽皮但驯顺的白熊。

但是，婆婆是不认得妹妹的，小英想起妹妹的像片，那是他们的合影，小英抱着妹妹的小头一块笑着的像片，他要去把她拿来给婆婆，如果婆婆也喜欢男孩，他愿意下课后来，但是妈妈不更寂寞了吗？不，妈妈下工晚，在每天妈妈没有回家而小英已放学的时候小英是可以来的。

至于那只花环，小英决定不要拿去送给妹妹，灰姑娘会和妹妹成为好朋友的，又何况那只花环是那样小，就是穿在妹妹的小胳臂上怕也太紧呢。

小英决定回家去拿那张在妈妈和妹妹，及自己都宝贵的照片，他再仔细的看那可爱的姑娘一眼。

她依旧在望着，用大的好看的眼睛忧闷地望着蓝的夜空。小英从窗栏杆中抽出来攀着窗棱的双手，慢慢地退走下来。真的夜已经下降了，都会里是没的星的，黄的红的灯光刺激着小英瞪得疲乏了的眼，小英的肚子开始响起来，他觉得双腿软弱得发颤，饿真是一件最难忍受的病症。小英想自己怕没有能力拿照片再从家里走到这儿来。呀！还有怎样把照片送到那窗子中的绿草茵中的老婆婆面前去呢？玻璃是那样坚硬，平滑而毫无缝隙，小英可以拉开那镶着很多亮铜柱的门进去吗？他们会让小英走进那窗中的夜空之下去吗？他只有两块四毛钱，还不够买那夜空下的一堆绿纸草的两块四毛钱。

小英再倚着一个闪亮的窗子，任泪蒙上了绝望的双眼。

白 鸟

北京新民印书馆出版

1943 年 5 月

很久很久以前，那时候，天气不分春夏秋冬，一年到头都是一样的温暖，所以那时候的小朋友们从来也没有看见过雪，也不知道冻冰的事，若是把雪花拿给他们看的时候，他们一定以为是开在树上的白花呢。他们一年到头都穿着极其轻便的衣裳，在到处生满了绿树，开满了鲜花的世界上游玩，快快乐乐地过着日子。

在这样像花园一样的世界里，在许许多多的人们之间，有一个慈祥的老头，这位老头有三个女儿，她们都生得很美丽，尤其是最小的阿娜，真是好看得世间少有，而且阿娜做事有勇气，心地仁慈，待人非常的和蔼亲切，因此邻人们都喜欢阿娜，愿意和她做最好的朋友。

老头底家在一座小山的脚下，在许多不知名的芬芳的野花群中，老头儿盖好了他底小小的茅屋。他底聪明的女儿把茅屋打扫得非常地干净，地上铺着细草编成的席子，墙上钉着用红叶和落花做成的图画，小的石头桌子上，摆着用细草和美丽的鸟羽做成的洋团团，并且在小的瓶子里，女儿们老是不断地养着最香的鲜花，这小屋子，真是一个又美丽又安适的家。

老头底唯一的财产是几匹驯顺的山羊，这几只山羊都长得很肥美，奶也特别多。老头儿每天的早饭便是喝羊奶，吃女儿们在树林里采来的果子，吃过饭，老头便到山上去打柴。

女儿们白天把细心剪下来的羊毛纺成线，用花瓣染成各种好看的颜色，然后来编织自己的衣裳，有时，她们也把染好的毛线拿到集上去，换平常用的米啦！盐啦等等的东西，因为她们的毛线染得特别地好看，大家都很愿意拿别的东西来跟她们对换，所以她们所用的东西一点也不缺，生活得很快乐。

每天的傍晚，老头儿背了柴从山上下来的时候，一个女儿把火炉升上火煮饭，一个女儿便去迎接爸爸，这时候，到山上去放羊的女儿也回来了，一家四口人团团地围在一起，快快乐乐地吃着饭。

她们底饭真是又简单又可口，喝着味道醇厚的羊奶，吃着女儿们用米粉做成的好看的小点心，吃着最新鲜的青菜。这时候若是有一个小动物，一只小兔子或者是一只活泼的小松鼠，嗅见了她们晚饭的香气跑到门前去张望的时候，好心的女儿便要扔给小兔子一片最鲜嫩的菜叶。或者在火中拣出一个烧得恰好的甜栗子给小松鼠吃。

晚饭吃完后，女儿们洗好了碗，便围着父亲请他给说一个有趣的故事。在父亲说故事的时候，两个女儿便摇起纺车纺毛线，阿娜便去配制各种花瓣来做她们毛线的染料。在纺车嘤嘤地唱着的声音里，围着温暖的火，听着父亲的有趣的故事，真是快乐无比。

父亲底故事说完的时候，大女儿便去点起了一个小小的油灯，父女们一块到羊棚里去看他们底山羊。

羊棚是父亲用大木头钉好的一间小房子，房子底墙壁上和地上女儿们都铺好了柔软的草，以免她们底小羊儿招凉。

因为羊儿是老头唯一的财产，所以老头把羊儿看得跟自己的女儿一样的宝贵。每天晚上，当老头和女儿们到羊棚里去看羊的时候，老头一边摸着羊脊梁，一匹，两匹，三匹地数着，一边嘴里说着：我底宝贝哟！我底宝贝哟！

一天，最大的女儿带了羊儿到山上去吃草，傍晚女儿抽抽搭搭地哭回家来，眼睛也哭肿了，非常难过的样子，当然她底父亲和妹妹要问她为什么了，她说她丢了一匹山羊。把老头最宝贵的山羊给丢了，老头当然要生气喽，他狠心地把女儿打了一顿。

第二天，轮到第二个女儿去牧羊了，到晚上的时候，第二个女儿也和姐姐一样，大声地哭回家来，她也丢了一匹山羊。

老头自然更生气了，他把二女儿比姐姐还厉害地打了一顿，一个人忧愁地坐在门口，心痛他宝贝一样的山羊。

第三天早上，三女儿阿娜带了羊儿去吃草，一路上她想她一定要好好地看守她底羊，不能再叫羊儿丢了而惹爸爸伤心。

那一天，天晴得很美丽，花儿散放着幽香，鸟儿唱着好听的歌，山上的野草，油绿的颜色，柔软得像一条毯子铺在地上一样。阿娜把她底羊儿放在草地上吃草，自己便坐在羊儿身边，摘了红的黄的紫的花儿给她最好看的一匹羊儿编花环。

太阳走到天中间了，暖暖的阳光晒在阿娜底身上，阿娜觉得有一点困了，她想睡一会觉才舒服。可是她想起她要是睡了，谁替她看守羊儿呢，羊儿丢了爸爸更得伤心了，家里的日子也更要难过了。她无论如何也不能睡觉。她站起来，走到羊儿身边，唱着歌，想使自己精神一点。可是睡魔却偏来和她作对，她怎样使劲张着她底眼睛也不行，眼皮上就像黏了年糕一样地往下沉，她不知不觉地倒在羊儿身边，甜甜地睡去。

到阿娜醒来的时候，天已经黄昏了，太阳已经落到山后去了，阿娜一睁开眼睛就赶紧去看自己的羊，羊儿又丢了一匹。

可怜的阿娜是怎样的伤心和着急呀！她想她一定要把羊儿找到了才回家去，她就在山前山后地跑着，招呼着她底羊。

跑来跑去，跑到一个山洞里，在谷旁柔软的草地上，她发现了有羊儿的足迹，她就按着羊儿的脚印走去，走到了一个山洞前。

洞口有两扇红色的门，阿娜推开了红色的门进去，门里有一条小路，阿娜就顺着小路往前走。走了一会又看见一座门，门是用黄金造成的，阿娜也不管它，又推开黄金的门走进去，门里也有一条小道，她仍旧顺着小道往里走。走到路尽头，她看见了一座珍珠的门和一座绿玉的门。

她先去开珍珠的门，怎样使劲也开不开，她又去开绿玉的门。绿玉的门一推就开了，阿娜就走进去。

绿玉的门里有宽宏庄严的宫殿，殿里摆着翡翠呀！宝石呀！金呀，银呀的家具，华丽得把阿娜的眼睛都照花了，阿娜也不知怎样才好，呆呆地站在屋里。

"小姐您找什么呀？"

突然阿娜听见有一个声音这样说，她吓了一跳，赶快向四外看。

她看见在墙角一张绿玉的桌子上，有一个玲珑的黄金的笼子，笼内站着一只世界上再也找不出来那样好看的白鸟，那声音就是白鸟发出来的。

"我来找我底山羊。"阿娜说。

"你若是能听从我底话，我就把羊儿还你。你底姐姐都是因为不听我底话，所以才把羊儿丢了回家去挨了爸爸底一顿打。"

阿娜听了白鸟的话，心儿不由地跳起来，当然她是愿意找回她底羊儿的，她就说：

"我愿意听你底话，只要你能还给我丢了的那一匹羊。"

"你真愿意吗？我底话，就是要你嫁给我，陪我住在这宫殿里，永远也不许回家去。这样做，我就还给你底羊儿。"

白鸟说完了话，就去吃盆中的食物，等待阿娜回答。

阿娜坐在一张椅子上，仔细地想了半天，一个女孩子嫁给一只鸟，当然是最不幸的事情。可是要是这样回家去呢？爸爸宝贝的山羊都丢了，家里不知道要穷到什么样子，姐姐和爸爸从此也没有快乐的日子了。要是嫁给白鸟呢？受苦的只是阿娜一个人，爸爸和姐姐仍旧可以带着山羊过快乐的日子。想到这儿，阿娜决心地说：

"好吧！我听你底话，我嫁给你。"

"真的吗？"白鸟高兴得不得了，这时候，阿娜身旁的桌子上，不知什么时候摆好了一桌最丰美的饭菜，白鸟说：

"请用吧！你丢了的那三匹山羊已经和别的羊一块儿回家去了，你放心吧！从此你就是这屋中的主人了，我要尽我所有的财富供养你。"

这样，阿娜就作了白鸟的妻子了，在华美的宫殿里住着，每天和白鸟一块。

可是，白鸟每天白天都要飞出去一次，一直要到傍晚才回来，这长长的白日只有阿娜一个人守在屋里，阿娜觉得非常的寂寞。

一天，白鸟从外面飞回来的时候，告诉阿娜，明天山旁的村庄里有一个大集，大家都要去买卖东西，并且还有跳舞和唱戏的，非常的热闹。

阿娜要求白鸟允许她去赶一次集，白鸟答应了她，但是和她定好，要她在六点钟以后回来，阿娜如果破约，那么他们便都要陷在不幸之中。阿娜答应了他。

第二天一早，阿娜就到集上去了，在那儿买了好些喜爱的东西。不知不觉地就到了晌午了，集上突然来了一位非常美丽的骑着白马的男人。他底仪容高雅得像一位王子，大家都顾不得买东西了，都看着那高贵的人。

阿娜也看着他，他是那样的美丽，美丽的使阿娜不由得爱上了他。她正傻瞧着他的时候，一个老太太走到阿娜身边来，拉了拉阿娜底袖子。

"你这样傻瞧什么呢？"老太太说。

阿娜本来不会说谎，就把心里的话告诉给老太太了。"那么，你嫁给他吧！我可以给你做媒。"

"可是，我已经先嫁给白鸟了。"阿娜无精打采地说。

"那没关系，你正是他底妻子，你不知道他就是那只白鸟吗？他本来是一个王子，因为了受仇人的魔法，才变成白鸟的。"老婆婆说。

阿娜听了老婆婆底话，惊喜得不得了，可是用什么方法才能使王子不变成白鸟呢？她想老婆婆一定知道，她就恳求老婆婆告诉她。

老婆婆先不肯说，经不起阿娜再三哀告，就和阿娜说：

"你在他没回去之前，先回家去，到家就把那只鸟笼烧了，王子就不能变白鸟了。"

　　阿娜向老婆婆道了谢，便急急忙忙跑回家去，把鸟笼子拿到屋外烧了之后，就高高兴兴地在门口等待着王子。

　　一会，王子就骑着马回来了，阿娜很快乐地迎上去。可是美丽的王子却悲哀得很。王子说："阿娜，你破坏了我们底约定，在六点钟以前回家来，这样，我们底不幸就要来了。"说着话，王子又看见了烧坏的鸟笼，王子更惊异得不得了。"什么？"王子嚷道："阿娜，你把鸟笼也给烧了吗？"

　　"是！"阿娜哭泣着，"我不愿意你再变作白鸟。"

　　"可是，"王子也流下泪来说："你烧了鸟笼就是烧了我底魂，我再不能在这儿停留了。今晚上善神和恶魔要到这儿来决斗，决斗七日七夜之后，谁得胜谁就带了我走。现在只有一个救我的方法，就是在这决斗的七日七夜之间，你一下都别停地敲着那扇珍珠的门，你能把珍珠的门敲开了，带了我底灵魂进去，我就得救了，从此跟你快乐地永远在一起，若是敲不开，那我们就要永远分离了。"

　　"我一定要去敲开那珍珠的门。"又伤心又后悔的阿娜抱着她心爱的王子说。

　　当天晚上，善神和恶魔列队来决斗，决斗的声音像山崩石裂一样的惊人，像天塌下来一样的可怕，可是阿娜就像什么都没听见一样的用手中的小杖敲着珍珠的门。

　　一下，一下，一下，这样不断地敲着，阿娜底肚子饿了，手痛了，眼也花了，可是阿娜咬着牙，拼命敲下去，怎样也不叫手中的杖儿停止。终于，到了第七天的晚上，恶魔把善神打败了的一瞬间，阿娜也把珍珠的门敲开了。随着开门，疲乏得像死人一样的阿娜也随着门儿躺在地上，呼呼地睡着了。

　　她一睡，战胜了善神的恶魔们便把王子攫走了，等她醒来的时候，早已找不到王子底踪影，她不断地哭泣着，决定就是走遍全世界也要找出她底丈夫来，她立刻就从地上站起来，登上了寻夫之途。

　　她不知受尽了多少苦，走了多少路，有一天，她忽然听见王子在一个山谷里招呼她的声音，她几乎高兴得要发疯了，立刻就向着声音来源的地方跑去。

　　她跑过了一个小山，看见王子正站在狭谷里等候她，她很快地跑到王子身旁，两人流着泪拥抱了好久。

　　"阿娜，谢谢你为我尽的心力，可是我现在被恶魔们监禁着，每天从谷里往山下运水，一点闲工夫也没有，要是水运的不够，他们就要毒打我，我没有法子逃出这个山去，我就要运水去了，你好好保重，我们再见吧！"王子抱着阿娜，一边流泪一边说，说完了便要走。

　　"亲爱的王子，就是去死也让我们一块死吧！我受什么苦都不要紧，你不记得我怎样拚命地敲开珍珠的门的事情了吗？我是什么苦都能受的。"阿娜揪着王子底衣袖，含着泪说。

　　"你已经把珍珠的门敲开了吗？那我们还有救星，只要我们能跑进珍珠的门里去，我底一切灾难就都完了。"王子喜欢地拉着阿娜底手接着说："阿娜，我们快跑吧！现在恶魔们正在睡觉，等他们醒了，我们就跑不开了。"

　　两人立刻携起手来往前飞奔，也不知奔了多少路，两人累得头也晕了，眼也花了，脚也被石头磨破了，好容易看见了珍珠的门的时候，不得了，恶魔们追来了。

　　恶魔们像一片黑云似的急驰而来，吼叫着，发着可怕的喊声。

王子和阿娜正在危急的时候，阿娜突然被石块拌倒了，一个最大的恶魔伸手来捉阿娜。

聪明的阿娜当然不会那样平白地就给恶魔捉去，她使劲一滚，便脱开了恶魔底手，同时她又扯着了王子，把王子也扯倒了，两人躺的地方，正是珍珠门的山谷旁，一转身，两人便双双地坠到谷里。

他们坠下去之后，立刻站起来，奔到珍珠门里去。在恶魔们还没追到之前，把珍珠门紧紧地关好。

王子底灾难到现在已经完全消灭了，他们便一同到宫殿里去，过他们愉快的日子。

风神与花精

北京新民印书馆出版
1943 年 6 月

    唐朝天宝年间，（天宝是唐玄宗的年号，所以历史上把玄宗的时代叫作天宝年）。在洛阳城东的地方，住着一个姓崔名叫元微的人。这位崔元微既不做买卖，也不做官。一个人带了一个小僮，住在一个很大的院落里。

    据说元微年轻的时候做了一个梦，梦中一位老人告诉给他长生之术，他每天只是吃点茯苓一类的药草。也不吃饭也不吃菜，药没了的时候，就带了小僮到山上去采。

    他的大院落里，种满了各种各样的树和花，元微把他底全副精神都放在他的花和树上，像爱惜他自己的孩子一样地珍爱着它们，所以他的每一株花每一棵树都长得异常的繁密美丽。

    春来的时候，花儿开得跟锦绣一样，院子里香气扑鼻，比世界上所有的花园看去都好看，令人精神非常舒畅。这时候，元微微笑着在花间巡行，看是不是有可恶的小虫子咬伤了他鲜美的花瓣，有风的时候，元微按着风的方向，替花儿挡上苇帘。花儿一进到元微的园里，就像小孩子找着了妈妈，立刻长得又美又好。

    夏天，元微的园子里清翠一片，阴凉无比，好像花儿和树特意为报答元微的好意把叶子长得特别肥大柔润，元微的院子上面，就像搭了一个绿绒的天幕一样，酷热的太阳休想晒进一点来。

秋来的时候，元微的树上结满了肥美的果实，红色的苹果，黄色的柿子，金色的橘子，浅黄的杏和梨，又白又红仿佛要滴出水来似的大桃，宝石一样的葡萄，好像水果赛会一样的陈列在绿叶间，看去真是令人垂涎。

元微把果子小心翼翼地摘下来，不碰断任何一个小树枝。然后把果子分别的装在许多的大筐子里，拿出去，拣贫穷得没有饭吃的人家分给他们。让他们拿了去卖钱来买米。

因为元微的水果是这样的香甜又肥美，所以许多人都从很远的地方跑来买，因此，一说崔家的水果，立刻就有人出高价买了去，好些没饭吃的人都因为元微的水果救活了性命，洛阳的人，因为感戴元微的恩惠，都尊称元微为崔先生。

因为元微待人和气，所以从来没有人偷折过他的花木，就是最顽皮的孩子也不肯拔走元微门前的一株小草，因为他们都知道，崔先生家的花是他们父母的救命恩人。

一年春天，风特别大，每天老是飞沙走石的刮个不休，所有人家的树木花草都被风摧残得不成模样，就是元微那样精心的守护着花木，他的院子里也有小小嫩枝为风吹折下来。元微看见了小嫩枝被风吹折了，看见繁花被吹散了的时候，真是说不出来的心痛，他一天到晚的停在花丛里，想尽了方法抵抗那可怕的风。这时候，他当饭吃的药草没有了，他怎么能在这样的坏天气里离开他的花儿去采药呢，没法子，他只好吃着存贮的果脯当饭。

好容易有一天的天气非常的好，太阳高高地挂在天上，天蓝得很可爱，一丝风也没有，元微院中的花也都显得特别地精神，开得跟娇笑着的少女一样的美丽。吃过早饭后，看着那样蓝得可爱的天，元微知道今天一定不会起风的，他想到山上去寻一些茯苓等等的药草。

他告诉小僮注意门户照看花枝后，就一个人掮了锄头到附近的崇山上去采药。

元微回家的时候，天已经黑了，月亮明亮的照着，当他推开家门的时候，他吃了一惊，因为他听见有人在他的屋子里说话，而且不是一个人。

他赶快往屋里走，在门口的青石上，他看见他的小僮在铺着的一张席子上睡得正香，屋里，灯烛辉煌，灯下摆着一桌丰满的酒席，但一个人也没有。

元微简直不知是怎样一回事，他细细地看着灯，细细地看着碟和碗，那都是非常精致的东西，而且每一件东西都恰如一朵花，有的像牡丹，有的像玫瑰，有的像春梅。

至于盘中的菜，更是鲜美得不得了，有像玫瑰一样娇艳的饼，有像蜜桃一样清甜的羹，有像银杏一样多汁的酪。不知道是哪一位巧手的厨娘，做出来这样人间少有的菜。

正在元微惊奇得不知怎样才好的时候，他听见身后有人在笑语，他慌忙转过身子去。那一瞬间，他疑惑是他自己的眼睛花了，他眼前站着的人们是怎样的美丽呀！

这时候，从那群美丽的人里，一位穿着淡红的衣裳圆圆的脸的少女走过来，先向元微下拜后，用着黄莺一样好听的声音说：

"我们姐妹们受崔先生的保护已经有年了，老是想给崔先生来道谢，因为都各有职守，轻易不能出来，今天恰好是风姨生日，我们去给风姨祝寿，归路到先生这儿来，略备薄酒，请先生在月下一醉，多少表示我们感戴先生的心。"

说完，自己说自己姓王，名牡丹。又指着身后穿白衣的姑娘说这是李姑娘，指着穿红衣服的姑娘说这是桃姑娘，指穿青衣服的少年说这是槐弟弟，指穿紫衣服的姑娘说这是玫妹妹，指穿绿衣服的少年说这是杨弟弟。杨弟弟后面的人牡丹也一一给元微介绍了，大家都笑盈盈地向元微下拜并且道着谢。

介绍完了后，牡丹便领着大家请元微入座，坐好后，一个穿着大红的衣服的少女捧着红色的酒壶为大家斟酒，酒汩汩地流在花朵样的杯子里后，在灯下，发着琥珀一样的透明的红色，喝到嘴里后，只觉得集合了所有的花香，醇美无比。

牡丹告诉元微，倒酒的是他们的小妹妹石榴。她年纪最小，最爱美，每年老是在大家之先穿上红衣裳的。

席间，牡丹一边殷殷劝元微进酒进菜，一边指挥着身边的少男少女们唱歌跳舞，元微只觉得满室生香，目迷五色，跟到了天上看神仙们轻歌曼舞一样。

正大家都兴高采烈的时候，石榴突然跑到牡丹的面前来惊惶地说。

"大姐，风姨来了。"

大家都立刻站起来，不安地看着牡丹。牡丹说："接风姨进来吧，好在崔先生不是外人。"说完便领着大家走出屋去。

一会大家又拥着一位妇人走进来，那妇人穿着玄色的衣裳，脸色很严厉。

牡丹给元微介绍后，大家请风姨上座，又争着向她进酒。

　　唱歌又开始了，白衣的李姑娘曼妙地舞着，从她素长的白袖子里，流散出来春天的花香。这时候石榴捧了一盏琥珀的酒送到风姨面前来，风姨正看着李姑娘跳舞，突然大家看见风姨的眉一皱，厉声地说。

　　"为什么桃姑娘，海棠姑娘不去跳舞给我看，但叫这素白的李子气人。"

　　风姨说着话而且甩动她底袖子，元微只觉得她底话声跟秋夜的西风一样萧瑟得令人听了不愉快。

　　就在风姨甩袖子的时候，石榴手中的一盏酒被风姨底大袖给碰翻了，整个酒在石榴娇美的红衣裳上，红衣裳立刻就变白了一块，看去很难看。

　　石榴把手中的杯子往桌上一放，一边擦着衣裳上的酒渍一边不高兴地说。

　　"看，我好心敬您酒。"

　　"什么，你这小妮子，你敢跟我分辩，等着瞧我底厉害吧！"风姨听了石榴底话，立刻大怒地站起来，狠狠地这样说了后，不顾大家的挽留拂袖而去。

　　大家一时吓得不敢出声，过了一会，就都说石榴为什么在风姨底好日子还惹她，眼瞧着灾难就该来了。

　　"我们从此用不着管她，我有解救灾难的法子，放着崔先生在，我们为什么不求求他呢？那个风婆子，叫她逞威风去好了。"

　　石榴勇敢地说完了后，便跑过来跪在元微底脚下。大家都随着她，在元微底脚前跪了一排。元微不知是怎么一回事，赶快搀起来石榴，问她为什么这样，并且说只要是自己能尽力的事，一定要帮助他们。

　　"我们本是花精。"牡丹说："历年来因为风姨逞能，都不得不小心地去侍候她，唯恐她发脾气。可是风姨底性情非常不好，一点小事就能把我们弄得骨断腰折，每年被她毁灭了的姊妹们不知有多少，大家因为没有法子抵抗她，所以只好气在心里，反得装出笑脸来去讨她欢心。今天石榴妹妹惹了她，正碰上她过生日的好日子，她一定不能和我们善罢的。所以大家都着急。

　　"不过有一个唯一的解救我们的方法，就是在每年的年尾，用布作一面红旗，旗上画上日、月和五颗星，画好了后，插在靠东边的土地上，我们一年间的风灾就可以免了。

　　"这次，请您在本月二十一日的拂晓，东风刚起的时候，先做一面红旗插在院子的东墙旁，我们由石榴妹妹引起来的灾难就可以躲过去了。"

　　这是很容易的事，何况又是为了救护元微最爱的花儿们，当然元微立刻就爽快地答应了她们。

　　听了元微底回答，少女们这样高兴，她们都花枝招展地一齐向元微道着谢，并且说：

　　"今天的盛会被风姨给搅得不欢而散，等二十一日的大难过去后，再预备酒席来酬谢先生，那时候，一定同先生同醉的。"说完便向元微告辞，一个跟着一个地走出房去。

　　元微跟在她们底身后走出去后，外面只有很好的月亮照着院子，那里有什么人影，小僮依旧很香甜地在席上大睡。

　　元微像做了一个大梦一样，但口中还留着酒香，身上还留着花味，眼前还像有美丽的小姑娘在跳着舞似的。

　　元微到院中去，月光清晰地把好看的花影印在地上。元微仔细地瞧了瞧他底花圃。他发觉到牡丹后面正是李树，李子的旁边是桃，桃底旁边是枝丫参天的槐。他恍然到刚才请他喝酒的正是他园中的百花之神，他不禁地向花儿点头道谢，花儿们也像知道他的心意一样，一面摇摆着好看的花朵，一面把更浓郁的花香送到元微底鼻中来。

　　元微带着满身的花香，回到屋里去，立刻大睡起来。

　　第二天，天依旧晴得很好，元微惦记着花儿的嘱咐，早早的起来，换好了衣裳，到市上去买红布，和画日月星的颜色。

　　因为元微很少出来，元微底邻人们看见元微今天这样早，而且带着买东西的袋子，觉得很奇怪，大家都来和元微说话，并且有人愿意到市上替元微买所要的东西。并且两位年高的老伯伯，一定要拉元微到自己家里去喝两杯淡酒。

　　元微一一地谢过了大家底好意，并且说改天一定到伯伯底府上去请安后，一个人提了袋子到市上去。

　　市上的东西真是应有尽有，许多许多的人在吵嚷着，争论着，来买自己要的东西。红色的布本是当时流行的衣料，当然元微很快地就买到了，不过，元微并没有看见红布就买，他走遍了几家卖红布的铺子，选择了一家最好的买回来。

　　他又精心地挑选了真红的朱砂，预备画日头，灿烂的金粉，预备画月亮，和光辉的银粉，预备画星星。

　　他把这些东西买好之后，又在竹店里买了一根又坚固又光滑的竹子，才满意的走回家去。回家后，天已经黑了，他把颜色研好，红布也作成旗子，预备明天起来画。

　　第二天，依旧是好天，元微坐在青石上，细心按着牡丹嘱咐的话把旗子画好，画完后，又把它很坚固地系在竹竿上，并且把竹竿底下头削尖，预备往土里插。

　　又两天过去了，天还是很好，一直没有一点风，好像风姨忘了她底愤怒一样，园里的花，因为没有风底搅扰，开得比平常加倍的美丽浓郁。

　　元微有些疑惑那天夜里的事，他想也许是自己真的做了一个奇妙的梦，梦中的事都是假的，什么风姨，什么花神，不过是自己梦里的一点幻想罢了。

　　但是他小心放好了他做的红旗，他想等到二十一日看看究竟如何再说。

　　二十日的晚上，月亮如画，月明看去比平常还皎洁明亮，天上连一片云彩也没有。

　　"这样的好天气，哪会起风呢？"元微拿着红旗，望着天上的月亮自言自语地说完后，便靠在门前的青石上，打起瞌睡来。

　　但元微怎样也不能睡得跟平常一样的香甜，恍惚中听见晨鸡在叫，并且觉得月亮已经偏西，太阳就要出来了。

　　他立刻从青石上站起来，揉开了蒙眬的双眼，果然，鸡在喔喔地叫，东边的天上已经泛上来日出前的金色，他想坏了，他醒得这样晚，定要把花儿们的事情给耽误了。

　　幸而，没一点风，他拿了身边的红旗，赶快跑向东墙旁去。在他经过花儿身旁的时候，他发现花儿和昨夜完全不一样地紧紧地拢着花瓣，低垂着花枝，好像预知大难将来，自己在保护自己一样。

　　元微一口气奔到东墙旁，把旗子牢牢地插在地里后，正想去拿苇席，替最柔媚的海棠挂上的时候。天突然阴起来，风要震破了人胆似地吼叫了一声，接着，便带着大颗的沙粒和碎石块狂刮起来。

　　元微用袖子包着了脸躲到屋里去，那风中的大沙子和石块打在脸上实在是痛，几乎要把人的脸打破一样。

　　风足足的刮了两个时辰，许多人家的屋顶被掀走了，墙被刮倒了，东西被吹跑了，奇怪的是比任何东西都娇嫩的花，却一枝也没被吹断，一个花朵也没被吹落。

　　风住了后，元微满意地扫干净了院中和屋内的尘土，他看见他的花枝这样完好，心里高兴得不知道怎样才好，他庆幸他没有辜负花儿们的嘱咐，他为花儿们解救一场大难。

　　天黑后，月亮刚一升上来，元微看见牡丹领队，那一群美丽少男少女们都喜滋滋地在花间出现，一齐向元微走来，他们的手中都捧着人间从未见过那样鲜美肥大的果实。

　　大家都喜盈盈地向元微道谢，并且献上手中的果实，花儿们说，这是花精，吃了可以长生的。

　　元微接了大家的礼物，牡丹立刻吩咐在花间摆好酒席，殷殷地请元微上座。

　　这是一场最快乐最美丽的宴会，花儿们不但贡献了最好的水果，而且贡献了最曼妙的歌舞，大家一直吃到东方露了白色，才尽兴而散。

　　那之后，一直到元和年间（天宝以后约一百年的样子）元微依旧活着，他跟天宝时候一样的年轻，看去也就是三十岁的模样。

驴子和石头

北京新民印书馆出版
1943 年 10 月

从前，西藏有一位国王，一位很能干又非常慈爱的国王，他很会判断案件，无论民间有了什么难解决的事，只要去找国王，他就能给判决得清清楚楚，从没有使一个好人受屈，也没使一个坏人漏网，因此，国王的人民都对国王非常敬爱。

国王只有一位公主，她真是一个最好看的小姑娘。她底大眼睛像天上的星儿一样的明亮，她底头发比黑宝石还黑，她底脸儿像两朵玫瑰花一样，她底嘴比五月的樱桃还美丽。并且她还非常的聪明，虽然现在她才十二岁，已经能够帮助国王判断案件了。

这样的一个好孩子，国王自然很爱她，每天无论到什么地方去都带着她，闲下来的时候，就教她认字，小公主认得真快，无论什么字，只要她看过一遍就能牢牢地记住。

人民也非常喜爱小公主，小公主每到一个地方，那地方的人们便把自己家里储藏的最好的蜂蜜啦，水果啦，点心啦拿来送给小公主吃，把开得最香最美的花儿送给小公主戴，小公主接受这些礼物时，一边向送的人们道谢，一边露出她好看的牙齿微笑。小公主底笑容比天上的女神还好看，送礼去的人们，看到了小公主底微笑都高兴得很，比公主送给他们什么都快乐。

这时候在国王底都城里，有两个很穷很穷的人，一个叫赵大，一个叫李四。赵大向有钱的王老头租来了一匹小驴子，每天赶着小驴子替人驮东西。李四背着一个大的油篓，每天辛辛苦苦地用小磨磨出点香油来到街上去卖。

两个人虽然很穷，可是都非常孝顺母亲，每天辛苦得来的一点钱都拿去交给母亲，母亲拿去买米买柴，母子过着很清苦但是很快乐的日子。

有一天，李四背了油篓出去卖油，天很热，他身上又背了很重的一篓油，卖到午间的时候，他实在觉得累了，恰好正走到一棵大槐树底下，树下有两块很干净的石头，李四就把油篓放在一块石头上，自己坐在另一块石头上，拿下他底破草帽来当扇子扇着风，消消身上的汗。那时候正是初夏，槐花开得很盛，空气里充满了槐树花底香气。

李四坐得很舒服，又被凉爽的小风一吹，不由得靠在大树上打起盹来。

正蒙蒙眬眬的时候，哎呀不得了，什么东西把裤子弄湿了这么一大片呢？李四赶快睁开眼睛跳起来。

原来赵大正赶着他底小驴子走过来，小驴子底身上横着驮了两根大木头，这一条路本来不宽，赵大一眼没看到，小驴子底身子稍稍一偏，背上的大木头就把李四的油篓给撞翻了，洒了李四一裤子油。

李四睁眼一看原来是自己底油篓翻了，当然他很生气又很着急，他也不管裤子湿不湿了，一下子就跳到赵大身前去，揪着了赵大底衣襟。

"你看见了吧！你底驴把我底油篓给撞翻了，你赔我油吧！"

赵大一看驴子把油篓给撞翻了，心里也很着急，他那里有钱来赔李四底油呢，他忽然想出一个道理来，他说：

"我也没撞你油篓，撞你油篓的是这头小驴子呀！"李四一听赵大底话，更生气了。

"什么？"李四大声地嚷起来了，"你这个人真不讲理，你的驴撞了人家底油篓，你当然得赔呀。"

赵大说。"我不能管驴的事。"

李四说，"不管你怎么说，你不赔我油不行，这油就是我全部的财产，卖了油得了钱养活我母亲的，你别说废话，赶快赔油吧！反正驴是你的。"

这时赵大突然看见李四放油篓的那块石头有一点儿偏，他又想出一个道理来，他一边从李四底手里抢出来自己底衣襟，一边说：

"这块石头是偏的，你底油篓是被风吹倒的。"

"胡说！"李四说，"明明是你底驴撞翻的。"

"是风吹的。"

"是驴撞的。"

两人你一言我一语地吵了起来，吵了半天谁也不让谁。两人就互相揪着去见国王。

这时候，国王正带着小公主在他底大花园里散步，公主一边走一边唱着歌，她底歌唱得真好听，连树上爱唱歌的黄莺儿都不唱了，静静地合起翅来听着。麻雀也被这好听的歌声感动地带着她黄嘴的三个小女儿，在一株海棠树的横枝上停着，忘了把她的出来学着飞的小女儿送回巢里去。

这时候，国王底卫兵来报告说有两个人为了一篓油的事情来找国王，请国王给判别谁是谁非，国王吩咐说："把他们带进来。"

卫兵去了之后，公主要求国王让她来审一审这件一篓油的案件，并且让国王藏起来，如果她审得不对的时候再请国王来指教她，小公主以为这是一件非常有趣的游戏。

国王相信小公主底聪明，就笑着答应了她，自己就过去藏在一株繁密的珍珠梅的后面。

一会，卫兵把一路争论着的赵大和李四带到花园里来，赵大牵着他底小驴，李四背着空的油篓，一直到小公主身前他俩才住口。

小公主坐在一只白色的长椅上，穿着白色的长衣，头上戴着美丽的珠冠。她的好看的脸上，作着庄严的表情。

"你们为什么吵？"小公主问。

"他底驴撞洒了我底油篓。"李四说。

"石头不平，油篓才歪倒的。"赵大也回答说。

小公主仔细地看了看赵大和李四，他们都穿着很破但是很干净的衣服，脸上也很和善，尤其是赵大还带着害怕的样子，两个人谁都不像是坏人，一时真是难以判断谁是谁非。

小公主想了想，立刻想出来一个主意，她装着非常生气的样子，向李四和赵大说：

"你们真是一对糊涂虫，既然过错是在驴和石头，叫驴和石头来打官司好了，如果是驴撞洒了油，叫驴赔，是石头把油篓歪倒的就叫石头赔，你们两个人瞎吵些什么呢？"

李四和赵大听了小公主底话，都觉得很可笑，谁都知道驴和石头是不会赔油的，可是因为小公主很生气，他们两人也不敢说什么，都一声不言语地站在那里。

小公主也不管他们两人，向身后的卫兵说："快把那块可恶的石头搬来和这匹不讲理的驴子给我下在监狱里。明天在大殿上审问它们，为什么油洒了它们还都一声不响，反倒叫两个人为这件事打架，真是可恨的石头，可恨的驴子。"

卫兵听了这奇怪的吩咐不由得想笑，但因为这是小公主底命令，只好答应着去搬来了石头，和驴子一块放在监狱里。

卫兵把石头和驴子放在监狱里之后，小公主向赵大和李四说："你们在哪儿住？"

李四说："我在南街住。"

赵大说："我在北街住。"

"平常做什么呢？"小公主又问。

"我是卖油的，每天油卖完了之后，把钱拿回家去交给母亲买米买柴，今天我底油洒了，我和母亲就要挨饿了，并且明天也没有钱买芝麻来磨油了，公主一定得叫他赔我底油才行。"李四说着，泪一点点地流下来。

"我是替人家运货的，赚了钱养活母亲，那匹小驴子是我租王老头的，每天还得交给王老头租钱，今天他赖驴撞洒了他底油，把我底买卖也耽误了，我没有钱给王老头，明天他一定不租给我驴了，我和我底母亲就得挨饿了。他底油篓明明是石头歪下来的。您放我走吧！我底妈妈还等着我拿回钱去买米呢。"赵大说着也一点点地流下泪来。

"我底妈妈也等着我回去买米呢。"李四也说。

082
083

驴子和石头

"不行，"小公主说，"因为你们俩是看见驴子和石头闯祸的人，明天审问它们的时候得要你们作证人，所以今天不能放你们回去。"

公主说完了就叫卫兵们带赵大和李四到监狱里去，并且叫给他们一顿最好的晚饭吃。赵大和李四走了之后，国王从藏着的地方走出来，一边笑一边问小公主把驴子和石头放在监狱里是什么意思。

"明天您就会知道。"小公主说。"我现在还得出去一次，我要打听打听赵大和李四是不是好人，如果真是很安分，很孝顺母亲的好人，我底计划就成功了。"小公主说完后就叫女仆去拿一套破衣裳和一只小篮子，篮子里要装上最好的鸡蛋糕，但是上面要盖上一块破布。

一会女仆把小公主要的衣裳和篮子拿来了，小公主就穿上破衣裳，把头发揉乱了，而且在白嫩的小脸上和两手上涂上一些乌黑的煤烟。另外她又用白纸写了两张小纸条："这是神仙给你吃的，因为你是一个好心的婆婆。"

公主装扮完了之后，和国王说：

"我一定得要去给赵大和李四底母亲送一点吃的东西去，因为我把他们底儿子留在这里了。爸爸瞧我装扮的像一个小乞丐吗？"

"很像。"国王说。

"这真是一件有趣的游戏，我一定做一个好成绩给爸爸看，爸爸！回头见。"

公主这样说了之后，就小心地挽起篮子，悄悄地从王宫后门溜出去。

这时候已经是傍晚了，天上飞着红的、紫的、金黄色的晚霞，麻雀和老鸦都吱吱呀呀地往巢里飞，家家底烟筒都冒着烟，人们都在预备晚饭了。

但是今天和每天有点不同，谁碰见谁的时候，都问问听说没听说公主判断一篓油的事情，有的爱说闲话的老太太，甚至扔下了晚饭不做，跑到邻家去讲说这件可笑的事。

小公主一会就走到南街了，街上的小石块把她底脚都扎痛了，小公主希望快一点到李四底家好好歇一歇，女仆替她寻的那只破鞋太大了，走快的时候小石头子很容易地就跑到鞋里去了。恰好这时候有一个老太太坐在一个大石头上望着大路，很着急的样子，好像是在等着谁呢。

小公主就走到老太太身边去说：

"哎呀！好心的婆婆，您给我找点什么吃的吧！我实在饿得不得了，从早晨到现在，我还没吃东西呢。"

"是吗？"老太太说，"这么好的小姑娘饿着多么可怜，可惜我是一个穷老太太，也没有什么好东西给你吃。"

老太太说完就到路旁的小屋里去拿出一个粗米的饭团来。"这是我儿子出去做买卖时候吃的，今天我多做了一个，正好送给你。不过太粗了。"

"谢谢你。"小公主说完就和老太太一块坐在大石头上。"你贵姓呀？婆婆。"小公主问。

"我姓李。"婆婆说。

"您家里有几口人呀？"

"只有我和我底儿子，我儿子每天出去卖油，挣了钱拿来吃饭。今天他还没有回来，所以我在这儿等他，等他买米回来吃晚饭。"婆婆说。

"您还没有吃晚饭吗？那么这个团子还给您，我再到别家去要吧！"

"不！"婆婆说，"你已经一天没吃东西了，我才一顿没吃，没关系，你拿去吧！"

"如果您底儿子不回来呢？"小公主又问。

"他一定回来，他是一个听话的孩子。"婆婆答。

"那么，谢谢您吧！"小公主说完了就向婆婆告辞走了。她趁婆婆不在意的时候，绕到婆婆小屋的后面，从小窗放进去一大块鸡蛋糕和一张小纸条。

小公主做完了这件事之后，很愉快地向北街赵大底家走去，这时候，太阳已经落了，天空里的晚霞也飞走了，鸟儿们也都回巢了，人们正在吃着晚饭。小公主想父亲一定正坐在饭桌前等着自己回去吃晚饭，就忙着向赵大底家走。街上的人都大声地讲说着小公主审判驴和石头的事，小公主也没心细听，一会她就走到北街了。

走到北街口，一个老太太正站在街口望着前面，嘴里说：

"一定是王老头打他了，可怜的孩子，他一定是交不上驴底租钱了，不然他不会这样晚不回家来的。"

公主一听她这样说，就知道这一定是赵大底母亲了，她就走到老太太面前去说：

"好心的婆婆，您给我找点什么吃的吧！可怜我饿了一天了。"

"唉！"赵大底母亲说："小孩子饿着最可怜，你等着我去家里看看还有什么可吃的东西没有。"

　　说完就走进路旁的一间小屋里去，小公主不等她出来，赶快把另一块蛋糕和另一张纸条放在赵大门前的石头上，忙忙地跑回王宫里。

　　国王正等着小公主吃晚饭呢，公主把刚才做的事情一边吃饭一边讲给国王听。晚饭后，她很快乐地去睡觉，预备第二天来审问驴子和石头。

　　第二天，很早很早就有许多人挤到法庭里来等着看这件奇怪的案子怎样开审，一会，法庭的院子里就挤得满满的，动都动不了。这样挤，人们还讲说着这件奇怪的事。一个人说：

　　"公主一定用石头把驴打死，拿驴肉去卖钱来赔油。"

　　另一个人说："公主一定不那样傻，要想打死驴又何必来审问呢？"

　　"也许公主能听的懂驴底叫声，问问是不是真的是驴把油篓撞洒了。"又一个人说。

　　"胡说，人哪里能听得懂驴的叫声呢？"又一个人也说。

　　这时公主悄悄地告诉卫兵，把法院的大门关紧了，一个人也不许放出去。她就穿好了她底白色的长衣，戴好了她底小金冠，和国王一块到法庭里来。

　　人们一看公主出来了，知道这件奇怪的事就要开始了，就都静悄悄地一声也不出，瞪着大眼睛看着前面。

　　公主先吩咐卫兵把赵大和李四带来站在一边，又吩咐把驴子和石头带来。

　　一会，赵大和李四就来了，他们两人也和大家一样带着诧异的神情，他们也不知道公主究竟要怎样处置他们。

驴子和石头也带到法庭上来了，小驴子什么也不知道的样子只动耳朵，嘴里还吃着草，大家看见驴子和石头摆在一起，就都小声地笑着。

"在我审问这件案子之前，我先向来看审这件案子的诸位说几句话。谁都知道，判定驴子和石头的过错是不可能的一件事，既然知道不可能，不合理，诸位为什么特意地丢下了工作到这儿来呢。所以，为了你们这个无理的好奇心，遇事一点也不加思索的愚笨，每人罚一毛钱，用这一毛钱来赔李四底油。"

公主说完了之后，大家都觉得非常羞耻，一个大人竟会被一个小姑娘给骗了，真是笨得可以，便都情愿交给门卫一毛钱，赶快跑回家去做工。

一会，集了很多的钱，公主将那些钱分成两份，那份多的给李四说："这足够赔你底油钱了吧！"

"太多了，太多了！"李四一边说，一边向公主行礼道谢。

"这一小份给你，"公主又向赵大说："拿去买一头小驴子吧！省得再去跟王老头租了。"

"谢谢您！"赵大也向公主行礼，并且说："您真是一位又聪明又慈善的小公主。"

两人就拿了钱很快乐地回家去了。

青姑娘的梦

北京新民印书馆出版
1944 年 3 月 20 日

青姑娘坐在大门口，等着医生来给伯母看病，伯母病得实在是厉害，今天午后就是连一直在侍候着伯母的青姑娘都不认识了。眼看天就黑了，医生再不来的话，可怜的伯母恐怕连晚饭也不能吃了，青姑娘刚才又进屋子里去看了一遍，伯母仍然不睁眼睛，累得困极了的老何妈靠住伯母床头打瞌睡。

天真的黑下来了，小星子一亮一亮地眨着眼睛。

青姑娘不知不觉地就阖上了眼皮，她真是困极了，从伯母病重到现在，她已经一个多星期没有好好地睡一夜觉了。

可是，她刚刚一阖眼，自己立刻就叫醒了自己，她心里说："不能睡，不能睡，一睡就看不见医生了，医生不来伯母就不能好了。伯母若是死了的话，谁来照应勤哥樱姐和小青呢。"真的，勤哥和樱姐也该回来了，他们今天说是去开会，樱姐在自己红色的跳舞衣上装上又白又亮的纱翅膀，樱姐说她去表演胡蝶之歌。勤哥也带了他最宝贵的剑去了，他说他要舞剑，青姑娘从来也没参加过一个会，她真想不出来许许多多活泼的孩子聚在一起时的快乐。但她底小心儿和旁的十岁的小姑娘们底心儿一样地跳动着，她是怎样愿意自己也随着勤哥樱姐去呀！她想要一件红色的舞衣，装上又白又亮的纱翅膀，她相信她会唱胡蝶之歌。

　　可是，青姑娘是一个可怜的孤儿，她很小很小就死了父亲和母亲，她被伯父带到现在的家里来后不久，那位慈爱的伯父也死去了。伯父死了之后，青姑娘就没过过什么好日子，伯母不准她和伯母自己底女儿们一块到学校里去读书，伯母说那样太费钱，她叫青姑娘留在家里，帮助老女仆何妈做事，并且侍候樱姐姐上学。而且伯母心里不痛快的时候，还要打青姑娘来泄愤。

　　青姑娘却一点也不怨伯母，因为她是一个好心肠的小姑娘，她也不喜欢像樱姐和勤哥一样无理地向伯母撒娇，她很忠心地侍候樱姐，也很努力地帮助老何妈做事。可是樱姐也不喜欢她，这使青姑娘心里很难过，因为她很相信自己没有招樱姐生气过。伯母是因为年纪大了，脾气不太好，樱姐只不过比青姑娘大两岁，为什么也那样大的脾气呢？

　　幸亏老何妈还待青姑娘不错，在两人把一天的工作都做完了之后，何妈便给孤独的青姑娘讲些古老的故事，什么王小打柴啦，什么何仙姑啦，什么老虎变的外婆啦，什么月里嫦娥啦等等。自从伯母病了之后，两人连那一点讲故事的闲工夫也没有了，何妈要煮饭，要跑街，还要洗衣裳，另外还有许许多多的杂事。所以青姑娘不得不整天守在伯母床前来侍候伯母，伯母已经瘦得很难看了，可是还一点东西也吃不下，青姑娘知道不吃东西的时候心里头像火烧一样的难过。伯母很多日子没有吃什么，心里不知要难过到什么样子呢，青姑娘觉得伯母真可怜，她就用心侍候伯母，愿意伯母吃一点什么，心里就不难过了病也就好了。

　　给伯母看病的医生已经换过三个了，伯母老是不见好，今天又有一个新医生来，所以何妈说最好青姑娘在门口等一等，怕医生不认得而走错了门。

等着，等着，那白衣服的医生老是没有影子，天已经黑得跟黑墨一样了，街上的灯一串串地亮起来，星儿怕是回家吃晚饭去了，一个也看不见了，青姑娘底小肚子咕噜咕噜地响着，心里头开始不好受起来，她真想回屋里去吃点什么，可是医生还没有来。

青姑娘不知不觉地又阖上了眼皮，这回她真的睡着了，不但睡着了，而且做起梦来。

青姑娘把小头靠在门框上，正睡得怪香，她听见一个好听的声音在轻轻地叫着她，那好听的声音说："小青！小青！"

青姑娘赶快跳起来，她以为是医生来了，不对，那好听的声音是一位好看的大姐姐，穿着明亮的衣裳，肩上背着一个大花篮，大姐姐又叫着"小青，小青"。

小青虽然不知道那个大姐姐是谁，但小青觉得那大姐姐非常可亲，她就跑到大姐姐身边去，仰起小脸问：

"是您叫我吗？"

大姐姐说："是，我来接你去开会，你知道我是谁吗？"

小青真不知道这个好看的大姐姐是谁，可是又觉得像是在那儿看见过她一样，这时候大姐姐又说：

"你想想就知道我是谁了，老何妈告诉过你。"

小青努力想，想呀想的，想出来了，她看着大姐姐身上的大花篮说：

"您是何仙姑。"

大姐姐笑了，说："我正是何仙姑，快走吧！嫦娥姐姐正在等着我们，许多的小朋友也在等着我们呢，快走吧！"

大姐姐就搀了青姑娘底手向前走，青姑娘高兴得不知怎样才好，她想起她底衣裳来了，那是一件樱姐穿旧了的小白褂，已经带着讨厌的灰色了，这样的衣裳怎么好去和小朋友们一块聚会呢。

青姑娘不由得着急得哭了，大姐姐也不见了，四周都黑得跟墨一样，什么也看不见，想到樱姐的红衣裳，青姑娘伤心泪儿一滴一滴地向下落。奇怪的是，今天的泪儿不但没落在土里不见了，反倒像许多小星儿一样地停在身上。青姑娘用手摸一下，泪儿变成许多明亮的小珍珠了，并且一颗颗钉在青姑娘的衣裳上面。

如果这是一件新衣服的话，这些小珍珠岂不是更要好看了吗。青姑娘正这样想着，她看见她的灰白的小褂开始在变着颜色，而且一点一点地往下长，一会儿便长到脚面那样长，变成像蓝天一样的颜色了。

这些事情把青姑娘闹得胡涂了，她不知道穿着这件天蓝色钉满了小珍珠的衣裳是不是自己了，这时候，她又听见那个好听的声音在叫着她底名字"小青！小青！"

她向前看去，对面的大树林里，正中的宝座上，端端正正地坐着那好看的嫦娥仙子，何仙姑站在她身边，她们底眼前许多美丽的小孩和许多可爱的小白兔抱在一起跳舞，他们唱着歌，许多仙女守在一边奏乐。

这真是一个非常盛大非常热闹的跳舞会，青姑娘不知道在心里想过多少次了，今天她有了这样的好衣裳，她当然可以参加，这时候她把一切不高兴的事情都忘了，连小肚还空着的事也忘了，她拉起她好看的衣裳往前跑起来。

忽然她看见一个小姑娘，穿着红色的衣裳，背上装着又白又亮的纱翅膀，脸上露着十分难过的样子，躲在树后哭着，十分伤心地哭个没完。

青姑娘一眼就看出来那是她底樱姐，樱姐这样伤心地哭着，莫非是伯母死了吗，都怨自己不好，不守在门前等着医生来，把伯母底病耽误得更重了。这样想着，青姑娘心里觉得又惭愧又着急，她想现在只有一个法子就是赶快去追医生来，来救伯母底病，虽然跳舞会是那样热闹那样有趣味，可是总不及救伯母来得重要，只要伯母病好就行。

青姑娘立刻就往家里走，可是，她不记得来的时候走的是哪一条路了，她底眼前一片大草地，草地上许多带着刺儿的杂草长得几乎比她底小头还高，青姑娘不得不从它们中间穿过去，因为她想草地的那一面就是她的家。

走在杂草中间，她底衣裳撕破了，而且刺儿割破了她底皮肤，她的鞋子也丢了，她底小脚小手还有后背都渗出来鲜红的血，勇敢的青姑娘咬着牙往前走，她忍受着这些痛苦，她连哭都没有哭，她只想早一分钟到家，早一分钟去追那位医生回来。

好容易走完了草地。想不到眼前竟是一条河，河水在黑色的夜里明亮亮地流着，看都看不见边，这次青姑娘可真急得哭了。

正哭着，她又听见那个好听的声音在叫"小青！小青！"

听见这好听的声音，青姑娘便高兴得跳起来，这一跳不要紧，差一点把她掉在河里，她知道何仙姑一定能够救好伯母，老何妈说仙女是什么事都能办得到的。她看见何仙姑正微笑地站在她面前，她就说：

"谢谢您！您快去救一救我底伯母吧！她已经病了好些天了，今晚上本来是叫我来等医生，现在也不知这医生来了没有。我要急死了，您帮帮我们吧！"

青姑娘说着，泪流下来，都落在何仙姑底花篮里了。

何仙姑说："小青，你不要着急，不用找医生，你底好心已经救好了你底伯母了。你看，这就是你替你伯母做成的仙药。"何仙姑说着，把花篮里的花拿出来，青姑娘流的泪都变成了一颗一颗白色的芬香的药粒。何仙姑就把那些白色的药取出来，放在一枚荷花瓣上，用一枚大荷叶扇子一扇，并且说：

"小青，你快看。"

青姑娘就向何仙姑手指的地方看去，她看见何妈捧着那枚花瓣送到伯母底嘴边上，伯母吃了那白色的药，一会，她看见伯母坐起来，一点也没有病的样子，伯母叫何妈替她去盛一碗粥来。

何仙姑拍着小青底肩说："小青，这次你总可以放心了，现在让我们到跳舞会去吧！大家已经等我们等得很久了。"

何仙姑刚刚说完，青姑娘看见一支用鲜花扎好的小船，从河上漂流下来，船上挂着许多好看的亮的小灯，何仙姑就携了青姑娘底手坐上去，小船便摇摇摆摆地走了起来，坐在里边就像坐在妈妈摇着的摇篮里一样。

船一面走，何仙姑一面唱着好听的歌，并且用河里的水来洗青姑娘身上的伤痕，那些渗着血的伤痕经何仙姑一洗，不但不痛不破，而且比原来更白更光润，何仙姑说：

"小青！这叫爱之舟，只有心地良好的小孩才能坐到这支船上来，这是嫦娥姐姐特地为可爱的小朋友们做的，能够坐到这支船上才能够参加她底跳舞会。你看，小朋友们已经来欢迎我们了。"

船已经走进了青姑娘刚才已经看见了的大树林，嫦娥向着她笑着打招呼，一大群活泼的孩子和小白兔跑过来围着她们底小船，像小鸟一样愉快地唱着：

"欢迎小青！欢迎小青！"

青姑娘从来也没有过这么多小朋友在一起过，她简直不知怎样好了，她只好笑着站在大家中间，这时，一个雪白雪白的小白兔过来，拉着青姑娘底手，说："我是雪儿！我是你底舞伴。"青姑娘就牵了白兔的一支小白脚走到林里去。

林里是一间明亮的大厅，厅的各处挂着好看的灯，墙上天棚上开着芬芳的花，许多花花绿绿的小鸟在花里飞来飞去的唱歌。许许多多的小甲虫和大蝴蝶在花间飞。

雪儿说："我们先去见嫦娥姐姐。"

青姑娘和雪儿走到嫦娥面前去，向嫦娥行礼，嫦娥说：

"欢迎小青！欢迎好心肠的小青来和我们跳舞唱歌。欢迎小青来和我们一块游戏，来，小青，来，让我们先来握握手。"

青姑娘往前一抬腿，不知绊到什么东西上跌了一跤，她爬起来揉了揉眼睛。看见自己仍旧倚在门框上，原来作了一个美丽的梦。这时候她听见何妈在叫：

"青姑娘！青姑娘！"

青姑娘跑进屋里去，真奇怪！伯母真的在床上坐着，看见小青进来，就慢慢地说：

"小青，刚才来的医生给我打了药针，现在我觉得好多了，医生说我过会就能好，这一次多亏小青侍候我，真得谢谢你呢！"

青姑娘从来也没听见伯母这样慈爱地向她说这话，她心里比刚才在梦里去跳舞会都快乐，她高兴得流下泪儿来，她说：

"我应该侍候伯母，伯母病好了就好了。"

伯母摸着青姑娘的头说：

"小青，你真好，明天我让你跟樱姐一块去上学。"

青姑娘说："我也跟樱姐一块开会去吗？"

伯母笑着说："当然！"

小美丽

署名：孙翔

初刊《上海新民报晚刊》
1953 年 3 月 1、2 日

　　小美丽生得好看，功课好，作文特别作得好，老师常常表扬她，妈妈也时常夸奖她。小美丽骄傲起来了，看不起小同学，也看不起自己的姊姊和哥哥，总是叫别人傻瓜。因为小美丽总是看不起别人，小朋友和姊姊、哥哥，都不跟小美丽一起玩，小美丽觉得没意味，就更加变得骄傲了。

　　妈妈和老师商量了一下，就来帮助小美丽改过。

　　庆祝新年的时候，小美丽和小队的队员们一块做花环。大家都照着小队长画的样子做，小美丽偏偏不肯，她想做一朵大花，比别人做的又大又好。

　　一朵一朵的花儿做好了，老师用线连起来，就成了一个美丽的花环。只有小美丽作的那朵花，穿在花环的哪一头也不合式，那朵花太大了，穿在花环里，就像小孩子的前额撞起一个鼓包那样难看。

　　同学们都说："拿掉那朵大花！不要它，有了它，整个花环都变丑了。"

　　老师拿着小美丽做的花，问大家："这朵花做的好不好？"大家说："好！"老师说："为什么穿在花环上就不好看呢？"大家说："他太大了，跟别的花不一样。"也有的人说："他脱离群众！"老师说："对啦！单看这朵花是好看，可是一朵花做不成花环，若想做出好的花环来，就要大家一块做，按照一个标准来做，不是这样，每个人都随着自己的意思做出花来，不顾大家，花做的多好看也做不成好看的花环。"

小美丽听着老师这样说，同学们也这样说，一赌气就走开了。她的心里也很难过，觉得自己做错了事情。

老师把这情形告诉了妈妈，妈妈晚上给小美丽讲了红领巾的故事，告诉小美丽骄傲的坏处。

这一天，老祖母想吃新鲜的蒜苗，外边买着吃很贵，妈妈就教给三个孩子自己来养蒜苗。妈妈教他们，用细细的竹签把剥好的蒜瓣穿起来，围成圆形，放在碟子里，碟子里经常盛满了水，蒜苗就可以长起来了。

哥哥和姊姊成立了互助小组，两个人一块养着两碟蒜。小美丽不肯加入哥哥们的小组，她就自己养一碟。她想，她一定比哥哥和姊姊养的好。

哥哥和姊姊养蒜很上心，每天都把蒜碟里的水换一次。每天早晨，还把蒜碟拿到窗前，让蒜儿晒太阳。

小美丽也很上心，偷偷瞧着哥哥、姊姊怎样做，她就怎样做。可是，日子一长，又忙着期末考试，小美丽就把养蒜的事情忘记了。

哥哥和姊姊一起，一个人忘记了，另一个人就提醒。两人养的蒜出了满满一碟子苗，青绿的蒜苗长的又肥又大。

小美丽养的蒜苗连一半也没出齐，就枯死了。小美丽气的把碟子送到厨房里去，把蒜苗倾倒在垃圾箱里了。

祖母过生日，雪白的面条上，加上了青绿的蒜苗，又好吃又好看。爸爸、妈妈、祖母都夸哥哥和姊姊好。

晚上睡觉，小美丽睡在妈妈旁边，翻来覆去睡不着。越想越不好受，后来索性伏在妈妈的肩上哭起来了。小美丽说："妈妈！我明白了，一个人多好，用处也不大，一定得大家在一起，才能做好事情。"

小美丽这次是彻底认识自己的错误了。老师和妈妈就帮助她和小朋友们好好相处。

学校的后院，堆有一堆碎砖，小美丽的那个中队清扫后院的时候，决定把砖运到垃圾箱旁边，请工人叔叔再搬到城外去垫马路。大家就开始运起砖来，你来我往，一块一块地往外搬。人太多了，两个人走碰头，你撞我，我碰你，砖落下来甚至把脚都砸痛了。

小美丽想到，在《表》的故事中，彼蒂加组织大家运木头的经过，她想，把彼蒂加的工作方法搬来正合式，她就提议请大家排成一队，一个挨一个站好，从后院一直排到垃圾箱旁边。一个人一个人把砖块顺次序传递下去，谁都不用跑一步，砖就可以运到门外去了。

中队辅导员说小美丽的提议很好，大家可以这样做。

大家排好了队，砖就一块一块地开始传过来了，既不累，工作又做得很好。

晚上，放学回家，姊姊和哥哥正在帮助祖母洗地板。小美丽请祖母去歇息，她和哥哥、姊姊三个人，一个人提水，洗拖布，洗刷子，一个人用刷子在前面刷，一个人在后面拖，很快就把地板洗的又干净又好，露出了亮堂堂的红色油漆，地板像换了一件新衣裳一样。

姊姊和哥哥说小美丽的意见好，祖母也说小美丽的意见好。

妈妈下班回来，小美丽跟妈妈说："妈妈！我明白了，只有能够帮助别人的队员，才是好队员。"

这一次，老师分配小美丽领导一个自修小组，其中有三个同学的成绩都是两分。小美丽尽力帮助那三个小同学，三个小同学进步很快，两个人考了三分，一个考了四分。就在这样的锻炼中，小美丽一点一点改掉了自高自大的坏脾气，成为班里最好的队员了。

柏年的家庭作业

署名: 孙翔

初刊《上海新民报晚刊》
1953 年 3 月 4、5 日

柏年九岁了，已经读完小学三年级。他倚仗自己有些小聪明，上课不好生听讲，回家也不做家庭作业。每天里东混混，西混混，功课刚刚及格，只差没留级就是了。

柏年的妈妈和爸爸都在机关里工作，平日工作繁忙，一直没有时间照顾柏年。就这样拖下来，柏年马马虎虎的学习态度越发展越严重了。

柏年升到四年级，第一个月考国语和算术两门主课都不及格。级任老师请妈妈到学校里去谈话，妈妈才了解到柏年在功课上实在比别的同学差得太远。甚至于一个字都写不完整。柏年写的字，不是缺胳膊，就是少腿，没有一个字写得整整齐齐，一笔不差。

妈妈很伤心，跟爸爸讲了这情形，爸爸也很着急。当然，伤心和着急都不解决问题，妈妈就决定自己督促柏年作好家庭作业，帮助他补习功课。

妈妈对柏年的要求是迫切的，恨不能柏年一下子就把过去荒废了的功课完全学好。每天晚上，一吃过晚饭，就叫柏年坐下来写功课，妈妈在旁边指点。

最初两天，妈妈还比较有耐性，可是柏年不会的地方太多了，一问柏年，什么也知道一点，往细里一问，又什么也说不上来。妈妈忍不住发起急来了，就狠狠地申斥了柏年一顿。

每天，妈妈教柏年，总是嫌他进步慢，这样过了几天，柏年不但功课没补习好，跟妈妈的感情也坏了，反倒怕起妈妈来了。这一天竟然躲在外面不回家，连晚饭也不回来吃了。

妈妈、爸爸、保姆找了好些地方，所有他常去的小同学家都找到了，也没有找到柏年。后来，在邻家的房子和柏年家的房子接幢的夹道中发现了柏年。柏年蜷屈在夹道中间，怀中抱着书包，已经睡着了，脸上委委屈屈地。很显然，他是哭累了睡着的。爸爸把柏年叫醒，柏年连妈妈的脸也不敢看，就随着爸妈回家了。回到家里，柏年把书包放在桌上，摊开写字本，拿起笔来写字，刚写了几行，又打起瞌睡来了。

妈妈叫柏年去睡觉，妈妈认识到了用这样方法来帮助柏年学功课，只能越学越坏，并且还伤害了母子的感情。

妈妈抽时间去找老师谈了一次。除了由老师在学校内加紧督促柏年之外，老师还提议请妈妈用说故事的办法，先引起柏年读书的兴趣。因为柏年是非常喜欢听故事的。

爸爸给柏年买了一套小故事书，图画很多，故事也很有趣。妈妈第一天给柏年讲了一个，第二天又讲了半个，第三天妈妈有晚会，十点钟才回家，柏年仍旧没有睡，在等候着妈妈回来讲故事。

妈妈就鼓励柏年自己看故事，并且和柏年约好，不认识的字留待妈妈回来教给他。

柏年开始看书的时候，很吃力，很多字都不认识，妈妈和爸爸都鼓励他，帮助他。接受上次的教训，妈妈怕这些书对柏年来讲，是太深了，妈妈特意拿了书去找老师看看，老师说书不算深，书的故事性很浓，正好吸引柏年看下去。

柏年看故事的进步非常快，很快就认识了许多字。妈妈又教柏年查字典。柏年学会了查字典后，像吃书一样，几天就把爸爸买来的书看完了。

老师知道柏年看了许多故事书，就请他在班上给小同学讲，因为要把故事讲好，妈妈帮助柏年，仔仔细细地把"铁木儿和他的伙伴"那本书读了四次。

柏年的故事讲得很好，同学都称赞他。最爱听故事的王小华还自愿帮助柏年补习算术。柏年在同学的帮助下，渐渐跟得上班，对功课也渐渐发生兴趣了。

在家里，妈妈从柏年安心读故事书的第一天起，得到了一个启示，检查柏年以往所以不好好作功课的原因，实在是由于自己不良作风的影响。以往，自己因为工作忙，强调疲乏，一回到家里，无论什么事，总是敷衍了事，譬如应该写回信给朋友了，因为累，一拖就拖上十天半月。一到晚上，如果仍旧有需要做完的事情，常常往旁边一推说："明天再说吧！"要学习一个文件，也是如此，本来一晚上可以读完，常常拖几天也看不完。正是自己这样对工作不严肃，学习不认真，才影响到孩子对学习不重视。妈妈检查出自己的错误来，就决心改正，给孩子作榜样。每天晚上，晚饭后，自己坚持一个钟头学习。妈妈安安静静认真学习的态度，很快就影响了柏年，柏年也能按时作功课了。

从带动柏年搞好学习的这一工作里，妈妈自己也得到了改造。妈妈认识到了：要帮助孩子学习好，首先要明白孩子的心理。其次要跟孩子建立亲密的互相信任的感情。同时要以自己的模范行动来带动孩子。

学期终了的时候，柏年的算术考了八十分，语文考了九十分，作文特别好，考了九十五分。柏年这样飞跃的进步，赢得了老师、同学、爸爸和妈妈的称赞。

做风筝

署名：孙翔

初刊《上海新民报晚刊》

1953 年 3 月 14 日

六岁的弟弟的风筝坏了，十岁的姊姊，利用星期日的上半天，给弟弟修理风筝。她细心地把已经破了的纸撕掉，把新纸糊上去。糊的很熨帖，很好。糊完纸，又用水彩画好了颜色，这只坏了的金鱼风筝，又是崭新的了。

做鱼眼睛的时候，姊姊却为难了。鱼眼睛原是用薄竹片做好扁的圆圈，又糊上纸，再用竹签签在鱼的眼眶里的。这样做，为的是金鱼飞在高空的时候，眼睛能因风转动，更增加风筝的可爱。但家里没有竹片，姊姊用薄的马粪纸作眼睛，可是马粪纸还是嫌厚，风吹不动。其实弟弟已经满意了，认为姊姊把风筝修理的很好，就是眼睛不动，也不要紧。

姊姊却一定要把眼睛也做好。她试验了好几种作法，她把马粪纸掀开，掀成两片，又嫌软，做起来不好看。她又用浆糊把三张厚的白纸黏合在一起，不但硬度不够，份量也过重。最后，她想起妈妈从机关里带回来的废电影底片。这半尺废胶片，是妈妈带回来叫大家用来看日食的，看过日食之后，姊姊没舍得丢，把废胶片收在自己的小书箱里了。

　　姊姊用废胶片做了一双鱼眼睛，这双鱼眼睛真的比原来的眼睛还好，用嘴一吹，就转个不停。而且，废胶片反射着太阳的光亮，真的像一双活的鱼眼睛一样。

　　姊姊收好了工具，洗了手，欢欢喜喜地带着弟弟到操场上放风筝去了。两个孩子，一边跑一边唱，唱着："咱们学习志愿军，克服困难有信心，开动脑筋找窍门，生产粮食千万吨。"

真正的第一

署名：孙翔

初刊《上海新民报晚刊》
1953 年 7 月 30 日

玲玲代表自己的小队参加算术赛跑，在小队里，她不是跑得顶快的孩子，可是，玲玲的算术特别好，每个算术习题同时发到同学手里的时候，常常是别人还在思考怎样回答，而玲玲已经把答案作好了，而且从来不出错误。算术赛跑，要跑得快，更要算得对。因为这样，玲玲被推选为小队的代表了。这是全校少年先锋队员的体育比赛大会。

算术赛跑开始了，队员们把跑道团团围住，热烈地给自己的代表鼓着掌。

参加比赛的队员们每人手里拿着一双石笔，写着算术题目的石板，字朝下，在隔着起点二十五公尺的地方放着。

玲玲心里想，一定要用力跑，用自己所有的力量快跑，一定细心把算术题算对，不辜负模范小队的称号。

枪声响了，十二个参加比赛的队员像小鸟一样地跳着离开了起点，过了有十米远之后，不是跳而是真正像小鸟一样地飞跑起来了。

到达放着算术题目的地方的时候，玲玲是第四个。她立刻把石板拿起来，皱了皱眉，把小辫子往后一甩，一眨眼，算式，答案清清楚楚地写在石板上了。

玲玲拿起作好了的算题二次往前跑的时候，她是第一了，她听见自己小队的队员在嚷着："好啊！玲玲！""好啊！玲玲！"

二十五公尺的跑道，一转眼就要到终点了，其余的孩子有的离玲玲有十公尺远，有的还在算着算术。

突然，从家长参观席里跑出来一个三四岁的妹妹，小妹妹照直跑到跑道上来，跟正跑着的玲玲撞上了。小妹妹被玲玲撞了个大斛斗，小鼻子撞在玲玲手里的石板上，撞破了，鲜红的血流出来了。

玲玲吓怔了，她眨了眨眼，不是往决胜跑，而是放下手里的石板和石笔，忙忙把小妹妹抱起来，又忙着把手帕拿出来给小妹妹擦着鼻血。

小妹妹的妈妈和老师都追小妹妹来了，妈妈把小妹妹抱过去，玲玲说："伯母！小妹妹的鼻子流血了，要紧吗？"妈妈笑着说："不要紧，不要紧。"妈妈把小妹妹抱过去了。

玲玲再拿起自己的石板和石笔往终点跑去，她是赛跑中最后的一个孩子了。可是她仍旧跑到终点，按着规矩把石板和石笔交给评判员。

玲玲同队的队员们，有的说："还跑呢，跑了个倒第一。"有的说："得了！咱们的小队算完了。"队长李莹不说什么，也不让同学们说玲玲。

运动会开了一天，傍晚，快乐地结束了。代表小队参加跳高、跳远和其他竞赛的人，都得了胜利。玲玲和队员们一块高高兴兴地庆贺自己小队的胜利。

　　大会闭幕的时候，总辅导员表扬了玲玲，表扬了她对小妹妹的爱护，表扬了她遵守竞赛规则的行动，也表扬了她算式写的整齐，答案作得对。全校的队员都给玲玲鼓起掌来了。

　　小队长李莹向玲玲说："你得到了真正的第一，这是我们小队的光荣，我们要向你学习。"

尉迟恭单鞭夺槊

署名：孙加瑞

北京出版社出版
1957 年 3 月

　　李世民是唐朝开国皇帝李渊的二儿子。他是一个很有智谋、很有见识的人物；又爱结交天下的豪杰。

　　隋朝末年，天下英雄并起，李渊的军队和在定阳称帝的刘武周的军队交战。刘武周手下有一员大将，名叫尉迟恭，骑一匹乌青战马，使一条水磨钢鞭，能够力敌万人。刘武周先派他攻打并州，并州的守将是李渊的四儿子李元吉。尉迟恭一钢鞭打得李元吉吐了血，只一战就把并州攻破了，再往前打，很快地又攻占了介休。

　　于是，李渊就派李世民为元帅，徐茂公为军师，带领秦叔宝等武将前去接战，让李元吉也随在后营。

　　李世民来到介休城外，就命令大将秦叔宝与尉迟恭对阵。秦叔宝本是唐营的虎将，使一对黄金铜，天下无敌。两人对阵，搭上手，就厮杀起来。鞭来铜去，铜去鞭来，只杀得烟尘四起，从早上杀到傍晚，仍然不分胜败。看看天色黑将下来，两人杀得兴起，命令军士点上灯笼火把，二次又杀在一处。

　　李世民一直在阵前观战。看见尉迟恭这样勇猛，非常爱惜。也惦记着秦叔宝战斗的时间过长，肚里饥饿。就命令小兵，抬上一桶酒，两盘肉，送到阵前去给二人解围。

　　小兵把酒肉抬到阵前，说道："我家元帅怕二位将军用力太过，命令我们送来酒肉，给二位将军接接神力。"

　　尉迟恭看了秦叔宝一眼，说道："要打就打，谁稀罕吃你家东西。"秦叔宝也说："我就与你战到天明。"李世民见尉迟恭不肯接受酒菜，黑夜交战，免不了互有损伤，就命令鸣金收兵。秦叔宝听见鸣金，拨马回了唐营；尉迟恭也回了自家营寨。

　　秦叔宝回到唐营之后，李世民摆酒给秦叔宝解乏，谈起阵前的事，李世民不住口地夸奖尉迟恭武艺高强。徐茂公说道："刘武周糊涂昏庸，并不重用尉迟恭。尉迟恭跟随他，实在是屈了人才。"李世民想招降尉迟恭，叫徐茂公想办法。徐茂公想了想说："咱们只要把介休城团团围住，叫尉迟恭进退不得。拖延的日子一久，刘武周必然责怪尉迟恭。那时，咱们趁他们内部不合，先派精兵去收拾了刘武周，断了尉迟恭的归路。然后再选能说会道的人把元帅爱将和刘武周不能重用人才的道理向他讲清。到时候，尉迟恭准来投降。"

李世民就依了徐茂公的计策，命令把介休城团团围住，也不和尉迟恭交战，只是劝他投降。

尉迟恭被围在介休城内，看看粮草都用尽了，刘武周仍然没有派救兵前来。想要冲出城去，又怕自己人手少。他也知道李世民爱将；怨恨刘武周不仁不义。可是他觉得投降李世民，半路上丢下刘武周，不是英雄行为。正在为难，听得城外战鼓敲得山响，唐营军师徐茂公又来劝降了。

徐茂公见尉迟恭站在城上，四处了望，早已看透了尉迟恭的心意。就命兵士们把刘武周的首级高高地吊起来，叫尉迟恭相认。原来就在围困介休期间，徐茂公另派精兵，攻下定阳，已经把刘武周杀死了。

尉迟恭一见刘武周被杀，止不住流下眼泪来。徐茂公说："尉迟将军，刘武周只贪钱财，不顾人民的生活，已经被我们杀死。你还不赶快投降？我家元帅李世民，爱才爱将，深得民心，你投降唐营，绝不会埋没你。你若不降，想你也看到了我军阵势。将军你是深明事理的人，还请你再思再想。"尉迟恭一见这样情形，感到李世民确实是诚心相待，归降了他，也不算委屈自己。就向徐茂公说道："徐军师，蒙你家元帅看重我，我决定投降。只是要请你们答应我一件事。"徐茂公说："别说一件，就是十件也行。"尉迟恭说道："我跟随刘武周一场，不能眼看着刘武周死了不葬。请你们把刘武周的首级交给我。我安葬了他，尽到这几年相随的情谊。明天我就开城投降。"徐茂公当即命令兵士们把刘武周的首级送到城上交给尉迟恭，尉迟恭也把自己的衣甲、钢鞭扔下城来，交给徐茂公作信物。徐茂公喜气洋洋地收兵回营去了。

　　第二天，尉迟恭换了素服，安葬了刘武周。命令众将摆好欢迎的阵式，自己全身上绑，大开城门，欢迎唐朝军将入城。

　　唐营这边，李世民带领着徐茂公、秦叔宝、李元吉等，命令将士们刀出鞘、弓上弦，摆齐队伍，雄赳赳地进城而来。李世民看见城内秩序好，军士队伍整齐，心里更加欢喜。他看见尉迟恭全身上绑，在路旁迎接，连忙下马，亲自给尉迟恭解开绑绳，拉了尉迟恭的手，一同进了尉迟恭的大营。徐茂公早命令兵士们把带来的新衣送给尉迟恭。李世民请尉迟恭换了新衣，命令军士奏起喜乐，摆上宴席，犒赏三军，庆贺尉迟恭降唐。

　　酒宴之间，李世民就同徐茂公商议，像尉迟恭这样的上将，一定要安排他一个重要的职务。宴罢，李世民决定亲自回太原去见李渊，为尉迟恭请封官职。他嘱咐徐茂公好好看待尉迟恭，自己带了几个从人，赶向太原去了。

　　再说李元吉见招降了尉迟恭，十分恼怒。他心胸狭窄，那一鞭之仇他看得比国家的利害还大。如今李世民收降了尉迟恭，还亲自到太原去给尉迟恭讨封，李元吉气得肺都快炸了。李世民摆酒宴请尉迟恭，人人都很高兴，唯独李元吉闷闷不乐，闹得酒也没有吃好，回到自己帐中，又恼又恨。

　　李元吉手下有个将官，名叫段志贤，是个势利小人。平日里专会掇弄着元吉作坏事。元吉对他说道："恼恨我哥哥李世民，偏偏收下罪该万死的尉迟恭。他在并州打得我好苦。如今他降了唐，我哥哥又百般优待他，看起来，我算是白白地吃了他一鞭。"段志贤说道："要解恨！就要有胆量，敢做敢当。"李元吉把自己的胸膛一拍，翻着白眼珠问段志贤："段将军！你看我李元吉怕过哪个？我哥哥再厉害，大不了，我回太原去见母亲，讨个情，他还能把我怎么样。"段志贤说："既是这样，我倒有个计策。"说着，对着元吉的耳朵，叽里咕噜地说了半天。李元吉一边听着一边拍手，不住口地说："妙！妙！妙！我决定依计而行。"

当下，李元吉传齐本部将士，排列得整整齐齐。又挑选了十个健壮的大汉，预备好绳索，就打发人悄悄地去传尉迟恭。

尉迟恭听得李元吉叫他，不晓得什么事，空着手就随了军校过来。一进帐，看见这样阵势，就知情形不好，又没法子退回去，只好报名求见。

李元吉一听尉迟恭报名求见，端起架子，怒气冲冲地一声大喝，说道："尉迟恭，你干的好事，还不赶快认罪。"尉迟恭说道："尉迟恭并没有什么不对之处。"李元吉喝道："你还强辩，昨夜，你和你的部下偷偷地说：投降我家，本是诈降，就要收拾兵马返回定阳，我亲自听得清清楚楚，你赖也赖不过去。"说着，不容尉迟恭分辩，就命捆人。那十个大汉抢上前来，五花大绑，把尉迟恭捆了个结结实实，推到后帐的牢狱之内，又把牢门上了双重大锁。

李元吉顺顺当当地捆住了尉迟恭，心里非常高兴。段志贤又上了一计，命令狱卒预备酒菜，假装同情尉迟恭，半夜里请尉迟恭吃酒，酒中暗下毒药，把尉迟恭毒死。

尉迟恭的随身军校，送尉迟恭到李元吉帐里去了之后，左等不来，右等不来，不由得心上犯疑。悄悄地到元吉后帐一看，只见尉迟恭五花大绑，被送进牢房去了，慌忙到徐茂公帐中报信。

徐茂公听了，左思右想，觉得只有把李世民追回来，才能管得住李元吉，解救尉迟恭。于是，他嘱咐手下人暗中保护尉迟恭，自己选了一匹快马，一个人悄悄地离了介休，奔上去太原的小路，追赶李世民去了。

徐茂公的马快，又是抄近路，很快就追上了李世民，把情况一说，李世民想了想，说道："我看尉迟恭不是那种反复无常的人。"徐茂公说道："尉迟恭断然不会造反。可能是四将军从中生事。四将军若是真的杀死尉迟恭，不但损失了一员虎将，天下英雄也会骂我们言而无信，不能以诚待人。"李世民说道："依你之见，怎么办才好呢？"徐茂公说道："只有元帅多辛苦，赶回介休，才能保住尉迟恭性命。"李世民就同徐茂公折转马头，奔回介休，顾不得回自己的营帐休息，一直来到李元吉的帐前下马。

李元吉、段志贤已经把毒药酒菜准备停当，只等半夜下手。一听说李世民回来了，慌得李元吉一把拉住段志贤，说："坏事了！坏事了！"段志贤嘱咐李元吉说："不要慌，只要一口咬定尉迟恭要反，元帅也没办法。"正说之间，李世民同徐茂公已经走进帐来。

李世民一见李元吉，第一句话就问尉迟恭在哪里？元吉说道："哥哥待尉迟恭情高义厚，他可没良心。你前脚去太原，他后脚就要带兵造反。幸亏我消息灵通，没容他走远，就把他追回来了。本想当时杀了他，又想他是哥哥收下的，还是等哥哥回来处理才是。像他这样忘恩负义的人，留着总是个祸害，杀了也就完了。"说着，就命军校快去把尉迟恭斩首报来。李世民止住了军校，慢慢地向元吉说道："兄弟！我看尉迟恭不是毫无信义的小人。"元吉说道："哥哥偏爱尉迟恭，看不出他的毛病。古语说得好，知人知面不知心，你能断定尉迟恭是真心归唐吗？再说，尉迟恭能背叛刘武周，就能反你李世民。这种人，就是这样。"李世民说道："好兄弟！咱们正在招请天下英雄好汉，要是容不得尉迟恭，天下人看咱们量小德浅，可就再也没人愿意帮助咱们了。"元吉说道："杀一个尉迟恭也不是什么大事，哥哥何必这样过虑？"徐茂公在旁说道："二位不要争论，依我之见，把尉迟恭叫来审问审问，他谋反是真，杀了他咱们也有话可讲。"李世民同意，就命令军校去传尉迟恭。

尉迟恭听说是李世民传唤，心里又喜又愁：喜的是，李世民回来，可以弄清事非；愁的是，和李世民刚刚相交，怕他不相信自己。心里这样想着，随了军校，来到了李元吉帐内。

李元吉一见尉迟恭进来，满脸的怒气，口口声声咬定尉迟恭要反。李世民叫元吉住嘴，亲自给尉迟恭解开绑绳，命令兵士们摆上酒菜，请尉迟恭在上座坐下，这才说道："尉迟将军，我四弟做事莽撞，请将军看在我的份上，多多原谅。将军不愿留在唐营，我不相强。请将军满饮这杯酒，表表咱们相识一番的情谊。将军要回定阳，就请上路！"说着，命令左右拿出金子，把金子摆在尉迟恭面前，接着说道："金子送与将军做路费，请不要嫌少，收下吧！"

尉迟恭既不接酒，也不要金子，说道："尉迟恭并没有回定阳之心，这都是四将军记住一鞭之仇，诬害于我。"李元吉说道："尉迟恭！你太没道理，你明明是要反，我哥哥请酒赠金，你借这个机会，大大方方回你的定阳岂不是两全其美？你偏偏又说我诬害于你！你好好打听打听，我李元吉可是那种记仇的人？"尉迟恭说道："四将军口口声声说我要反，我也没办法使元帅相信我。堂堂男子汉，落得这样下场，也没意思。不用四将军杀我，我自己死去就是。"说着，往台阶上就撞。徐茂公在旁边看得清楚，一把拉住尉迟恭，按他在椅中坐下。李世民说道："尉迟将军说他并没有走的意思，元吉又说尉迟恭一心想反，我也不知信谁好了！我看这样办吧！咱们把随尉迟恭谋反的军士找来一问，就能弄清事实。果然是元吉说得对，尉迟将军也好心服。"尉迟恭连声说好，徐茂公也说："元帅这个主意很好，这样才能弄清真相！"就命令军校去传尉迟恭手下将士。

李元吉慌忙拦住要去的军校，支支吾吾地说道："尉迟恭离开大营，正巧被我遇上。我想，这家伙单身出营，其中定有缘故。我这里一问，他慌了神，没来得及知会别人。打马就跑。我的马快，没容他跑远，冷不防从后面把他拖下马来，这样捉着他的。"李世民说道："尉迟恭是员虎将，秦叔宝战他都很费力。兄弟你这样轻易就地把他拖下马来，可见武艺大有长进。可惜我没有亲眼看见，终究不敢信实。"徐茂公说道："既是这样，何不请元吉将军同尉迟恭把当时的情形再演习一回。元吉将军果真能把尉迟恭拖下马来，就证明尉迟恭逃走是真。"元吉听了徐茂公的话，暗恨徐茂公多事，他一心盼望李世民把这件事拦下，谁知李世民却说："演习一次也好。"当下就命令李元吉和尉迟恭同去演武厂比试。元吉说道："那天我心中气愤，一时情急，不由得添了力气。尉迟恭又没防备，所以捉得住他。今天他既有防备，又是心中恨我，我当然比他不过。哥哥要饶他就饶他好了，何必非拴上我不可呢？"尉迟恭说道："我情愿不带兵器，单人独马在前，请四将军带了兵器追我。四将军捉着我，我立时认罪，任凭处理。四将军要是当场刺死了我，我也死无怨言。"李元吉见三个人都是这样说，料想推脱不过，又想，尉迟恭再勇，手中没有兵器也要吃亏三分。自己见机行事，占着便宜更好；占不着便宜，尉迟恭也不敢伤人。万一能一槊刺他个透明窟窿，可不解了心头之恨。就说道："尉迟恭：我不过是看在哥哥面上，让你三分，你当我真怕你不成？咱们就去比试比试。"于是众人带了军将，来到了演武厂内。

尉迟恭首先放开了马，往前就跑。李元吉抄起自己的铜槊，在后就追。李元吉在马上左瞧右看，见尉迟恭不在意，举起铜槊，对准尉迟恭的后心就刺。尉迟恭一偏身躲过槊，右手只一抄，就把元吉的铜槊抄在手里，再往怀里一带，元吉不由得松了拿槊的手，身子在马上晃了两晃。尉迟恭掉转马头，和李元吉对面，元吉吃了一惊，吓得落下马来。他定了定神，连忙掩饰道："我的马惊了，换匹马来再和你比。"军将另牵了一匹马过来，元吉接过马缰，脚往蹬上一踩，忽然两手捂着肚子叫起疼来，向李世民说道："哥哥！我肚子痛，停一会再比吧！"

李世民命令元吉在一旁休息，向尉迟恭说道："元吉度量狭窄，请将军不要介意！"尉迟恭说道："只怕元吉将军忘不了那一鞭之仇。"李世民说："不妨事，一切有我做主！"说着，就拉了尉迟恭的手，一同返回大营。

这时候，只见一个探子急急忙忙地跑到李世民面前，报道："洛阳单雄信前来攻打介休。"元吉连忙跑来说道："派尉迟恭作先锋，我去接应，尉迟恭有勇我有谋，准能打败单雄信。"

原来李元吉知道单雄信是洛阳名将，使一条狼牙枣木槊，有万人不敌之勇。尉迟恭这一去，杀不过单雄信丧了性命更好；就是和单雄信打个平手，自己拖拉时间，不拨人马救他，他战得力乏，不死也得重伤。元吉正打着自己的如意算盘，听见尉迟恭向李世民说道："我自到唐营以来，一件功劳没立。我愿意带领本部人马，去和单雄信交战。"李世民说道："将军才来，以后立功的机会很多，不忙在这一时。我带领元吉、段志贤先走，将军和军师随后接应我们吧！"于是，李世民点齐人马，出城去会单雄信去了。

徐茂公明白，李世民带了李元吉、段志贤先走，怕的是李元吉再找尉迟恭生事。但他也知道单雄信很会作战，怕李世民有什么闪失。就和尉迟恭等率领人马，紧紧随在李世民身后。

李世民出了介休城，来到一座土山旁边，见单雄信的大营一字排开，果然十分雄壮。正思量攻营的方法，猛然听得一声炮响，大旗一摆，单雄信手拿着狼牙枣木槊，雄赳赳地奔了过来，一面大声叫道："李世民不要走，吃我一槊。"李世民举起兵器，挡住了狼牙槊，觉得非常沉重，知道自己敌不过他，催马绕山就跑。元吉和段志贤一见单雄信这样气魄，早就吓得瘫了。看见李世民绕山跑去，也就催马随着败了下来。单雄信提槊紧追，李世民跑出了两丈地，回手挽弓搭箭。心想，凭自己的箭，也许能挡他一阵，手往箭袋里一摸，不由得打了个冷战，原来出来得匆忙，忘记带箭。眼瞧着单雄信就将来到眼前，只好高声说道："单雄信休追，看我神箭！"把手中弓扯得满圆，把弓弦拨得铮铮响。单雄信听说有箭，勒马往旁边一闪。李世民趁这工夫，招呼上李元吉、段志贤，往介休跑去。

单雄信一阵风似的追过来，李世民无法，只好命令李元吉在左，段志贤在右，准备抵挡一阵。单雄信高举狼牙槊，一下就把李元吉的铜槊打落在地，又向李世民打来。李世民正要抵挡，旁边跑过一将，用兵器架住了单雄信的狼牙槊，嘴里喊着："休伤我家元帅，看我战你。"说着，放过了李世民，就和单雄信接上手，两人杀在一处。

　　李世民退到路旁，擦了擦头上冷汗，这才看清来人正是尉迟恭。尉迟恭那条水磨鞭，使起来，呼呼风响，马前马后，钢鞭像一条寒光一样，单雄信的狼牙槊怎样也扎不到尉迟恭身上。又战了一会，只见尉迟恭猛然一伸手，夺过了单雄信的狼牙槊。回手又一鞭，正打在单雄信背上，单雄信哇的一声吐了口鲜血，顾不得拿槊，败回大营而去。单雄信伤重，无心再战，当天拔寨，逃回了洛阳。

　　唐营这边，李世民拉着尉迟恭的手，同回大营，李元吉和段志贤满面羞愧地跟在后边。李世民再三称赞尉迟恭的神勇，感激尉迟恭救了三人性命。于是会合上徐茂公，同去太原进见李渊，给尉迟恭请赏去了。

吴用智取华州

署名：孙加瑞

北京出版社出版
1957 年 6 月

　　梁山好汉花和尚鲁智深，有个至好的朋友名叫史进，与朱武、杨春在陕西少华山聚义。鲁智深奉宋江命令，和武松一起去到少华山约请史进来梁山入伙。

　　两人离了梁山泊，到了少华山。山上的头领朱武、杨春出寨迎接，独独不见史进。鲁智深就问朱武："怎么不见史大郎？"朱武答道："他上华州去了。"武松惊问道："史大郎上华州去做什么？听说华州知府贺章，是奸相蔡京的得意门生，为人机谋狡诈，贪财好色，很是难惹。"朱武说："正因为贺章狠毒，史大郎早就想杀掉他。正巧前日他又强占民女，史大郎打抱不平，进华州城去搭救民女……"鲁智深抢问道："救出来了吗？"朱武说道："不但没有救出，史大郎反倒被贺章用计拿下，囚在牢里。"

鲁智深听了，气得浑身乱颤，就要去华州搭救史进。那武松看看天色已晚，劝鲁智深道："师兄，搭救史进，单凭勇气不济事，咱们得想个好计策才行。"朱武、杨春也再三阻拦。鲁智深只好耐着性子，随着大家吃了晚饭，各自安歇。

鲁智深哪里睡得着！等到半夜，看看大家都已睡熟，就悄悄地溜下山来，奔华州搭救史进去了。

鲁智深赶到华州城外，天已大亮。他扮成一个化缘和尚的模样混进城去，来到了渭河桥上，忽见知府的卫兵鸣锣开道，拥着贺章从桥对面而来。鲁智深心里暗暗欢喜，想道："我正要找你，你来得真巧。"就侧身躲在一旁，打算等卫兵过去，刺死贺章。谁知卫兵人多势众，不好下手，鲁智深干着急，没有办法。

那贺章坐在轿内，眼睛四下里查看，一眼看到个化缘和尚，心里一惊，想道："这个和尚满脸杀气，说不定是史进的同党，倒要小心。"当下把亲信陆推官喊到轿前，嘱咐了一番，这才进府去了。

鲁智深正在那里没有主意，忽见一人走来恭敬地叫了声"大师父"，接着说："我是本府推官，姓陆。我家知府贺章一向尊敬佛门弟子，刚才在轿内看到大师父不是本地人，特地命我前来相请，招待茶饭。"鲁智深听了，正中心意，暗想："凭我手中这条铁禅杖，连衙门都能砸得稀烂，正好随他进去。"也就说道："多谢多谢！"便随了陆推官进了城门，直奔府衙大堂而来。刚刚来到堂口，两个武士拦住去路，不准鲁智深带禅杖上堂。鲁智深怕露出马脚，只得放下禅杖，来到了大堂，见那贺章高高坐在堂上，不由得气往上冲，一句话没说，窜上前去，举拳就打。贺章往旁边一闪，只听得一声巨响，知府公案被鲁智深一拳劈作两半。鲁智深急回身去找贺章，四面八方落下绳网，把鲁智深紧紧缠住。贺章从后面出来，喝令武士拿下捆好，又坐上大堂审问。

鲁智深气得两眼圆睁，破口大骂，让他交出史进。贺章气得无言对答，当下便命人把鲁智深押入死囚牢，小心看守，一面上报朝廷，只等批文下来，就把他和史进一齐斩首。

再说武松第二天起来，不见了鲁智深，知道他一定私进华州去救史进，就辞了朱武、杨春，立时赶回梁山报告宋江。宋江与吴用当下商量好，同着武松、秦明等，率领五千人马，前往少华山，搭救鲁智深与史进。

这天，梁山兵将来到了少华山，见了山上的各位英谁。宋江问到华州情况，朱武答道："那贺章自从捉住史、鲁两位之后，华州城防守得更加严密。共有大将十员，八千兵马，日夜分班严守。老百姓出城入城，盘查得很紧，一遇可疑的人，立时拿下。外地的人插翅也难飞进城去。"宋江听了发起愁来。吴用想了想，说道："大哥不要着急，今夜我去城外探探华州虚实，好歹想个主意。"

到了夜间，吴用带了秦明和几名随从，来到华州城外。见那华州城，背靠西岳华山，前临渭河，形势十分险要。城上插着旗子，城下挖着几丈深的壕沟。看情形，以梁山的兵力攻打华州，一则耗时费日，二则免不了伤兵损将。吴用正不得主意，忽见宋江领着武松、杨春等一干人，急急地赶来。宋江走近，向吴用说道："事情越加紧急了。刚才少华山朱头领接到探子报告，说是皇帝派了宿太尉到西岳华山进香，大队官船已经到了渭河渡口。这宿太尉一到，只要他担承一二句，贺章就可以不等朝廷批文回来，当时将史、鲁两位兄弟处斩。你看，史、鲁两位兄弟命在旦夕，怎么不叫人着急！"吴用听了宋江的话，沉思了一会，反倒笑着说："计在这里了。"宋江忙问："计在哪里？"吴用说："我想了一条偷梁换柱之计……如此这般，就可将两位兄弟救出。"

那奉旨进香的太监宿太尉，一路上锣鼓喧天，受了沿途文武官员的远接近送，真是又威武又热闹。这天，来到了黄河入口，眼瞧着进渭河到华州，就要上山进香去了。谁知进了渭河，要到达渡口的时候，官船突然停住不走了。宿太尉满心不高兴，便叫马客帐司（客帐司就是管事务的人员）出船查问。马客帐司来到船头，正要质问船夫，忽见官船前面横拦着一条民船，民船上两个船客站在船头，看那两人的神情举止，不像一般老百姓模样。马客帐司心里奇怪，高声喝道："哒！那民船快快躲开，不要冒犯了太尉的官船，自讨苦吃。"谁知这一喝，那民船反倒接近了官船。船头上的人拱手说道："梁山义士宋江、吴用，特来参见太尉。"

马客帐司听了，这一惊非同小可，慌忙跑进舱里，回报宿太尉。宿太尉一听，吓得不知怎样才好，半天，才勉强镇静下来，向马客帐司喝道："你就去告诉他们，说我奉旨进香，叫他们不要无礼。"

马客帐司来到船头，把宿太尉的话一说。吴用说道："请回告太尉，宋义士要面见太尉，有事商量。"民船上的人齐声说："我们一定要见！"马客帐司只好回船，把吴用的话一说，宿太尉急得抓耳挠腮，一时说不出话来。这时，听得吴用在外面高声喊道："太尉不愿相见，倘要是惊动了太尉，可不要怪罪我们！"接着，四周围一片呐喊，震得大船簸簸乱动，吓得宿太尉从座位上跌了下来，慌忙拉了马客帐司走出舱门，向宋江、吴用施了一礼。宋江说道："今日之事，不是三言两语所能说清，请太尉上岸细说。"宿太尉不肯离船。吴用说道："宋大哥相请，实无恶意。如一定不去，反与太尉不利。"说罢，把手中红旗轻轻一摆，梁山水上英雄阮小二、阮小五、童威、童猛双双跳上了大船。太尉的随从上前拦挡，被那四人一拳一脚，立时打落水中。宿太尉一旁吓得浑身发抖。宋江故意大声喝道："贵人在此，不得无礼，还不把人救上来！"

阮小二等四人跳进水中，把淹得湿淋淋的随从送到大船上。梁山好汉跳上了大船，掌舵的掌舵，划桨的划桨，眨眼间把大船靠了岸，将宿太尉的随从一齐赶到岸上。宿太尉见这情形也只好下船上岸，随了宋江一行进少华山寨去了。

那华州知府贺章，自捉了史进、鲁智深以后，每天提心吊胆，就怕梁山前来救人。朝廷的批文又迟迟不见下来，急得他茶饭无心。这天，陆推官跑来向贺章说道："宿太尉奉旨到西击进香，已经有远信前来，最近就要到达华州。那时，请太尉担待一句，就将鲁智深等斩首。我们免去了麻烦，也断了梁山贼人救人的心思。"两人正在谈论，从人报说华山云台观主求见。贺章命令叫观主进来。

原来宿太尉的官船驶进渭河，在渡口上岸，前站已到了云台观；云台观主特意前来给贺章送信。

贺章谢了云台观主关照的厚意，请观主先行回山，自己换好官服，叫陆推官备好香烛，点齐随从，坐上大轿，往华山去见宿太尉。

贺章刚上了轿，又下来了，一言不发，径直进了后堂；陆推官连忙跟进府内。贺章见左右无人，向陆推官说道："太尉自从离京以来，远处站站都有报子前来，怎么到了华州前站，反倒没有近报？其中恐怕有变故。"陆推官说道："没有近报，是与情理不合。不过太守不去迎接，若是太尉怪罪下来，只怕担当不起。"贺章沉思了一会，说道："陆推官，你先去云台观探看虚实，要真是宿太尉来了，我便即刻上山；要是假冒，我在府内也好调动人马，前去捉贼。"陆推官说道："只是其中有两桩难处：第一，我没见过那宿太尉，辨不出真假；第二，倘如真是宿太尉来了，他怪太守没去，怎么回答呢？"贺章说："这个不妨。第一，我曾听恩师蔡太师说过，那宿太尉是个俊秀少年。还有，此次进香，皇帝特别赏赐了金铃吊挂。那金铃吊挂由七色珊瑚做成，镶着珍珠宝玉，真是人间少有。你如能见到这件宝物，便实是太尉驾到。至于第二件，果真是太尉来了，问及我时，你就说，梁山贼人逞凶，怕惊着太尉，我正在严查城防，查毕就到。"贺章说到这里，顿了一顿，又接着说："蔡太师前日托人带信，说是有密信交宿太尉带来。你设法探询一下，如有密信，那就一切都有照应了。"陆推官领命，带了随从，抬着香烛，往华山来了。

再说宋江等回到少华山之后，拨了几名能干的头目把宿太尉一行软禁在山寨之内。宋江和吴用，扮着太尉身旁总管进香的客帐司，众家好汉和一些兵士扮作太尉随从，又选了一个相貌很像宿太尉的小头目扮作宿太尉，摆了皇家仪仗，浩浩荡荡，由渡口往西岳华山而来，直投云台观住下。

云台观主自华州城回山之后，督促着众徒弟，打扫佛堂禅房，一见宿太尉来到，慌忙出观迎接。吴用假扮的马客帐司代太尉回答了观主的参拜，就叫观主找间清静的房屋给太尉休息，说太尉在渡口受了风寒，身子不爽。云台观主把吴用等引到观内紫来阁休息。吴用安排好假太尉，二番来到大殿，叫仪仗人等外面伺候，这才问观主："怎么不见本府官员前来迎接？"观主说："太尉前站来山之后，小道亲自给太守送去信息，那太守打发小道先行回山，说是随后就到。"吴用道："那太守来时，叫他大殿伺候！"云台观主应了，自去后殿料理。

陆推官奉了太守之命，来到云台观前，看见那皇家仪仗，出观门外一直排列到大殿门口，件件镶金嵌玉，金碧辉煌。陆推官心里暗想：看起来这位太尉是真，不然哪里得来这份皇家仪仗？这时，云台观主迎接出来，说道："太尉就要进香，请推官大殿伺候。"陆推官招呼从人把香烛摆齐，故意问观主道："那太尉一定是位身广体胖，大富大贵的长者吧？"云台观主说道："不是，太尉乃是白面书生，很是俊美。"陆推官又问道："不知太尉手下，哪位官员总管御香？这位官员为人又怎样？"观主道："有一位马客帐司，总管一切事务，这人看来精明得很。请推官进殿，小道还要去安排经文，失陪失陪。"观主说着就进后殿去了。

陆推官停在廊下，想进大殿，怕那位客帐司怪他私自进去；若不进去，看不清虚实，又无法回报太守。想了一会，大着胆子进了大殿。那大殿之内，香烟燎绕，静悄悄地不见人影。陆推官正不得主意，忽然听得有人喝道："哪个大胆，敢闯玉殿！"人随声到，一位官员，打扮得齐齐整整，从后殿过来。陆推官连忙上前施礼，报了名号。那官员冷笑一声，说道："小小推官，一无传呼，二无手本，竟敢私上大殿，该当何罪！"陆推官赶紧回道："我是奉太守之命前来的。"

原来这位官员，正是吴用假扮的马客帐司。他一听说陆推官是奉了太守之命前来的，不由得心下想道："莫不是走漏了消息，贺章有了准备不成？现在万万大意不得，必须见机行事。"主意打定，假装生气的样子，冷笑着说道："好一个大胆的华州太守，竟敢小看钦差！等我回禀太尉，太尉再回奏皇上，办他个欺君犯上之罪！"吓得陆推官连忙分辩："并不是太守不来，实实是因为少华山的草贼，勾引梁山泊的大盗，骚扰州府。太守安排军务，一时分不开身，所以打发小吏先来安排酒礼，太守随后就到。"吴用说道："你说少华山勾结梁山，足见华州地面不平靖。太守就该多派兵马，先到渭河渡口迎候太尉，保护御香才是正理。他一不派兵，二不迎候，把皇帝御香当作儿戏。倘使有个风吹草动，惊了太尉，失了御香，那还得了！"陆推官听了这一番话，更加无法分辩，猛然想起华州府没接近报，正可借此解释，连忙带笑说道："我家太守并非有意如此。太尉离京之后，远处倒是每站都有报告；可是偏偏临近华州，没接到近报，所以没能事先做好准备。"吴用听陆推官说是没接近报，暗恨自己疏忽，连忙随机应变，缓缓说道："想是前站官员，耽误了送报，这倒也怪你们不得。"陆推官一见吴用改了口气，心下安定了一些，就凑到面前，恭恭敬敬地说道："长官贵姓？"吴用回道："在下姓马，乃是掌管御香的总客帐司。你问这个做什么？"陆推官说道："我看长官气概不凡，将来必然高升，因此斗胆动问，还望多多照应。"吴用道："你这个推官，很是聪明；遇有机会，我必然看顾于你。"陆推官连忙行礼道谢，二番又恭恭敬敬地问道："我有句话，不知当问不当问？"吴用听了，心中一惊，怕是自己又露了马脚，故意从容地回道："当问的再问，不当问的就不要问。"陆推官悄声说道："前番蔡太师做寿，我家太守派人送礼祝寿，太师说过，等太尉进香来时，托太尉带来密信，不知……"吴用听了这话，说忙捂住陆推官的嘴，叫他不要再说，紧接着前后左右查看了一番，看见没人，这才脸色一变，怒冲冲地说道："你这个推官，竟敢探听机密，实在是不知体统，目无上下，趁早与我滚了出去！"说罢，袍袖一拂，径自进了内殿。

陆推官闹了个无趣，不由得怨恨贺章多事；刚要动身回府，又一转念：我来打探虚实，要是连太尉一面也没见到，太守必然怪我办事不力，我不如等在大殿之内，也许能看见太尉。达时，忽听得里面钟鼓齐鸣，司仪喊着"初上御香"。太尉所带随从，一对对，一双双，捧着各色香烛，前面两个锦衣侍卫，打着金铃吊挂前导。那金铃吊挂，珠光宝气，照眼生辉。陆推官心想：倒是皇家宝物，真个人间少见。

吴用斥责了陆推官之后，放心不下，二番来到大殿，见那推官左瞧右看，唯恐被他看破机关，故意大喝一声："大胆推官，为什么在此摇来摆去！"陆推官连忙解释："长官不要生气，只因小吏既是奉命前来，没有叩见太尉，怕的是太尉、太守双方怪罪。"吴用冷笑道："别说你是个小官，就是你家太守，太尉不高兴相见，他也没法。你也太不自量了！"说罢，哈哈大笑起来。陆推官满脸通红，慌忙出殿。吴用叫住他道："烦你带信给你家太守，说他初香没来，看在没有接到近报份上，不予追究。如果二香不来，那就是有意怠慢，定要处罚。若是三香不来，那就是欺君之罪，问他担得起么！"陆推官听了这话，再也不敢多说，忙忙带着随从，赶回华州去了。

陆推官见了贺章，把前后经过说了一遍。贺章听了又惊又喜：惊的是，未去迎接太尉，有轻视钦差的罪过；喜的是，太尉和蔡太师至好，都是自己人，太尉担待一二句，就可以把史、鲁二人就地杀死，免去心腹之患。当下，贺章便挑选了三百名精壮的州兵，保护着前去华山。

吴用喝退了陆推官之后，对那华州知府贺章更加了十二分戒心：一面照常焚香上供；一面吩咐梁山众好汉在观前观后埋伏好。那贺章一进山口，消息就早报到了观内。吴用听说贺章带领着三百州兵前来，就命秦明摆酒等候，借太尉赏酒为由，把那三百名州兵灌醉捆好。吴用带领着扮成皇家侍从的兵丁，专在大殿内等候贺章。

贺章来到云台观外，见观内气象十分威严，心中有些不安，怕太尉怪罪，只好硬着头皮进了大殿，见一位官员便恭恭敬敬地捧上手本，请求代为通报。

吴用接过手本，把贺章上下一打量，说道："贺太守，太尉已经上罢二香，你来迟了。"贺章赔笑说道："还有三香呢。"吴用一声冷笑，说道："太尉奉旨离京，沿路官员，没有一处不焚香顶礼，远接近送。独独到了华州，冷冷清清，并无一人迎接。这次进香，非常隆重，必须当地官员陪祭，因此一请再请，太守你到这时候方才前来，架子可真不小唯！"贺章尴尬地说道："只因军务缠身，所以来迟，请长官替我美言几句！"吴用说道："既然如此，我担个不是，就与你通报一声。只是你可要多加小心。太尉怪你不来，满心是气。他要问你什么事情，你要从头至尾，一句不许隐瞒。若是有一点不实在，太尉怪罪下来，可不要怪我不来救你。"贺章听了，莫名其妙，也只好连声答应，吩咐州兵紧紧跟随，随着吴用，往内殿就走。吴用一见州兵进来，故意笑问道："太守，这些兵丁也是陪伴太尉进香的吗？"贺章灵机一动，赶紧回道："华州地面不安宁，他们是来保护太尉的。"吴用双眼一瞪，冷冷地说道："贺太守，你带着这许多兵丁，分明是摆你的知府威风。这些闲杂人，若是冲撞了太尉，你承担得起吗？"贺章连说不敢。吴用叫过一名随从，让他把州兵带去赏赐酒饭。秦明应声上来，带着州兵吃酒去了。贺章再也不敢多说，随着吴用，进了紫来阁。

紫来阁中，梁山小头目假扮的宿太尉居中正座；宋江和其他英雄假扮的随从排列两旁。吴用在门外高声报道："华州太守贺章求见。"宋江应道："叫他报门而进！"

贺章只得高报名号，进门就向上跪倒。宋江说道："大胆贺章，你可知罪？"贺章说道"太尉驾到，没去远迎，罪该万死。"宋江说道："哪个问你来的早晚？问的是你在华州城内，强霸民女，陷害好人！你一件件从实讲来！"贺章吃了一惊，向吴用问道："长官，这话从哪里说起？"吴用说道："可惜你只会带上三百州兵，却忘了带来你的狗眼。"贺章更加不明白，双眼看着吴用。吴用说道"你看！上坐的是什么人？"贺章说道："当朝太尉！"

吴用说道："说你忘了带来你的狗眼，真是一点不差。"贺章问道："他到底是什么人？"小头目离开座位站了起来，说道："贺太守，我是梁山小头目！"贺章看看宋江，宋江说道："呼保义宋江！"吴用笑道："我是智多星吴用！"贺章再看看两边随从，随从们齐声说道："梁山众好汉在此！"贺章吓得脸像死灰一样，拔脚往外就跑，还没到门口，杨春、林冲提着宝剑迎上前来，两旁好汉也都抽出来明晃晃的武器。贺章无可奈何，只好双膝跪倒，哀求饶命。宋江道："你这狗官，平日里为非作歹，已经罪该万死；又将梁山英雄打入死牢，我们岂能饶你性命！来！将他砍了！"刀斧手应声上前，举刀就砍。贺章吓得放声痛哭，不住口地哀求饶他，说自己一定痛改前非，以后决不再犯；梁山有什么吩咐，定然从命。吴用这才阻止刀斧手，向宋江说道："大哥，狗官固然可恨，可是他既能痛改前非，又愿意听从我们命令；而且庙堂圣地，也不是杀人之处，就饶他一命吧。"宋江说道："既是军师求情，暂且饶他一命。"贺章听了宋江的话，跪着爬到吴用身边，多谢吴用讲情。吴用说道："这回你可见识了梁山的威风了吧！"贺章说道："见识了，见识了！人人都说梁山英雄替天行道，果然不假。"吴用说道："你记着梁山待你的好处就行。史进与鲁智深，你预备怎样处断呢？"贺章说道："军师放我回城，我决定亲自把史、鲁两位送到城外。"吴用说道："只怕你说的不是实话！"贺章便赌咒发誓起来。吴用向宋江说道："大哥，贺章知过认错，情愿送回史、鲁二位兄弟，就放他回去吧！"宋江说道："只怕他口是心非。"吴用说道："大哥既是不相信他，就叫他把带来的州兵留下作保，你看如何？"贺章一听要留州兵，慌忙说道："我出城来，带着州兵，回城去，空身一人，那掌兵的军官问起来，我岂不是无言答对？他若疑心我私通梁山，反倒害了史、鲁两位英雄的性命。"吴用说："既然如此，就令我寨弟兄扮作州兵，随太守进城就是了。"说罢，叫人把贺章押了下去，又吩咐秦明、林冲等扮作州兵，分派梁山好汉埋伏在华州城外，单等贺章叫开城门，进城去救史进、鲁智深。

这天夜里，秦明、林冲押了贺章，直往华州而来。一路上，贺章早就打算好了：单等叫城之时，言语之间，把消息透露给陆推官和守城将士，让他们布下罗网，把假扮的州兵捉住，救自己脱险。

一行人来到城下，秦明命令贺章叫城。贺章高声一喊，城上陆推官应声回答。贺章听见是陆推官答话，心先放下了一半，问道："陆推官，掌兵军官可在城上？"陆推官说道："正在此处防守。太守为什么这时候方才回来？"贺章说道："这个……"旁边的秦明立时用刀顶着贺章。贺章改口说道："太尉留我饮了几杯酒，所以回来晚了。"陆推官说道："既是如此，太守为什么不派人先送个信息回来？"贺章待要说别的，秦明用刀紧顶着他的左肋，只得说道："陆推官，你不要疑心，快开城门，多带人马，迎接于我。"陆推官一听太守口气不对，更加疑心；正在犹疑，吴用带着人马赶到城下，一见城门还没有叫开，随机应变，故意高声骂道："你们这群无用的奴才！太守酒醉，命你们赶快送他回府，为什么直到现在还没叫开城门？"秦明说道："马客帐司！就因为太守酒言酒语，城上推官起了疑心，不肯开城，并非我等不送。"那陆推官一听说是马客帐司亲自来了，立刻慌了手脚，就令快快开城。开了城门，陆推官第一个出城迎候。贺章一见城开，往前紧跑两步，向陆推官说道："快杀梁山强盗！"陆推官刚刚回手拔剑，就被秦明一刀杀死。掌兵军官也被林冲杀死，梁山好汉一拥进城，直奔监牢。

这时牢外喊声震天，鲁智深扭断绳索，救了史进，打倒狱卒，杀出牢来，正遇见贺章，鲁智深夺了一把大刀便砍贺章。贺章转身就逃。鲁智深向前追赶，正与秦明会合，捉住了贺章，同来拜见宋江、吴用。宋江、吴用安慰了鲁智深与史进，砍了贺章，点齐人马，回到少华山，放了宿太尉，得胜回转梁山去了。

闪光的小伞①

初刊香港《儿童文学艺术》总 5 期 (1997 年 7 月)
文本录自《大作家和小画家》，香港日月出版公司，2000

1. 傍晚，小熊出去散步，看见松树的枝杈上，吊着一把小伞。闪着七色的彩光，好看极了。小熊心想：不知是哪一个粗心的小朋友，把伞挂在树上，忘记了。我得找到伞的主人，还给他才好。

2. 小熊扛起小伞，在林间的小路上走起来，去找小伞的主人。

3. 一条小青蛇，擦着芳草，唰唰唰地滑过来，小熊问是不是她丢了小伞。

小青蛇板起脸，不高兴了。说："我们青蛇从来不用伞，我们滑得快，从雨滴的空档穿过去，穿过去，雨无法打湿我们。"

4. 几只青蛙在山涧的水流里跳上跳下玩水，小熊问是不是它们丢了小伞。青蛙咯咯叫着："雨打在身上多清爽、多痛快，我们青蛙从来不用伞。"

---

① 本文是以文配画。画作是香港小画家黄芷渊所绘。

5. 路边一堆小蘑菇，挺着光秃秃的小身子，在那里左摇摇、右摆摆。小熊记得：蘑菇都有自己的小伞，可能是它们把伞丢了。小蘑菇生气了，小身子更加摇得厉害，嚷着："你没看见吗？我们正在撑起自己的小伞。"

6. 小熊揉揉眼睛，只听啪！啪！小蘑菇齐齐地撑开了自己的小伞。

7. 小熊又往前走，看见鸡妈妈正招呼小鸡仔向它的大翅膀靠拢。小熊问：是不是它丢了小伞。

鸡妈妈笑了，说："我们大翅膀足够给孩子们遮风挡雨，我们从来不用伞。"

8. 鸡妈妈说："小熊啊！小熊，要刮大风了，快回家去吧！你看，月亮娘娘已经着急了。"

小熊抬头望去，一片黑云半遮着月亮娘娘的脸，月亮娘娘很不快活。

9. 熊妈妈在林子边上叫着："回来吧！乖乖，要刮大风啦！"小熊说："妈妈，我拾到了一把小伞，还没找到伞的主人。"

10. 月亮娘娘搭话了："小熊乖乖，那是我的小伞，是我显示的光晕告诉大家，将要刮起一场大风，也许还带来暴雨，要大家多多注意。"

11. 小熊举起小伞，小伞飞向月亮娘娘，月亮周围一圈圈光晕流动起来。只听见月亮娘娘轻轻地说："回家吧！小熊，大风就要来了。"

我的小鸟朋友

配文：梅娘　插图：黄芷渊

收入《大作家和小画家》，大作家梅娘，小画家黄芷渊、黄茵渊
香港：日月出版公司，2000 年

1. 公公说：每天听见的都是汽车、电车声，吵死人，我们去买只小鸟，听听大自然的声音吧！

2. 公公带我到鸟市去，买了一只鸟笼、一些鸟食和一只小鸟。他告诉我：这是相思鸟，很有感情。

3. 相思鸟的叫声，婉婉转转，非常好听，给我们全家带来了欢乐。

4. 慢慢，慢慢，相思鸟的歌声不那么亮了。公公说：它单独的一个，太寂寞了。

5. 这一天，忽然从对面的树上飞过来一只相思鸟，它俩碰碰嘴、啄啄羽毛，亲亲热热，我放外来鸟进了鸟笼。它们生活在一起了，叫得很亮、很好听，我们都很高兴。

6. 又一天，刮大风，很多小鸟惊恐地飞来飞去，撞掉了我家的鸟笼，鸟笼跌得粉碎。外来鸟吃了惊，吓得飞走了。

7. 家里的那只相思鸟，停在窗台上，左瞧瞧、右看看，不肯唱歌。飞走的外来鸟又飞回来了，两只鸟吱吱喳喳，你鸣我叫，谁也不愿意离开谁。

8. 公公给我买了新鸟笼，这一对好朋友住进了新家。

9. 可怕的是，鸟笼跌碎的时候，刺伤了相思鸟的眼睛，它俩依偎着，不能飞了，飞不动了，它们再也没有飞起来。

10. 相思鸟到天堂里去了，我们家里失去了大自然的声音，我们都很难过。

蚯蚓杜威的故事

[加拿大] 丹尼尔著 翻译：青谷

改写：梅娘 插图：黄芷渊

收入《大作家和小画家》

香港：日月出版公司，2000 年

　　七岁的小汤马斯坐在菜园的角落里，很不开心，因为在学校常识课的评比中，他拿去参展的蔬菜一点也不好，又瘦又蔫。他已经尽了力，蔬菜确没有长好。他不知道再怎么去做才行。

　　他听见一个细细的声音叫他，是他的小名，"汤米，汤米。""谁？谁？谁叫我？"周围没有人。

　　"我在这里，在你脚下的包心菜下面。"

　　汤米翻开包心菜的叶子，看见一个柔软的、摆动的、还带点油光的小土团。

　　汤米呸了一口，能是这个小土团叫他吗？"是我，汤米，是我叫你！我是蚯蚓杜威。"

　　汤米惊奇的不得了，他一直认为鸟啊、花呀、树呀、狗啊，都会说话。他常常望着它们默默交谈。蚯蚓也能说话，这太神奇了。

　　汤米说："嗨！杜威，你怎么知道我的？"

　　那个弯曲成小土团的蚯蚓杜威突然伸长了身子，伸直、弯曲、伸直、弯曲，像个天才的舞蹈家那样匍匐前进。接着一头钻进土壤中，又从不远的地方钻出来，它爬过去的地方就变成了一条小小的隧道。

汤米欣赏着它的表演，小蚯蚓凑近了他。

"你记得我吗？"杜威说，"你的同学鲍博捉到我的朋友，要把它穿在鱼竿上去钓鱼，是你劝他不要那样做。鲍博赌气把我的朋友揪成两节甩在地下。鲍博是个傻瓜，他不知道我们蚯蚓有五对心脏，每段身子都能成活。只要钻进地下隧道，就能安安稳稳的过日子。"

"嗨，杜威，你叫我，就为的是说说鲍博的坏话吗？"

"那当然不是。你很勤劳，我看见你的蔬菜长得不好，我想帮助你。"

汤米说："你们建造隧道，那可是工程师干的事。跟蔬菜的成长有什么关系呢？"

"这就是我们的秘密。"杜威说，"我们的隧道是靠不停地吃东西，前进，吃东西，前进！只要在嘴边的东西全吃。"

汤米插嘴："连垃圾也吃吗？"

"垃圾也吃！"

"你们不怕消化不了拉肚子吗？"

"这就和人类不同了。我们从来不拉肚子。吃的越多，拉的屎越多，隧道也就越疏松、越光滑。我们的屎带着我们的肠油，是菜根最需要的养料。"

汤米打断杜威问："比我们化肥还有营养吗？"

"当然！当然！化肥用多了，土壤就窒死了，就像你做过的傻事一样。"

"你既然知道这一切，为什么不帮帮我呢？"杜威叹息了："我一个只能造起一条隧道呀。"

汤米也犯愁了："是呀！是呀！这么大的园子，一条隧道太少了。"他也叹息了。

杜威说："好心的汤米，别犯愁，让我来想想办法。我可以去找我们的笛克博士，他有好多妙招儿，还有我的女朋友葛瑞雅，那姑娘肥肥壮壮，造的隧道比谁都宽。"

"那我怎么能再见到你呢？"

杜威想了想说："这样吧，在这两天里你千万不要撒化肥！要紧的是说服你爸爸千万不要撒化肥。三天后我们在这里相见，你会看到奇迹的。"

这整整三天，小汤马斯心事重重，一心指望杜威的奇迹出现。

第三天，是个好天。汤马斯一看见第一缕阳光，就急急忙忙跑进园子里。

"上帝！这是怎么回事？"小汤米惊呆了，原来板板结结的园土被浅浅光滑的小犁沟犁的均均匀匀，一片油汪汪的褐色。

尾随他进园的爸爸赞叹了，"汤米，亲爱的儿子，好土！好土啊！"

这一季小汤马斯的常识课得了满分，他种的番茄、卷心菜、大青椒个个都肥大喜人。

老师在评比会上，从汤米拿去的土壤样品里拣出来一个闪着油光的小土团，高兴地说：

"孩子们，这就是汤马斯成功的秘密。是蚯蚓和他合作的结果。"

汤米腼腆地笑着，眼前是他的好朋友杜威，蚯蚓博士笛克，杜威的女朋友葛瑞雅。他们忙忙碌碌上下左右为他的菜园筑成了纵横交错通风储肥的隧道。

"杜威，我的好朋友，你辛苦了！"汤米在心中说。

✒ 连环画改编

表

【苏联】班台莱耶夫著 / 鲁迅译

署名: 孙敏子改编

绘画: 盛此君 方菁

北京: 人民美术出版社, 1951 年 4 月首版
2013 年 6 月 连环画出版社重版

内容说明

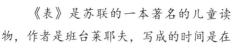

《表》是苏联的一本著名的儿童读物, 作者是班台莱耶夫, 写成的时间是在苏联十月社会主义革命成功后初期建设的时候。它反映了那时旧社会遗留下来的流浪儿怎样在新社会得到改造的情况。

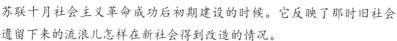

1. 彼蒂加是一个穷孩子, 他没有爸也没有妈。他整天在市场里走来走去, 肚子饿得咕咕叫, 口袋里却没有一个钱。

2. 彼蒂加想偷一件重的东西, 没有弄好, 脊梁上倒被别人敲了一下子。

3. 他又想去偷一个小桶，倒霉的是，又被别人发现了。

4. 一个胖胖的女人摆着摊子，卖蛋饼，是出色的蛋饼。彼蒂加走过去，拿了一个蛋饼转身就走。

5. 卖蛋饼的女人赶过来，"啪"地打了彼蒂加一掌，并喊叫起来："你偷我的蛋饼，你还我的蛋饼！"

6. 好些人都跑过来，把彼蒂加推倒在地，对他拳打脚踢。

7. 人们把彼蒂加抓到警察局去。

8. 局长没有工夫审问他，就叫人把彼蒂加关在拘留所里。就这样，彼蒂加坐在拘留所的长凳上，等候着局长的审问。

9. 他这么等着的时候，忽然听见一阵"嘣嘣嘣"的响声，他侧着耳朵听，原来是有人用拳头敲打着薄薄的板壁。

10. 彼蒂加从板壁的裂缝里朝那边一看，隔壁的屋里坐着一个黑胡子老头。老头喝醉了，嘴里在唠唠叨叨地说些什么。

老头："放我出去吧，大人老爷，放我走吧，同志先生，我的孩子在等着我呢！"

11. 彼蒂加说："见鬼，我怎能放你哩？"不料那醉汉从裂缝里伸进手来，手里拿着一只表，一边还说："局长同志，我送你这表，你放我走吧！"

12. 彼蒂加心跳快起来了，他接过了表，真是一个金表，链上还挂着一些玉雕的小狗小象。那醉汉看见表被人拿走了，就在裂缝里伸着手叫喊。

老头："救救呀！啊呀，强盗，强盗……"

13. 彼蒂加想了一下，连忙将链从表上摘了下来，把表链塞进醉汉的手里。

14. 那老头醉糊涂了，他把表链接过去并且向彼蒂加道谢。

老头："多谢，多谢！我的心肝！"

15. 表在彼蒂加的手里发亮，彼蒂加的心也发亮，他想："这值五十块钱吗？不止不止！我把它卖了，可以买面包、香肠，还有上衣和长靴。"

16. 彼蒂加小心地把表用布包起来藏在裤袋里，他想："到晚上他们就放我走了。"他的想法是对的，因为这地方他是到过好几次了。

17. 不一会儿，门锁响了，彼蒂加回头看时，一个警察站在门口，他叫彼蒂加去见局长。

18. 出乎彼蒂加意料之外，这次局长不放他走，局长叫警察送他到少年教养院里去。

19. 而且更坏的事情是局长叫警察搜搜彼蒂加，看他身上带着什么凶器和值钱的东西没有，幸亏警察怕脏，没有动手。

警察："局长同志，他身上不会有什么东西的，除非是虫子和跳蚤。"

局长："好吧，不搜也成。"

20. 警察把公文装进皮包里说："走吧！"彼蒂加提一提裤子，就跨开大步跟着走了。

21. 一出警察局大门，彼蒂加只有一个念头："溜掉，想法子溜掉。"他走得很快，可是警察像一条尾巴一样盯在后面。

警察："你这小鬼，走得这样快，想溜掉吧，是不是？"

彼蒂加："你想错了，就是你逼我溜，我也不溜。"

22. 警察想试试彼蒂加，故意叫彼蒂加跑掉。彼蒂加猜中了警察的心思，偏偏不肯跑掉。

警察："你想溜就溜吧，我不阻拦你。"

彼蒂加："你指使一个正经人做坏事吗？不害臊，你打死我也不跑掉。"

23. 走了一会儿，警察累得直喘气，恰好走到一家茶馆门前，警察请彼蒂加进去喝茶，彼蒂加不答应。

警察："我们进去喝杯茶，口渴得厉害呀！"

彼蒂加："你要喝你就去，我是从来不进茶馆的。"

24. 警察相信彼蒂加是老实的，就自个儿喝茶去了。

警察："你就在这儿等着我吧，我歇会儿就走。"

彼蒂加："去吧！可是不要坐得太久呀！"

25. 警察刚进茶馆，彼蒂加马上撒开腿就跑。

26. 彼蒂加跑得飞快，就好像生了翅膀一样，他的心跳得厉害，他想："好运气呀！我到底跑掉了！"

27. 彼蒂加马上记起了他的表，他停住脚，伸手向裤袋里一摸，天呀！表不见了！彼蒂加几乎哭出来了。

28. 彼蒂加这一下可急坏了，他回转身沿着原路去找。每一寸他都寻遍了，但连表的影子都没看见。

29. 他一直寻到茶馆门口，还是没有看见表。他坐在阶沿上，垂着头，好不伤心呀！

30. 一转身，他看见那表在阶前的地上躺着。彼蒂加全身发抖了，他连忙把表拣了起来。

31. 彼蒂加刚刚把表藏进裤袋里，警察就从茶馆里出来了。

32. 警察手里拿着一块点心，这是给彼蒂加的酬劳。彼蒂加接过点心狼吞虎咽地吃了。

警察："好孩子，你真是一个老实的孩子，快点把这点心吃了吧！"

彼蒂加："谢谢你，可是我等了你好久了。"

33. 彼蒂加和警察又向教养院出发了。彼蒂加心里想："反正是一样，现在不能跑，等到了教养院再跑。"

34. 教养院是一座很体面的房子，铁的大门，窗子上都装着铁罩窗。彼蒂加有些悲哀了。他想，这监牢似的房子，谁能从这里逃走呢？

35. 他们走进院子，一条大狗扑了过来，彼蒂加好不担心！

36. 警察带着彼蒂加向院长室走去，只见窗户里面有孩子们在张望。

孩子："看啊，又有新的来啦！"

37. 警察对院长说明了来意，要了回件，就和彼蒂加告别了。

警察："好孩子，你好好住在这里吧！再见吧！"

38. 院长问了彼蒂加的姓名，又问他是不是偷了人家东西。彼蒂加不由得脸红了。

院长："你还年轻，将来要成为有用的人物，现在我们首先来整理你的外表。"

39. 院长叫一个黑头发的名叫米罗的孩子，带彼蒂加到卫生课去洗澡。

40. 卫生课长是一个大胖子，他给彼蒂加放了一大盆热水，叫彼蒂加把衣服脱下来。

41. 彼蒂加脱下他的破烂衣服，脱得很慢很慢。他听到课长说要把旧衣服烧掉，心里更是着急。

彼蒂加："为什么要烧掉？"

课长："不要担心，我们要给你一套新衣，还要给你一对长靴。"

42. 卫生课长出去拿钳子去了，彼蒂加连忙从裤袋里掏出表来，没有地方藏，只好塞进嘴里。

43. 彼蒂加刚刚把表藏进嘴里，卫生课长就进来将彼蒂加的衣服拿了出去。

44. 大胖子课长是一个多话的人，他一边给彼蒂加洗澡，一边不住地问这问那。彼蒂加不能说话，只能点点头、摇摇头，或者咕哝出一两个字音。

　　课长："你的父母呢？警察怎样捉住你的？你洗过澡没有？"

　　45. 课长见彼蒂加不愿说话，也只好停住他的话匣子，放了脏水换了干净的热水，他自己就坐在一旁看报。

　　46. 热水从龙头里涌出来，水越多越烫了，彼蒂加在澡盆里移来移去，他不能喊，他嘴里有表。

　　47. 彼蒂加实在熬不住了，就把嘴里的表吐在澡盆里，自己连忙跳出来。

　　48. 课长放了很多冷水进去，彼蒂加急忙跳进澡盆，用两手摸着盆底，他是在寻表。他的指头终于碰到一个圆东西，他马上放进嘴里。

　　49. 洗完了澡，课长给彼蒂加一条新的衬裤。彼蒂加还是第一次穿衬裤，他高兴得咧开嘴笑了。

　　50. 这一笑笑出祸来了，课长发现彼蒂加的嘴里有件东西，就追问起来。当然，彼蒂加是不肯说话的，课长不放松，就动手来掏彼蒂加的嘴。

　　课长："张开牙齿，你嘴里是什么呀？"

　　51. 彼蒂加没有办法只好把表吐了出来，可是彼蒂加大吃一惊，因为吐出来的不是表，倒是浴盆里的铜塞子。

　　52. 卫生课长追问彼蒂加，为什么把铜塞子藏在嘴里。彼蒂加扯了一个大谎，他说肚子饿极了。这使课长对他非常同情。

　　课长："老天爷，铜塞子怎么能吃哩？你瞧，这是铜的，硬的。你大概饿慌了吧！"

53. 彼蒂加自己也很奇怪。他想一定是在慌忙中拿错了。他偷看浴盆，盆里空空的只有一块湿手巾，他想表一定在手巾下面。

54. 恰巧这时候卫生课长正要去拿手巾，彼蒂加发急了，他急忙倒在地上，乱喊乱叫起来。

彼蒂加："哎呀，哎呀！哎呀！"

55. 课长以为彼蒂加生了急病，慌忙跑出门去拿药水。彼蒂加就赶快拿起手巾，不错，表正在手巾下面。他连忙把表塞进新裤的口袋里。

56. 课长拿来了一瓶亚摩尼亚精，放在彼蒂加的鼻子下叫他闻闻。彼蒂加打了几个喷嚏，不用说，很快就复原了。

57. 彼蒂加穿上新衣新裤和新的长靴，并且梳理了头发。显然，彼蒂加漂亮起来了，胖子课长就叫彼蒂加去吃饭。

58. 彼蒂加走到走廊上，恰恰打吃饭钟，孩子们都出来了，黑头发的米罗招呼彼蒂加一块儿去吃饭。

59. 在食堂里，孩子们排坐在长桌子前面，食品很多，又是汤，又是粥，又是饭。彼蒂加吃了又吃，把碟子都舔光了。

60. 有个独眼的孩子很刻薄，他说彼蒂加吃东西像只大象。彼蒂加生气了，他把汤匙对准独眼孩子的头扔过去。

61. 独眼的孩子哭叫起来。院长来了，告诉彼蒂加在这里是不许打人的，院长罚彼蒂加站墙角。

62. 吃完了饭，孩子们从彼蒂加身边走过。独眼毕加对彼蒂加做了个鬼脸，米罗叫彼蒂加别理他。

63. 饭后孩子们都在院子里玩耍。彼蒂加不想玩，他在盘算着逃走的事情。他怕表在身边被人看见，就想找个地方把表藏起来。

64. 彼蒂加悄悄地溜到墙角旁边，在地上掘了一个洞，把表用布包好，放在洞里，盖上泥土，还插了一根小棍子在上面做记号。

65. 天黑了，孩子们都回到寝室睡觉，彼蒂加的床紧挨着米罗的床，雪白的被罩和雪白的枕头。彼蒂加一躺在床上，马上就睡得烂熟了。

66. 彼蒂加睡得正香，忽然有人拉他的腿，又摇他的肩膀。他睁开眼睛一看，原来是院长。院长叫他马上起来，说警察局要他去一下。

67. 彼蒂加好不心慌。那个来叫他的警察是另外一个年轻的，样子很严肃，彼蒂加也不敢问他到底出了什么事情。

68. 走在路上，彼蒂加想跑掉，可是警察跟得紧紧的，他不能跑。

69. 到了警察局，局长正在等着他。局长旁边站着一个黑胡子老汉，他不是别人，就是送表给他的醉汉。

70. 局长问彼蒂加是不是偷了老汉的金表，彼蒂加死也不承认。局长就叫警察搜彼蒂加的身上，当然什么也没有搜出来。

71. 彼蒂加可有话讲了，他说他昨天是关在单身拘留所，他说他根本就没有见过这个老汉，怎么能偷他的表哩？

72. 局长也认为彼蒂加说得有理，他教训了老汉一顿，就叫警察带彼蒂加重回教养院去。

73. 送彼蒂加的警察就是头一回送他到教养院的那个人，他认为彼蒂加是好人，他叫彼蒂加自己回教养院去。

74. 现在彼蒂加完全可以跑掉了，可是他不跑，因为他的表还在教养院里埋着，他得回去拿表。

75. 彼蒂加顺着大路往前走，忽然听见后面有人叫他。他回头一看，原来是黑胡子老汉追了过来。

76. 老汉跑过来，跪在彼蒂加面前哀求，他要彼蒂加还他的表。彼蒂加不答应，还骂了老汉一顿。

77. 老汉还在唠叨，彼蒂加回转身就走。他走得很快，打定主意，今天夜里就挖出表来再溜掉。

78. 彼蒂加走到教养院门口，看见有辆马车拉着一车木头进去，也有空车从里面出来。听车夫说这些车是给教养院送过冬的燃料的。

79. 等到彼蒂加走到院子里，他大吃一惊。院子里堆满了木头，孩子们都在搬着木头，彼蒂加的表正压在木头底下。彼蒂加多伤心呀！

80. 彼蒂加一个人躲到楼梯后面的墙角里，一直哭到夜晚，连中饭也没有吃。

81. 这天晚上，彼蒂加睡到半夜，就悄悄起来，穿上衣服和靴子，并且把被窝做成好像有人在里面睡觉的样子。

82. 彼蒂加从窗口钻出来，攀着楼墙上的水管一直溜到地上。

83. 藏表的地方彼蒂加是记得很清楚的，他在手心上吐了口唾沫，就动手搬开压在表上的木头。

84. 他搬了一根又一根，累得上气不接下气，一个不小心，手里的木头掉了下来，发出很大的响声。

85. 忽然一只黄狗跑过来，向他嗥叫着。彼蒂加记得这狗的名字，急忙喊了一声"大黄"，这狗才摇着尾巴走了。

86. 彼蒂加急忙回到屋里，他全身发抖，脱皮靴时又不小心掉在地上，把米罗惊醒了。米罗问他干吗。他说上厕所。米罗问他上厕所干嘛要穿皮靴。

87. 第二天，彼蒂加生病了，从来不生病的彼蒂加患了很厉害的肺炎，昏昏沉沉地在病房里躺了三个星期。

88. 等他恢复知觉的时候，院长亲自来看他，劝他静养。米罗还熬了肉汤给他喝。

89. 彼蒂加渐渐能走动了，他记起了他的表，现在，他只好等木头用完了再说。

90. 米罗又给彼蒂加送来了一本故事画册。彼蒂加是不喜欢看书的，可是闷得慌，也只好拿起来看。

91. 这本画册是写一个孩子冒着风雪要去寻找他的父亲的故事。这一下就把彼蒂加迷住了，他看了一整天。

92. 米罗又来了，他告诉彼蒂加说，独眼毕加因为偷木头的嫌疑被送到感化院去了。米罗说他知道偷木头的不是毕加，他劝彼蒂加应该认错。

93. 米罗说完就走了。彼蒂加心里很难过，他想："毕加虽然讨厌，我可不能让他为了我的事情受冤枉，我得去告诉院长。"

94. 彼蒂加去见院长，偏偏院长在会客，那个客人是感化院来的，他告诉院长说毕加昨天晚上偷跑了。彼蒂加听了大吃一惊。

95. 客人走了，院长问彼蒂加有什么事找他。彼蒂加说不出口，只好结结巴巴地说是来借书看的。院长很高兴，就拿了很多书给彼蒂加。

96. 过了几天，彼蒂加完全康复了，就和孩子们一块念书。米罗念的是高级班，彼蒂加念的是低级班。彼蒂加想赶上米罗，他念书很用功。

97. 每逢星期六，孩子的家属都来看自己的小孩，彼蒂加没有亲人，可是居然有人来看他。彼蒂加出来一看，原来是那个黑胡子老汉。

98. 这老汉又喝醉了，他一把扭住彼蒂加，口口声声要彼蒂加还表。彼蒂加没有办法，只好说这是一个疯子，教养院就把这老汉赶出去了。

99. 天下雪了，院长怕木头被雪打湿了，就叫孩子们把木头搬到库房里去。孩子们都跑去搬木头，彼蒂加一见搬木头，劲就来了。

100. 彼蒂加出主意，叫大家站成一排，把木头从大家手里一根一根传下去，这样不用来回跑，就可把木头送进库房里去了。

101. 木头搬得很快，一会儿，库房里已放满了。米罗跟小朋友们说："全是彼蒂加出的主意好，他真能干，咱们选他作办事员好不好？"大家都很同意。

102. 这样，彼蒂加就当了办事员。他拿着一本小账本，孩子们向他要肥皂、毛巾等等，他付出什么，都在账本上记下，谁也没想到彼蒂加是这么能干的小家伙。

103. 彼蒂加书也读得很好，进步很快，不久就跟米罗一块儿念书了。

104. 有一天，孩子们排队上公园去玩，路上碰见喝醉了的黑胡子老汉。孩子们都和他胡闹，大家往他身上扔雪团，老汉躲避着几乎跌倒在雪里。

105. 彼蒂加觉得老汉很可怜，他叫孩子们不要欺负老汉，孩子们这才住了手。

彼蒂加："不要欺负老年人！"

106. 可是，老汉一看见彼蒂加，就大骂起来："你这流氓，你还我的表！"彼蒂加又羞又恼，他十分憎恨自己为什么拿去老汉的表。

107. 彼蒂加心里非常不好受，表变成了他背上的包袱，他必须放下这包袱才好。

108. 在一个假日，彼蒂加和米罗两人到集市去玩，他们在游戏场里碰见两个小姑娘。他们四个人在一起玩得很高兴。

109. 米罗跟高个的小姑娘在一起，彼蒂加跟矮个的小姑娘在一起。小姑娘告诉彼蒂加她叫那泰沙，家里只有爸爸一个人。

110. 彼蒂加和米罗回来的时候，一走进院子，米罗就说："天快暖了，你看，木柴都用完啦。"彼蒂加往墙角一看，真的，木头没有了。

111. 第二天，天气很暖和，彼蒂加悄悄走到院子里，找着埋表的地方，挖出了表，把它藏在裤袋里。

112. 这表变得很重，好像压在彼蒂加的心上，丢掉吗？可惜！还给黑胡子老汉吗？不知道他住在哪里。带着表逃跑吗？不，彼蒂加老早不想跑了。

113. 这一天院长叫彼蒂加去买漆房子的油漆，他跟会计领了钱，就到市场去了。

114. 市场里还跟早先一样，彼蒂加想起偷蛋饼挨打的事情，心里很难过。忽然他听见有人大喊："捉贼！捉贼！"

115. 原来那个贼就是独眼毕加，他跑得真快，一会儿人们都落在他的后面。彼蒂加赶上去叫毕加站住。

116. 彼蒂加向毕加道歉，他说他不该在夜晚搬木头，让毕加受冤枉，他劝毕加和他一同回教养院去。

117. 毕加不听彼蒂加的话，反而向彼蒂加要表。他说老汉现在关在监牢里。老汉告诉他彼蒂加偷了他的表。

118. 毕加抓住彼蒂加要他把表交出来，彼蒂加正伸手到裤袋里去掏表，大伙儿已经追来了。

119. 彼蒂加眼看着毕加被人抓走了，他心里非常难过，而且裤袋里的表把他折磨得很厉害，他垂头丧气地往前走。

120. 彼蒂加走过集市的时候，看见那泰沙在一个摊子旁边站着，手里正拿着一串东西在叫卖。

121. 彼蒂加走上前去，看见那泰沙手里拿的正是黑胡子老汉的表链，表链上还挂着一些小狗小象。彼蒂加问她的表链是从哪里来的。

122. 那泰沙哭了，她说表链是她爸爸的，他爸爸喝醉了酒被关在监牢里，她没法子生活只好来卖表链。

123. 那泰沙的话触动了彼蒂加的悲痛，他哭了，他从裤袋里把表拿出来挂在链子上。

124. 不等那泰沙问个清楚明白，彼蒂加头也不回地跑了。

125. 现在，彼蒂加精神上没有一点儿负担了，他买了漆，大踏步地走回教养院。

郭玉恩农业生产合作社为啥丰产

署名：孙加瑞 编

梁非 画

初刊《中国农业科学》
1953 年 3 期

1. 山西省平顺县川底村郭玉恩农业生产合作社，五二年获得了全面丰产，每亩平均产粮 480 斤，光荣地受到中央农业部的奖励。

2. 社员家里，库平仓满，人人欢天喜地。社员们总结了丰产的原因，是实现了互助无法实现的理想，做到了"地尽其力"，"人尽其能"，"财尽其用"。

3. 例如：郭海先老汉有三亩河滩地，按土性说，应该种玉米，入社以前，因为自家吃的用的都是小米，就只好种谷，好年成，一亩才收了四百斤。

4. 海先老汉入社以后，这二亩河滩地全种了玉米，头一年，一亩收了 1050 斤，第二年一亩收了 1582 斤，海先老汉逢人就说："土改人翻身，入社地翻身。"

5. "地要啥肥，就上啥肥。"郭玉恩社就做到了这点，麦地上青蒿，谷地上羊粪，庄稼越长越壮。

6. 掉开茬口，培养地力。全社的土地统一计划，实行了谷、马铃薯、麦、黑豆、玉米的轮栽制。

7. 社里实行定工、定时、定质、定量的包工制。由生产队员负专责，工作有计划，省工出活，种一亩地就比互助组省四个工。

8. 工作定质定量，多劳多得，劳动情绪普遍高涨。社员郭永发割二百五十斤蒿，得十分工，郭计好割三百斤，就十二分工。

9. 种地的好把式李喜存，按特长分工后，领导大家研究技术。把几十年积累的技术都发挥出来了，丰产玉米，丰产谷都超额完成了增产数字。

10. 喂牲口有经验的郭忠魁，负责管牲口，牲口喂的又壮又好，使起来方便，社员也少麻烦。

11. 结余的劳动力，进行基本建设，修旱渠，挖水库，一百三亩山凹地的庄稼获得了充足的水分。

12. 合作社人多钱厚，添置了农具 143 件。用新式步犁深耕，保墒蓄肥起了很大作用。

13. 买羊，买牲口、增加肥料。每亩地平均上底肥一百二十担，比当地互助组高百分之四十，保证了丰收。

14. 党支部领导社员们坚持学文化，学习先进经验，进行批评与自我批评，民主生活过的好，全社团结得跟一家人一样。

15. 社长郭玉恩，是山西省劳模，五二年，又获得了中央农业部的爱国丰产金星奖章。他把合作社比喻是坐火车，互助组是坐汽车，单干户是坐牛车。他号召全国农民弟兄，单干户组成互助组，互助组组成合作社。

向阳河干了的时候

原作者：程秀山，刘文泰

改编者：孙家瑞

出版者： 朝花美术出版社
1957 年 8 月

1. 青海省向阳山下紧邻向阳河有两个行政村，靠向阳河上游的叫上行政，靠向阳河下游的叫下行政。

2. 这地方有川地，有坡地，靠着向阳河水灌溉。这向阳河说涨就涨得漫岸满坡，说干，就干的河底朝天。土改后，党和政府领导群众组织了互助组，家家户户生活都好起来。

3. 这年，又逢春旱，打开春就没下一场雨。向阳河干的露出了石头底。山坡旱地的小苗旱的像黄蜡一样，这是 20 多年来没有过的大旱。川地地势低，情形还略好一些。

4. 向阳河一干起来的时候，两村相连的一片坡地就没法子种庄稼，坡地的背后是条涧沟，涧沟的那面是胜利渠灌溉范围，要能把胜利渠水接引过来，坡地就成了宝地。

5. 乡水利委员共产党员韩生源，一看众乡亲愁的不行，心里急的跟火烧一样，一面向上级报告旱象，一面白天黑夜，考虑抗旱保苗的办法。

6. 上行政仅靠红石山，河滩少，靠河滩的一点点水无法救转旱象，红石山崖绿草丛生，老辈人都说山中有泉，韩生源就同党政工作人员研究，组织群众上山挖泉。

韩生源："挖出泉水，确保丰收。"

7. 全村以互助组为基本单位，组织了挖泉小组。各组开了群众会，根据需要，选熟悉地势会找泉眼的人当临时组长，由党支部组织了指挥部，准备工具，分头进山。

8. 村中富裕中农赵士恩，自家有车有马，平日里与众人互助，很会打个小算盘。自打韩生源号召大家上山挖泉，他就不满意，嫌耽误功夫。碍着众人面子，又不好不去。

9. 和赵士恩住在一条街上的中农宝元，也不同意上山挖泉的事。宝元平日里行事，总是瞧着赵士恩，赵士恩挖泉老走在别人后面，宝元也这样做。

宝元："人家都去了！快走吧！"

赵士恩："他们走他们的！"

10. 赵士恩、宝元和组员任忠、青年团员柏生祥四人一组，选柏生祥为临时组长，柏生祥和任忠老早就到了村口，等候赵士恩和宝元

任忠："这两人还不来。"

11. 好容易把赵士恩和宝元等到，别人早跑到红石山里去了。柏生祥急得心里只冒火，又不好说什么。四人相随着进了山，察看了地势，柏生祥就带头猛挖起来。

柏生祥："挖出泉来，川地准保丰收。"

12. 全村的人接连挖了三天，还只挖到了七八股细泉，天旱地裂，水没等流下山去就渗干了。群众挖泉的劲头一下子降落下来，赵士恩更加不满意。

13. 赵士恩不满意，嘴里就嘟嘟囔囔地抱怨起来。他一会说干部硬圈着群众挖泉，为的是好向上级报功；一会又说自己搭不起功夫。后来索性跑到一边停铣不挖。

赵士恩："这是干部拿咱们老百姓买好。"

14. 柏生祥听赵士恩谩骂，心里非常不满意，又见他停铣不挖，就走过来劝导他。柏生祥刚刚说了两句，赵士恩不但不听，反倒扛起铣就走了。

柏生祥："嗨！回来！"

赵士恩："挖这点儿尿水，没用！"

15. 赵士恩走后，柏生祥等三人又就地挖了半天，还不见有泉。柏生祥也焦急起来，就提议到山凹处去挖。

柏生祥："山凹处的草地很绿，准有泉。"

16. 任忠和宝元没精打采地随在柏生祥后面。任忠走一步，望望天，盼望着老天爷下场透雨。宝元一见赵士恩走，也打好了回家的念头，趁柏生祥不在意，也溜走了。

17. 柏生祥来到山凹，回身一看，只有任忠一个人随在自己身后，不由得叹了口气。就和任忠两人顺着丛生青草的崖缝，掘起土来！

柏生祥："任忠，咱们加把劲，挖出来给赵士恩和宝元看看！"

18. 任忠是个好庄家人，他相信韩生源动员大家上山挖泉不会有错；可是挖来挖去，不见壮泉，心里也嘀咕起来。他想：挖不到泉，还不如回去锄锄地，也能解解旱。

任忠："我看咱也歇了吧！不如回去锄地！"

19. 柏生详见任忠也松劲，就一面给任忠打气，一面用力掘土。忽然，打石头底下流出水来，他赶紧用铣把撬石头，任忠也过来帮忙。果然，水像箭一样直窜出来。

20. 清澈的泉水泛着白花，喜得柏生祥连声叫好！当下两人分了工，任忠守泉，柏生祥回村报信。

21. 且说赵士恩不理会柏生祥的解劝，下山就走；心里早就打好了主意。他盘算着，正好众人都上了山，自己去担水浇苗。

22. 赵士恩回到家里，休息了一会儿，招呼老婆梅英预备水桶水罐，两人上干河滩找寻残水浇苗。梅英不同意这样做，说是下行政没出三天，就把水坑淘干了，靠水坑不顶事。

梅英："我看应该随着众人挖泉！"

23. 赵士恩坚持要去河滩掏水，梅英拗不过，只好依他。两人担了水桶水罐，刚出房门，就见韩生源来了。

24. 韩生源劝赵士恩随众人去挖泉。赵士恩说是一要政府秋后给他救济粮；二要政府接引胜利渠水。不管韩生源怎样解释，赵士恩只是不听。

赵士恩："挖泉我赔不起功夫。"

25. 韩生源劝不转赵士恩，闷闷地出了赵家大门，只见赵士恩、梅英径奔河滩而去。又远远看见，宝元也担了水桶水罐上了河滩，他心下更加不好受。

26. 再说，这区的区委书记老李。对上下行政遭受旱灾的事，早就用上心了。接到了韩生源的报告，他考虑了上下行政的地势、水源，估计挖泉怕不抵事。

27. 挖泉不济事，只有接引胜利渠渠水，但是要引水必须要在涧沟上架槽，还有其他引水工程。只是今年水利局的重点是整治湟河，无力兼顾这里。李书记想先去和上级商量商量看！

李书记："民办公助，依靠群众能不能引水呢？"

28. 县委、县政府召开抗旱紧急会议，采纳了李书记的意见，即由他和王技术员，连夜赶奔上下行政村，一面协调群众找泉；一面勘察引水工程，王技术员是临时由湟河工地调来的。

李书记："过了眼前这条涧沟，就是胜利渠。"

29. 坡地临近涧沟的地方，有条鼓起的陡坡，当地叫做鱼背梁，王技术员认为在鱼背梁坡上跨过涧沟架槽，可以接引渠水。可是在十七、八丈宽的涧沟上架槽，怕群众做不了。

王技术员："暂时架木槽就行，将来水利局可以再加铁箱。"

30. 他俩找到了韩生源，韩生源把群众散心的情况向李书记说了，李书记叫他不要着急，说自己请来了技术员，结合群众经验找泉，准能找到。一有水，群众自然就来了。

韩生源："王技术员来的太好了。"

31. 韩生源说柏生祥、任忠在山凹处找泉。那里的青草颜色特别新鲜，山凹深处又有芦苇，可能有泉。王技术员也说有芦有苇就有泉，三人就径直奔山凹来了。

32. 李书记等刚过山峰，见柏生祥喜孜孜地跑下山来。柏生祥一见韩生源，又见李书记也来了，忙不迭地把找到了壮泉的事汇报了一番。接着便自告奋勇，带路进山。

柏生祥："真是好泉，快去看看，任忠守在那里！"

33. 五人来到了骆驼掌，又挖出来好几股壮泉，到半山腰的兰草滩。一挖就挖到泉眼窝上，泉水哗啦啦破口外流，水寒透骨，众人悬着的心这下子就都落地了。

王技术员："好泉水！好泉水！"

34. 李书记忙和韩生源商量组织群众上山挖泉的具体办法。王技术员因为修湟河任务紧急，又见这里已发现泉源，可以解决当前问题，就先回工地去了。

李书记："王技术员，再见！"

35. 再说，赵士恩夫妻俩担了水桶水罐，来到了干河滩。东寻西找，找了半天，在两村交界的地方找到了个水坑，坑中还有残水，两人把水掏到桶里。

36. 赵士恩担水回去，嘱咐梅英守在坑旁，等他回来再走，免得别人把水淘去。

赵士恩："别离开这儿。"

37. 梅英将水掏好，还不见赵士恩回来，便到堤上张望。她刚上了堤，下行政村的冯兰花，也来到河滩找水，走到这里，一见水坑里有水，欢喜的什么似的，放下水桶就掏。

38. 梅英由堤上下来，一见兰花在掏水，不容分说，抄起水桶就把水倒回水坑里，兰花上来抢水桶。这时赵士恩也赶回来，他说水坑是他俩挖的，不能让给别人。

39. 兰花越想越有气，从前，国民党时代，地主霸占水源，没想到新社会还有人霸住水坑。她一定要掏水，梅英高低不让她担，俩人吵开了。

梅英："林有标，地有主，下行政的人就不该到上行政来。"
兰花："干河滩啥时候分过地界！"

40. 宝元紧随着赵士恩来到了干河滩，正遇上梅英兰花吵架。宝元立刻加入了赵士恩这边，劝兰花快走。

宝元："如今一村顾不了一村，趁早儿回家去想办法吧！"

41. 赵士恩见宝元帮助把兰花挤走，又见宝元担着水桶，早就明白了宝元的心意。他就拉宝元到一边去说闲话，一边示意叫梅英赶紧掏水担走。

赵士恩："缺人工时，互助是好，如今天旱苗干，可就说不成啦！"

42. 宝元一见赵士恩夫妻这架势，心想：赵士恩心也太狠了，平日间称兄道弟，天一旱，连滴泥水也不让。他气急了，便丢下水桶，紧挨着赵士恩担水的坑边儿便挖。

赵士恩："你这是干什么！"

43. 赵士恩明白宝元这是要拦截他的水，就上来拉着宝元，不让他挖坑，两人扭打在一起。

赵士恩："不行！"
宝元："这干河滩又不在你赵家的土地证上，我愿意挖就挖。"

44. 两人正打得不可开交，柏生祥为了挖泉回村组织群众来了，路过这里，一见两人打得难解难分，连忙前来劝解。

赵士恩："坑是我挖的，就不让他担。"

45. 柏生祥把芦草滩找到了壮泉的事讲给两人听，劝两人去挖泉。宝元见这干河滩也实在挤不出多少水来，同意跟柏生祥去。赵士恩还是不肯。

赵士恩："芦苇滩在山半腰，水流下来也渗干了，我不去！"
宝元："你守着水坑好吧！"

46. 村里传遍了找到了壮泉的消息，群众高高兴兴的又带了工具上山挖泉。李书记、韩生源和村里干部，把泉水下山浇地的路线排好了，通知各家准备引水。

47. 梅英见到这景象，忙到河滩来劝赵士恩，赵士恩不相信，他想：还是先用水坑的水把川地浇上一遍再说。救住川地，自己去跑副业赚钱。

梅英："人家都在准备引水啦！"

赵士恩："等他们水到家门口我才相信呢。"

48. 韩生源和李书记排好了各家浇地的时间，独独没见赵士恩的名字，就问是怎么回事。宝元说，赵士恩守着滩里死水不放，不肯来。

宝元："赵士恩就看见滩里的那点死水了！"

49. 韩生源来到了干河滩，见赵士恩夫妻还从水坑里一点点掏水。韩生源就劝赵士恩随众人上山挖泉，说这回泉水保险。赵士恩心动了。

韩生源："这浇二水，三水都足用，谁不挖，就不给谁浇。"
赵士恩："你说保险就去！"

50. 真是人多心齐力量大，不出半天，群众就把支渠挖好，从高高的红石山半腰把泉水引下山来。眼瞧着泉水流进了干燥的大地，小苗的颜色逐渐转青了。

群众："真是救命的水呀！"

51. 李书记看见上行政众人欢天喜地接引泉水的情形，立刻就想到了下行政，能救下下行政的旱象，两村才能通力合作架槽。

52. 李书记想：叫上行政让水给下行政，比说服母亲用奶汁去喂养别人的孩子还难。可是两村要在浇三水之前把引胜利渠水的水槽架成，救活坡地，比光靠泉水浇这边的川地好多了。

53. 李书记把自己的意见告诉韩生源，韩生源一听叫上行政让泉水，先吓了一跳。听了李书记的解释，他才同意这样做，并且保证好好说服群众，把泉水让下去。

韩生源："李书记真有远见，这样鱼水相帮，两村都好！"

54. 李书记当下就召集上行政的党员开会。详细说明了架槽引水的好处和困难，党员反复讨论之后，同意帮助下行政，李书记就赶往下行政村去了。

党员："绝不能瞧着下行政庄稼旱死。"

55. 却说下行政群众，在村长成娃带领下，纷纷担水浇苗。怎奈水少苗多，天又久晴不雨。浇了东边西边旱晒裂了，水坑残水有限，没出三天，就掏干了。

56. 成娃向上级要求了副业贷款，准备一面抗旱，一面组织群众生产自救。群众心慌得很。党支部与村干部分头深入各户了解情况，组织副业，安定人心。

成娃："贷款发下来了，愿搞副业的，到村政府报名！"

57. 冯兰花家只有父女两人，兰花的父亲是有名的木匠把式，雕梁、架槽，粗活细活一概能行。因为天太干旱，庄家无望，冯老木匠与兰花商量出去做工。

冯木匠："我出去做做活，比困在家里强。"

兰花："爹爹年纪大了，不能去！"

58. 冯家的邻居王德宽，也是土改翻身的贫农。因为老婆连病带死，把积蓄花得一干二净。也思谋着出外做短工找活路。就来找冯老木匠商量。

59. 兰花不赞成出外逃荒。她相信党和政府绝不能丢下众人不管。三人正合计着。成娃拿着贷款，来征求冯老木匠和王德宽的意见来了。

成娃："大爹！王德宽，你俩加入什么副业，有驮青盐，有编筐制篓，有……"

60. 冯老木匠明白组织起来搞副业比一个人出去瞎闯强。自报加入驮盐组。王德宽却想反正庄稼没指望，索性跑外地做工倒好，何况自己眼下就缺口粮。

王德宽："我非出去不可，眼下已经没粮食了。"

61. 成娃劝王德宽不要离乡背井出去做工，大家互助，口粮问题好解决。王德宽坚决要到外地去。说着，回家打点铺盖行李去了。

62. 这时，李书记来了，成娃和支委们，把各种困难情况汇报给他。李书记讲说了他和韩生源筹划两村合作架槽，和上行政让水的事。成娃等人高兴极了。

成娃："这下子有办法了！"

63. 当下，下行政召集党支委开会，讨论架槽。由党团员共同给上行政写了封信，提出保证条件，争取上行政让水。

成娃："上行政现在把泉水让给我们，有多大困难我们也坚决完成架槽工作。"

64. 李书记深入到各户去了解困难情况。他来到了王德宽家。见王德宽正蹲在自己的田坎上发愣，田里的麦苗，干的像黄蜡一样。

65. 李书记明白王德宽不愿意困守家里，但又舍不得土地的心情。他想：像王德宽这样的人恐怕还不止一个，便和王德宽聊了起来。

李书记："一面抗旱，一面搞副业，只有组织起来才办得到。"

66. 韩生源和村党支委在群众中把让水的事酝酿成熟之后，来向李书记报喜，一找找到了王德宽家，成娃和村里的党员也都随他来了。

67. 当下，李书记和韩生源简单谈了谈两村合作的办法。韩生源请李书记去找找冯老木匠，两村中架槽手艺就属冯老木匠好，将来支架按槽都要依靠他。

韩生源："上行政的人一律推荐冯老木匠，说他人可靠，手艺也高。"

68. 成娃也借机会劝解王德宽，王德宽说他是见庄稼没指望才想跑外的，只要他六亩川地小麦能保着一半，他绝不出外。又说，他会石工，架槽工作也可以出份力。

69. 上行政让泉水浇地的消息霎时就传遍了下行政，群众欢天喜地。当下党支部就动员群众，进行架槽准备工作。

70. 冯老木匠听说架槽接引胜利渠水，没等李书记来找他，就先找李书记来了。恰好在路上碰了头，李书记详详细细的把让水架槽的事向他说了。

冯木匠："太好了，又让水，又架槽，真是做梦没想到的大喜事！"

71. 李书记和冯老木匠就去涧沟相看地势。群众一听李书记来组织大家架槽引水，永除旱灾，都纷纷跑来跟在李书记背后，问长问短。

72. 李书记等来到鱼背梁，冯老木匠再仔细地测量了十七、八丈宽的涧沟，心里想："老经验是沟宽十丈难架槽。"这事不好办。李书记见他为难，就叫他找有经验的人商量商量。

李书记："人多主意多，开个诸葛亮会吧！"

73. 这天晚上，冯老木匠集合了全乡最有经验的木匠，开了诸葛亮会。有提架子怎样搭最好的，有提槽怎样上最妥当的。研究结果，困难是有，但是可以做。

李书记："老经验加上咱们的新创造！没问题！"

74. 李书记的具体指导下，以冯老木匠为首的木工们，画了一张架槽的图样。大家一边研究一边下笔，画不来就去实地测量。兰花烧茶烧饭，殷勤地招待大家。

75. 图画好，李书记召集了两村的党员和干部开会。商量组织民工，筹划款项等技术问题。李书记说回到县里，一定争取县委和县政府大力支援。

李书记："首先把人力组织好，款和料筹齐，就可以开工。"

76. 李书记连夜赶回县里，把采伐木料，请借贷款，以及怎样使用渠水的具体问题，都在县上一一办妥。又找到了王技术员，请他审查冯老木匠画的架曹图样。

李书记："这是木工们自己画的，你再给改改！"

77. 自从李书记回县之后，韩生源为了争取早一天把泉水让给下行政，便试用了打畦浇地的办法。这办法又省水，浇的又快，柏生祥、任忠都照他的样子做了畦。

韩生源："水顺畦走，浇的到，浇的快，还糟蹋不了。"

78. 柏升祥和任忠又到其他组里去推广打畦的办法，众人见这个办法果然好，地浇的又透又到，都照样做起畦来，独有赵士恩不肯这样做。

赵士恩："坐畦白费工，不做畦也一样浇水。"

79. 赵士恩不相信单靠群众就能把槽架起来，也不同意把上行政挖出来的泉水白白地让给下行政。他怕这些意见说出来受批评，临到他浇地，他就故意拖延时间。

80. 柏生祥和赵士恩是紧邻。赵士恩浇过该柏生祥浇地，柏生祥在自己的地头上左等右等，等了大半天，赵士恩还没把水放下来。

81. 柏生祥来找赵士恩，见赵士恩正在柳树下站着看水口。清清的水在地里漫流，有的地方已经溢出了楞坎。赵士恩哼着小调，一点也没有往下放水的意思。

柏生祥："赵士恩，你这够一个时辰啦！"

82. 柏生祥见赵士恩这样，明知他是故意拉后腿，就去找韩生源，韩生源和柏生祥来到赵士恩地头，赵士恩假作没看见他们，嘴里唠唠叨叨的说着闲话。

赵士恩："把泉水让给下行政，真是赶走了儿子，招女婿。"

83. 韩生源先检查了赵士恩的地，见地浇的很透，就叫赵士恩按村民大会的规定行事，往下放水。赵士恩不肯，反倒要韩生源保证不误他浇三遍地。

韩生源："我保证不误你浇三遍！"

赵士恩："鱼背梁上架槽是鞭杆上耍把戏，实现不了。"

84. 上行政的地普浇了一遍之后，水就放下来了。清澈的泉水流进了下行政干旱的大地。旱天的小苗见水如得奶，立时转了青色，群众人人欢天喜地。

群众："党和政府替我们想的太周到了。"

群众："旱天让水真是从古没有。"

85. 架槽工程得到上级批准之后，在李书记的领导下，组成了全乡架槽指挥部，下分木石组、备料组、挑沟组、地基组等。每天，天刚闪亮就开工。

86. 架槽工作热火朝天地进行着。这天，韩生源正在工地上和李书记商量事情，柏生祥跑得满头大汗来找韩生源回村，原来赵士恩堵了水道，截着泉水不让往下行政放。

柏生祥："赵士恩说，你答应他扒的。"

韩生源："我没有啊！"

87. 韩生源、柏生祥来到了水道口。见赵士恩堵死了水道，气哼哼地站在水道旁。众人有说下行政用水日子太多了，本来不对的；也有人说救人救到底，劝赵士恩别太鲁莽。

赵士恩："不能怪我扒水，这是韩生源没信用，他说不误我浇地。"

88. 韩生源来到了赵士恩面前，赵士恩理直气壮地说他地里又干了，非浇水不可。韩生源当着众人，扒开赵士恩地里的土一看，一点儿不干，再迟十天八天浇水也不晚。

韩生源："赵士恩！你好好看看，你的地里旱吗？"

89. 韩生源就劝赵士恩往远里想，想想他瓦窑台那十亩旱地，想想全村、全乡的坡地，想想这些地增产对全县、全国的好处，想想下行政在架槽工作中贡献的力量。

90. 众人也都说赵士恩自私自利，地里不干，非要扒水，不知安的什么心，素日又喊叫架槽白费工。一时七嘴八舌都派赵士恩的不是。

91. 赵士恩扒水，原藏着个不能告人的目的。他怕槽架成，他没出工浇不上水，才故意找借口派下行政和干部的不是。见众人都批评他，赌气就走。

赵士恩："我落后，我自私，我连互助组也退了。"

92. 赵士恩回了家，越想越觉得还是自己的道道对。还是退组出去搞副业，驮两趟青盐，顾住吃喝要紧。再说大车摆在家里，少不得又被派去运木料。

93. 赵士恩想一个人出去运青盐，管前顾不了后，便去找宝元，要同宝元合伙搞，宝元被他说的心动了。可是他顾虑挖渠不出工，将来用水时不好说话。

赵士恩："驮青盐，利钱大，灾荒年头，赚一分是一分。"

宝元："让我想想，明早回话。"

94. 再说韩生源知道宝元对架槽引水的事有顾虑，他家人口多，怕他生活上有困难，夜晚散工就来找宝元闲谈。

95. 韩生源从土改谈到现在；又从架槽谈到将来的生活；讲为什么依靠集体就能致富，说的宝元十分心服。就把和赵士恩出去驮青盐的心里完全打消了。

宝元："你帮我算清了糊涂账，我坚决参加挑沟架槽。"

96. 第二天清早，赵士恩把大车收拾停当，等着宝元来了出去驮盐，左等右等，总是不见。恰好柏生祥来通知赵士恩出车工。他还以为赵士恩套车就是去拉木料，忙来赶车。

赵士恩："我是去搞副业的，你别动我的车。"

柏生祥："人工车工，人人都要负担，不去不行。"

97. 同柏生祥一道来的冯老木匠，见赵士恩口口声声怕耽误搞副业，就劝柏生祥不要跟他争论。架槽出工是自愿，他车不去，别人的车多拉一根也就有了。

冯木匠："抗旱还来不及，顾不上吵架。实在车少，咱们肩扛，也把木料运来了！"

98. 赵士恩独个儿出去驮青盐，来到镇上一打听，本县里需要的盐，供销社早就准备停当了。他跑了几个地方都是一样，在外面转了一些日子，便无可奈何地回了家。

99. 一进家门，梅英就告诉他，架槽工作十停进行了九停，支架已经安好，槽头已经砌好，就等接槽了。人家互助组里，妇女们把草锄了，苗间了，地也修理得齐齐整整。

梅英："我一个人做不过，地荒了。"

100. 赵士恩来到自己地里一看，只见草比苗高，梅英一个人只锄了一小片。坡那边笑语连天，欢声盖地。赵士恩后悔自己打错了算盘，回屋一头躺在炕上，急得病了。

101. 且说众人挑沟挑到了赵士恩的地头上，很多人都主张把他的这片地让过去。韩生源向众人解释，赵士恩究竟是农民，不能因他一时糊涂就不管他，这次对他是很大的教育。

102. 任忠和宝元来找赵士恩。赵士恩勉强爬起来，但不好意思到沟上去，又怕韩生源记恨他，宝元和任忠都说韩生源不是那号人，并且把韩生源向大家讲的话告诉赵士恩，赵士恩很惭愧。

103. 赵士恩和任忠、宝元一同上了坡，挑沟的人正在休息。冯老木匠一见他来。就叫兰花倒碗开水给赵士恩，兰花记恨抢水的事不肯，冯老木匠亲自倒一碗水给赵士恩。

冯木匠："赵士恩，来喝碗水吧。"

104. 赵士恩见大家这样对待他，羞愧得满脸通红。宝元提议水渠修好之后，两村赛赛庄稼，兰花说 最好是比比集体主义思想，冯老木匠不让兰花笑话人。

冯木匠："谁也有走到岔道上去的时候，能回头就好。"

105. 众人在赵士恩的地头上，依了赵士恩的意见，钉了撅子，确定部位，铣镐齐下，立刻开出了一条又齐整又光滑的水沟，赵士恩回家抢了把铣，也随着众人干起来了。

106. 沟挑完，支架立好，就要接槽了。全乡的男女老幼，都聚在沟旁。小学生们组织了秧歌队，锣鼓敲的震天响。妇女们烧好热茶，一杯杯的送给架槽的人们喝。

107. 李书记和冯老木匠站在槽头上指挥架槽。韩生源、柏生祥、成娃、王德宽等用肩头顶着油梁槽，油梁上拴着大车绳，两岸的青壮年，拉着大绳往上吊。

108. 众人吆喝着，岸上的绳子一寸一寸地收紧，油梁慢慢升高，稳稳当当的落在槽头之上。众人春雷似的一声欢呼，秧歌队就扭起来了。

群众："槽架成了！"

109. 韩生源在渠头把小红旗一摆，拉开水闸，水涌进槽，平稳地流过涧沟，流进了瓦窑台干旱的大地。人们欢呼着，随着水流奔跑，赵士恩捧起水往脸上就浇。

110. 李书记来到赵士恩身边，赵士恩欢欢喜喜地告诉李书记，他要用这股集体水把自己的旧脑筋好好洗洗，李书记劝他回互助组，在庄稼上加把劲。

111. 全乡立时展开了加施追肥的增产运动。满坡上，锄草施肥，忙得真欢腾。韩生源互助组酝酿转社，赵士恩头一个去报了名，还到处讲说他自顾自所受的苦楚。

赵士恩："只有走集体的路才行啊。"

格兰特船长的儿女

[法] 凡尔纳原著

署名：落霞改编

绘画：陈烟帆

北京：人民美术出版社
1958 年

❀ 内容说明 ❀

　　苏格兰著名的航海家格兰特船长遇难失踪了。两年后，游船"邓肯"号船主格里那凡得到了线索，请求英国政府派船去找。英国政府一向歧视苏格兰人，竟拒绝了这个请求。格里那凡十分气愤，毅然担起了寻找格兰特船长的正义事业。他组织了旅行队，带了格兰特船长的儿女，环绕了地球一周，一路上以无比的毅力和勇敢，战胜了无数艰险，终于在太平洋的一个荒岛上找到了格兰特船长。

　　本书根据法国科学幻想冒险小说家凡尔纳的同名小说编绘，共分上、中、下三集。上集于一九五八年出版，现在重版。

上

1. 一百五十年前，在英国统辖的苏格兰岛上，有一位爱国的航海家格兰特，他的妻子早死了，只留下两个孩子玛丽和罗伯尔。

2. 那时，南部的英格兰人掌握英国实权，时常欺凌苏格兰人。格兰特决定到太平洋上去找寻一片陆地，以便苏格兰大规模移民，脱离大英帝国，建立独立的国家。

3. 英国政府当然不同意格兰特的意见。他们想办法阻挠他，使他得不到任何支援。有些贵族甚至要求政府把格兰特赶出大英帝国去！

贵族："格兰特这个疯子，他要鼓动苏格兰人造反。"

贵族："政府绝对不能支持他的航海计划。"

4. 但是格兰特没有灰心，他号召同胞们发扬爱国主义精神，他自己变卖了全部财产，造了一条大船，命名为"不列颠"号。许多勇敢的苏格兰人都自愿跟他去。

5. "不列颠"号出发了，大家热情地欢送他们，祝他们成功。格兰特把玛丽和罗伯尔交给慈祥的堂姐照管，然后就率领全体船员，航向遥远的太平洋去了。

玛丽："爸爸，祝你成功！"

格兰特："玛丽，好好照应弟弟。"

6. 头一年里，格兰特船长时常写信来家，商船日报上按时刊载着"不列颠"号到达各港口的消息。

7. 可是，玛丽姐弟接到父亲从南美寄来的一封信后，就再也没有得到信了，到处打听也没有消息。这时候，亲爱的老姑母又死了，两个孩子成了举目无亲的孤儿。

8. 十四岁的玛丽勇敢地挑起生活的重担，日夜劳作来抚养弟弟。两个孩子就这样坚毅地与贫穷作着斗争。时间慢慢地过去，格兰特船长已经失踪两年了。

罗伯尔："姐姐，爸爸会回来吗？"

玛丽："当然，爸爸那样勇敢的人是不会死的！"

9. 这时，苏格兰南部的敦巴顿城，有一位开明的贵族格里那凡爵士，他最反对英格兰人欺侮苏格兰人，又因为他不愿意逢迎当权的王朝，很受到英国贵族的歧视。

10. 爵士的妻子海伦夫人是地理学家的女儿，她非常漂亮，也非常贤慧，爵士家的仆役们都很敬爱她。贵族们却讨厌她，轻视她。因为她既不是贵族，也没有钱。

11. 格里那凡爵士造了一条游船，命名为"邓肯"号。他把这只船送给海伦夫人，以便海伦夫人继承父业，乘这只船去周游世界，研究地理学。

格里那凡："亲爱的，预祝你在地理学上有所成就。"

海伦："谢谢你。"

12. 这一天，格里那凡爵士、海伦夫人，还有爵士的表哥退伍军官麦克少校，乘着"邓肯"号在海上试航，忽然遇到了一条鲨鱼。船长孟格尔建议捕捉这条害人的恶鱼。

13. 水手们用粗绳子系上吊钩，挂上腊肉，扔到海里去诱引鲨鱼。鲨鱼嗅到了肉味，灰黑色的双鳍打着波浪，矫捷地游过来，一口就吞下了腊肉。

14. 水手们摇转辘轳，把鲨鱼拖上来。这条鲨鱼足有六百斤重，它凶猛地摇着尾巴。大副奥斯丁，猛力地砍了一斧头，把鲨鱼的尾巴砍断，鲨鱼这才不动了。

15. 按照海上捕获鲨鱼的惯例，水手们剖开了鲨鱼的肚子。这种鱼什么东西都吃，常常能在它的胃里找到珍奇的东西。

水手："这家伙饿得太久了，胃里什么也没有。"

16. 大副奥斯丁是个细心人，他仔细地检查了鱼胃，发现了

一个细脖大肚的酒瓶。

奥斯丁："看！这里有只瓶子！"

水手："瓶里还有东西！"

17. 瓶子送到了格里那凡爵士的房间。海伦夫人、麦克少校、孟格尔船长都围拢来观察这只鱼胃中的酒瓶。少校一眼就认出了瓶子的出处。爵士却急于要看瓶子里的东西。

18. 爵士费了很大的劲，才把附在瓶口上面的杂质刮掉，但是瓶塞还是拔不出来。最后还是打断了瓶口，才拿出了瓶子里装着的几张纸。

格里那凡："海上找到的瓶子，里面往往装有重要文件。"

19. 这是用英文、德文、法文写的三份文件，因为受了潮，只剩了些断句只字。爵士仔细地研究了半天，兴奋地向大家宣布了文件的

来历。

格里那凡："是格兰特船长亲笔写的求救信，就是那个失踪两年的格兰特。"

20. 他们把三份文件拚起来，猜出"不列颠"号遇暴风失事。格兰特船长和两名水手侥幸逃到陆地上，有被印地安人俘去的危险。在南纬37度11分的地方，扔下这个文件。

"1862年6月7日。三桅船不列颠尼亚号爷格拉斯哥沉没哥尼亚南半球

上陆　　两名水手船长格　　到达

大陆　　被俘于　　野蛮的印地抛此　　文件　　经度

度11分纬度　　乞予　　援救必死"

21. 爵士查了地图，孟格尔查了商船日报。按商船日报刊登的"不列颠"号起航的地点和失事的日期推算，失事的地点是南美的巴塔哥尼亚海面。

22. 格里那凡爵士和海伦夫人商量了一下，决定把文件送到英国海军部去，请他们派遣船只前去救人。

海伦："海军部一定会积极地去援救这样杰出的人材的。"

23. 爵士立刻就写了一条启事，叫人拿去刊登在泰晤士报上。说明他获得了有关"不列颠"号失事的文件，愿意供给格兰特船长的消息。

24. 麦克少校伴送着海伦夫人回家去了，格里那凡爵士则赶往火车站去，搭当天的火车前往伦敦。

25. 格里那凡爵士到达伦敦的时候，全国各地都看到了泰晤士报上的启事。格兰特船长的一双儿女玛丽和罗伯尔也看到了。

玛丽："爸爸的消息！罗伯尔，爸爸的消息。"

26. 两个孩子兴奋极了，他们决定马上去见格里那凡爵士。于是，收拾了简单的行李，两个人就赶往敦巴顿城去了。

27. 他们找到了格里那凡爵士的住宅，那时格里那凡还在伦敦，仆人就引他们去见海伦夫人。

28. 海伦夫人非常喜欢这两个孩子，同情他们痛苦的遭遇，向他们详细地叙述了捞获文件的经过以及文件的内容。两个孩子眼里充满眼泪，好象看见了父亲受苦的情形。

玛丽："请把文件给我们看看！"

海伦："爵士把文件带到伦敦去了。"

29. 海伦夫人邀请玛丽姐弟在他家暂住几日，等爵士回来听听消息再走。玛丽和罗伯尔高兴地接受了夫人的好意。

海伦："放心吧！海军部会派船去救你父亲的！"

玛丽："您太好了，谢谢您。"

30. 爵士从伦敦回来了，全家人都跑到院子里来欢迎他。海伦夫人拉着玛丽和罗伯尔走在前面，她愿意两个孩子最先听到爵士带来的喜讯。

31. 爵士的脸色很忧郁，海伦夫人知道一定是事情进行的不顺利。没等她开口询问，爵士就说出了海军部冷酷的决定。

格里那凡："他们说：'人已经失踪两年了，现在派船去也没有用。'"

32. 玛丽一听，忍不住跪在爵士面前痛哭起来。小罗伯尔气得捏紧拳头，要去打那个没人情的海军大臣。这一双可爱的孩子把爵士闹糊涂了，海伦夫人说明了他们的来历。

海伦："他们是格兰特船长的儿女，见了泰晤士报的启事找到这里来的。"

33. 爵士把玛丽搀起来。玛丽向爵士夫妻道了谢，拉着罗伯尔就走。她要去面见女皇，她想女皇绝不会不管的。不过爵士知道，他们根本就见不到女皇。

玛丽："我情愿献出自己的生命，只要能救父亲。"

34. 两个孩子救父的感情是这样真切，他们的行为又是这样勇敢，在场的人都感动得落下泪来。海伦夫人考虑了一下，要求爵士帮助她完成救格兰特船长的崇高事业。

海伦："我决定乘邓肯号去救船长，不这样做，我一生都会为这件事不安。"

35. 海军部拒绝派船的时候，格里那凡就想自己去找格兰特，无论如何，不能叫这个为民族谋福利的人受难。现在听到自己的爱妻也有同样的想法，十分欣慰。

格里那凡："亲爱的，我同意你的意见。我们不能坐视杰出的同胞流落海外。"

36. 麦克少校、孟格尔船长和全体仆人，听到海伦夫人的决定，都热烈地欢呼起来。他们一致愿意随海伦夫人前去救人。

"夫人，请答应我们作您的志愿兵。"

37. 最高兴的还是玛丽姐弟，他们拥抱着格里那凡，和夫人一再亲吻。海伦夫人答应他们也一块去找父亲，两人更高兴得不知怎样才好了。

玛丽："夫人您太好了，世界上再也找不到像您这样的好人了。"

38. 爵士决定沿着南纬 37 度线绕行世界，直到找到格兰特船长为止。他叫"邓肯"号的船长孟格尔立刻去作航行世界的准备。

39. 1864 年 8 月 24 日，他们最后一次讨论了寻访计划。大家都认为格兰特在南美巴塔哥尼亚海面的可能性最大，就决定先到南美去。

40. 24 日的傍晚，远航队的全体队员，登上了泊在格拉斯哥港内的"邓肯"号。和"邓肯"号并排停泊的还有一只大船"苏格提亚"号，是开往印度去的一条客船。

41. 第二天清晨三点，在玫瑰色的曙光中，"邓肯"号轻快地驶出了碧绿的海湾。

42. 清晨六时，爵士邀请海伦夫人和玛丽姑娘到甲板上去欣赏日出的美景。他们说笑着踏上了甲板，却意外地发现了一个陌生人。那个陌生人正站在甲板上眺望。

格里那凡："玛丽，海上的日出，非常壮丽。"

海伦："奇怪！那里有个生人。"

43. 原来这是著名的地理学家巴加内尔，又是有名的马虎人，因为粗心大意闹过很多笑话。不用说，这次他一定又是上错船了。

格里那凡："您是要搭'苏格提亚爷号到印度去的吧！"

巴加内尔："是的，我要去研究雅鲁藏布江的发源地。"

44. 果然，他是在黄昏时上错船的。人们把"邓肯"号到南美去的事告诉他了。学者听了，狼狈得很，在甲板上来回绕圈子，不知怎样才好。

巴加内尔："我太粗心大意了！太粗心大意了！"

45. 海伦夫人诚恳地邀请学者和他们一块到南美去，玛丽和罗伯尔也来动员。学者决心暂时放弃自己的研究，和大家一块到南美洲去寻找格兰特。

46. "邓肯"号就这样一直开往南美。小罗伯尔成了全船的宠儿，少校教他打枪，学者教他念书，爵士夫妻教他作人的道理，孟格尔决心把他培养成一个好海员。

孟格尔："张帆的时候，既要大胆，迅速，又要细心准确。"

47. "邓肯"号航行的很顺利。一个月之间，他们就过了赤道线，来到了南美顶端的那波罗群岛。绕过这个群岛，就是美洲的太平洋海岸，快到37度地带了。

48. 罗伯尔和玛丽站在甲板上，望着"邓肯"号绕过了那波罗群岛，进入37度地带，两个孩子兴奋地望着海岸，盼望着能立刻找到父亲。

玛丽："见了爸爸，头一句，我就告诉他是谁带我们来的。"

49. 格里那凡命令"邓肯"号紧贴着海岸航行。他希望能在岸边找到"不列颠"号失事的痕迹。水手们聚精会神地观察着海上的一切，可是很可惜，一点线索也没有得到。

格里那凡："一片烂船板，一段断桅杆，都能给我们带来好消息。"

50. 最后，船开进了智利的塔尔卡瓦诺港，港内的康塞普西翁城驻有英国领事。格里那凡决定去向领事了解一下情况，就和学者一块上了岸。

格里那凡："我们马上回来。"

51. 两人来到了领事馆，领事很高兴地接待了他们。可是领事的答复却使人非常失望，因为他根本不知道"不列颠"号在这一带遇见暴风的事。

领事："我们掌握的情况很全面，格兰特船长如果在这一带遇难，我们不会不知道。"

52. 两人无可奈何地回了海港，格里那凡仍不死心，派了水手到海岸的每一个港口去仔细查询。结果仍然白费，"不列颠"号沉海的痕迹一点也没有找到。

水手："我们拜访了每一家居民，他们都不知道沉船的事。"

53. 学者仔细研究了文件，他认为格兰特船长如果被印地安人捉去，可能被土人带到南美腹地去。南美有很多大河经过 37 度线入海，船长也许是在入海的河里扔下瓶子的。

巴加内尔："文件上被俘前面的字，被海水泡掉了，解释成将被俘也成，解释成已被俘也成。"

54. 学者建议，立刻组织一个陆上寻访队，沿着 37 度线深入腹地去援救船长。他马上画了路线图。爵士考虑了学者的意见，认为这样可以访查得更加仔细，就同意了。

巴加内尔："这条路很安全，一个月就可以横穿南美洲大陆。格兰特船长正眼巴巴地盼望着我们呢。"

55. 10 月 14 日，爵士、学者、少校、小罗伯尔，还有大副奥斯丁、水手威尔逊、穆拉地等组成了陆上寻访队。其余的人乘"邓肯"号回到美洲的东海岸去等候他们。

罗伯尔："姐姐，等我和爸爸一块回来。"

海伦："一切小心在意，祝你们顺利！"

56. 寻访队雇了骡子代步。骡伕头子兼作向导。他们沿着 37 度线向着阿根廷前进，那里是印地安人的老家，印地安人抢劫了财物或是得了俘虏，总是带到老家去的。

57. 寻访队走过了干旱的滩地，穿过了密密的芦苇，涉过了急流，渡过了险滩。吃的是干肉和辣椒拌饭，住的是临时搭起的帐篷，但大家都兴致勃勃，走的非常起劲。

58. 三天后，他们来到安第斯山下。到阿根廷去，必须翻过这座世界知名的高山。过山有两条大路，但都不在 37 度线上，只有高达两千米的安杜谷小路在 37 度线上。

向导："安杜谷是印地安牧人通行的小路，非常难走。"

格里那凡："罗伯尔，你要小心，别掉下去！"

罗伯尔："我会留心的！"

59. 谁也不愿意离开 37 度线，就决定走安杜谷小路上山。路果然很难走，不是怪石嶙峋的山岩，就是泥泞的沼泽。骡子的鼻子贴着地，谨慎地往前走着。

60. 走了一程，向导突然停下来左察右看。原来这里最近发生了地震，向导找不到正路了。眼前的小路，连骡子也无法通行了。

向导："不能往前走，还是回去另走大路吧！"

61. 寻访队既不愿意舍弃这条恰在 37 度线上的山路，也不愿意往返浪费时间，这些困难拦不住他们，他们决定自己过山。这样，给向导结了账，骡队就回去了。

62. 大家把行李分开，每人背了一份，在学者的指引下，爬上了安第斯险峻的山峰。山岩交错着，岩下便是万丈深涧，一掉下去准定粉身碎骨，人们互相搀扶着前进。

巴加内尔："这是真正的安达斯山脊，离最高峰高低岩已经不远了。"

63. 爬着爬着，爬到七千五百英尺的高山上了，人们开始觉得疲乏，小罗伯尔已经累得很，但他支撑着不说出来。

64. 人们继续往上爬，已经爬到一万一千英尺的高空了，周围全是冰雪。这里空气稀薄，呼吸困难，牙龈和嘴唇开始往外渗血，走一步摔一跤，人们疲乏的不行了。

65. 好容易爬到了安第斯山的最高峰高低岩，山风冷得澈骨，一不活动，就有冻死的危险。这时，少校发现了一间藏在岩石间的小屋。

少校："快来看，房子！房子！"

66. 这个发现太使人高兴了，大家两步三步地爬到屋里。里面很平坦，足可以躺下来休息一番，而且还有泥坯砌成的炉灶，灶里残存着烧过的柴灰。

巴加内尔："这是印地安人的杰作，用来躲避山间的暴雨的。"

67. 水手威尔逊找到了一种可以燃烧的高山植物，学者和爵士也找到了一种可以燃烧的苔藓，三个人把这两种宝贵的燃料带回了小屋。

68. 这里空气稀薄，氧气不多，所以费了好大劲才烧着。大副奥斯丁烧开了水，大家舒适地喝起了热茶。天慢慢地黑下来了。

奥斯丁："大不好烧，但水却开得快，因为水不需要像平地

那样，非得百度才开。"

69. 这时，小屋外面忽然传来了成群野兽的吼声。人们赶紧钻出小屋去探看究竟。在星光照耀下，只见成百上千的野兽跑了过来。

少校："注意！带好武器。"

70. 少校隐藏在一块岩石后面，向着离他最近的一匹野兽打了一枪。枪声碰在山岩上，发出了轰隆隆的回音。群兽惊上加惊，没命地逃下山去了。

71. 人们把那只死兽拖进小屋，就着炉火的红光，学者认出来这是高山特产的原驼。这种原驼大小跟驴子相仿，毛又细又软，最能跑路。

巴加内尔："原驼很驯顺，肉也很好吃。"

72. 威尔逊剥掉了原驼的皮，奥斯丁割了一块驼肉在火上烤好。学者尝了一口，皱着眉头连忙吐了出来，大声嚷着不好吃。人们都大笑起来。

少校："说好吃的也是你，嚷不好吃的也是你。"

73. 驼肉既不好吃，奥斯丁也就不烤了。大家偎在火旁休息，不久就都睡熟了。可是格里那凡睡不着。他觉得这成群的原驼来得奇怪。这时，他又听到另一种奇怪的声音。

74. 这声音很像打雷，可是是从地底下发出来的。格里那凡走出小屋去看看动静。天晴得很好，月亮白光光地照着高山，一点下雨的意思也没有，真是奇怪。

75. 格里那凡回了小屋，又一阵轰隆隆的声音。可了不得了！小屋的地面裂开了一条大缝。原来发生地震了。

76. 格里那凡赶紧叫醒同伴，人们刚刚逃出小屋，小屋立刻就塌了。晚出来一分钟，他们就会被砸死在里面。

77. 人们一个跟着一个跳过了岩缝，跨到了对面那块平躺着的山峰上面，还没容他们喘过气来，这个山峰竟然像车子一样地动起来了。

巴加内尔："这里还要陷落，快到对面的山上去！"

78. 山峰越动越快，最后竟像一列特别快车那样的飞奔起来。人们只听得呼呼风响，眼前又是碎雪又是飞沙，大家紧紧地抓着山上的苔藓，一动也不敢动。

79. 也不知飞奔了多少时候，这趟特别列车忽的停下来了，人们像球一样滚到一个山窝窝里，跌晕过去了。他们就这样莫名其妙地下了山。

80. 少校第一个苏醒过来，擦掉了迷眼的沙尘，睁眼一看，同伴们横七竖八地躺在一起。他急忙施用急救法，救醒他们，点点人数，就少罗伯尔。

少校："威尔逊，你不是抱着他吗？"

81. 威尔逊清清楚楚地记得，山峰停止之前，他还搂着罗伯尔。可能地震的力量太大，罗伯尔的身体太轻，被甩到更远的山窝里去了。格里那凡立刻下令去找罗伯尔。

格里那凡："我们分头去找！快！"

82. 他们走遍了所有的山谷，爬上了四面的悬崖，衣裳被荆棘扯碎了，手脚也被岩石擦伤了，可是没有找到罗伯尔。少校劝大家休息一下。

83. 人们又渴又饿，可是谁也吃不下干粮，罗伯尔的失踪，像绳子一样地绞着每个人的心。格里那凡两眼含泪，不停地叫着罗伯尔，嗓子都喊哑了！

格里那凡："我们有什么脸面去见格兰特船长。"

84. 悲痛的爵士忽然看到了一只兀鹰正在人们的头上徘徊着。这种兀鹰是安第斯山中的鸟王。它专门捕食地上的小兽，也吃野兽和人的尸体。

格里那凡："快看，兀鹰！它是不是看见罗伯尔了呢？"

85. 人们紧张地瞧着兀鹰。兀鹰打了一个转，突然收拢了两翼，箭一样地急降下来，一眨眼，就飞落到山背后去了。

86. 他们立刻爬上山顶去，很可能罗伯尔是被甩到山后去了。可是人们迟了一步，他们刚刚爬到半山顶，兀鹰就带着捕获物上升了，它抓的果然是罗伯尔！

87. 爵士气急败坏地招呼大家开枪。谁都没有枪，枪早随着山间小屋的地面，一齐陷到地里去了。几个人你看着我，我看着你，急得抓耳挠腮，一点办法也没有。

88. 兀鹰平稳地上升着，眼瞧着就要带着罗伯尔飞走了，爵士急得眼睛往出冒火，抓起块石头去追兀鹰。

89. 在这紧张的一瞬间，从山谷里传来一声枪响，子弹端端正正地打在兀鹰头上，兀鹰抖了抖翅膀，悠悠晃晃地坠落下来。

格里那凡："真是救命的一枪。"

90. 几个人赶紧向兀鹰坠落的地方跑过去，从兀鹰的宽翅下抱出了罗伯尔。罗伯尔四肢冰冷，牙关紧闭。格里那凡耳朵凑在他的胸口，他听见罗伯尔的心在跳。

格里那凡："有救，快拿水来！"

91. 晶莹的泉水洒在小罗伯尔的头上，罗伯尔慢慢地醒过来。他睁开眼睛，看到格里那凡、威尔逊等人都守在他身边，真是又惊又喜。

罗伯尔："我知道您们一定会来救我的！"

92. 这时大家才想到看一看是谁打的这救命的一枪，他们看见山岗上站着一个巴塔哥尼亚高地的印地安人。

93. 学者和少校跑过去，紧紧握住了印地安人的大手。但是这个印地安人，由于过去受白人欺压，因此对他们很冷淡。

巴加内尔："你的枪太准了。"

94. 印地安人名叫塔卡夫，以向导为业。学者就问他是不是知道印地安人捉着过白人。塔卡夫说在两年之前，酋长卡夫拉古曾经捉到了一个欧洲人。

塔卡夫："那个俘虏是条好汉子，非常勇敢。"

95. 人们一听说印地安人那里真的有一个欧洲俘虏，立刻围上来，要塔卡夫详细地讲讲那个俘虏的事。塔卡夫这才知道了他们的来意，很佩服他们的勇敢精神。

格里那凡："我们就是来找寻俘虏的！"

96. 塔卡夫画了个简单的地图，指出了卡夫拉古的部落。学者拿起地图一对，这个部落正在37度线上，时间又恰好是两年之前，众人都认为那个俘虏就是格兰特船长。

97. 大家兴奋得欢跳起来。小罗伯尔搂着塔卡夫的脖子，告诉塔卡夫，那个俘虏就是他的父亲。塔卡夫把小罗伯尔紧紧地搂在怀里，不住口地夸奖他。

塔卡夫："好孩子，你真勇敢！真勇敢！"

98. 爵士、少校、学者三人商量了一下，决定请塔卡夫带他们去找卡夫拉古酋长。塔卡夫带领他们在印地安人的集市上买了马、武器和粮食，一行人高高兴兴地出发了。

99. 人们骑着马，走在炎热干燥的草原上。草原上飞着细砂，呛的人难以喘气。这年苦旱，草原上的河干得河底朝天。走了两天，人和马就都渴的不能支持了。

100. 只有塔卡夫的好马"飞鸟"、格里那凡和罗伯尔的马还能跑路。格里那凡就决定他和塔卡夫带了罗伯尔先跑到四十里外的瓜米尼河去找水，后队慢慢往前赶。

格里那凡："如果瓜米尼河也干了，我们就回来送信，免得大家跑冤枉路！"

101. 格里那凡、塔卡夫和罗伯尔，放开了马，顺着37度线向瓜米尼河跑去。离河还有几里路的时候，嗅觉特别灵敏的"飞鸟"，就感觉到了空气中的湿气，它长嘶起来。

塔卡夫："飞鸟已经感觉到有河了！"

格里那凡："真是好马，比人还灵！"

102. 跑到瓜米尼河旁边，一望见河水，马儿就不顾一切地扑进河去。三人连鞍带人都浸湿了，他们不管这些，大口大口地喝起水来。

格里那凡："罗伯尔，不要喝呛了！"

103. 喝够了救命的清水，三人精神百倍地爬上岸来。塔卡夫找到了一个印地安人关牲畜的栅舍，他们决定在栅舍中住下，等待后队前来。

104. 格里那凡爵士建议为后队准备一顿丰盛的晚餐，三人就携了武器前去打猎。他们打到了一只野猪，几只鹧鸪，小罗伯尔还捉到了一只生满鳞甲的犰狳。

105. 塔卡夫生好了篝火，把猎品一样样地烤了起来。三人吃了一些野猪肉，吃了两只鹧鸪，把美味的犰狳留给后来的同伴，就在栅舍中安歇了。

106. 夜里十点钟的时候，熟悉草原的塔卡夫突然觉得有危险，他听见了一种奇怪的嘈杂声。"飞鸟"也感觉到了，它低嘶着，扯着塔卡夫的衣角。

107. 塔卡夫赶紧叫醒了爵士和罗伯尔。嘈杂声已经变成狂吠了。黑暗中，只见无数黑影漫山遍野而来，这是草原上特有的红狼。

塔卡夫："这种狼饿极了的时候，连牛马都能吃下去。"

108. 三人准备好了武器，守卫在栅舍的入口。饿狼嗅到了马的气味，一层层地包围上来。罗伯尔要开枪，塔卡夫拦住了他，原来子弹袋里边只有二十多发子弹了。

格里那凡："子弹不多，塔卡夫要我们谨慎使用。"

109. 一只大狼冲到了栅舍的门口。塔卡夫一枪就把它打倒了。群狼怒吼着，后退了一步，在离栅舍一百步远的地方，排成了密集的队形，望着栅舍。

110. 塔卡夫要爵士去守在门口，他退到栅舍里面，把所有能够燃烧的秣草和干柴都抱到门口来，小罗伯尔帮助他搬。

111. 火燃起来了，淡红的火焰照亮了暗夜，照得饿狼的眼睛闪着绿森森的磷光。狼很怕火，所以看着火堆，干着急，不敢往这边跳。

112. 一只大狼绕着火堆来回转圈，忽然箭一样地跳过火堆来，爵士一枪就打倒了它。另外两只大狼也跟着往前跳，塔卡夫又打死了它们。

113. 三人的处境实在太危险了。柴草和子弹都不够支撑到天亮。这种红狼，只有在太阳出来以后才肯回窝。现在红狼从四面八方攻上来了。

格里那凡："罗伯尔，勒着马，别叫它动。"

114. 格里那凡站在罗伯尔身旁，准备群狼攻进来的时候，用自己的身体遮盖罗伯尔，保全罗伯尔的性命。

格里那凡："脱了险，你和少校，学者去找父亲！"

罗伯尔："不！爵士，要死我们死在一起。"

115. 塔卡夫一声不响给"飞鸟"备好了马鞍，拉着格里那凡，拍拍"飞鸟"，指指群狼，又指指远方的草原。格里那凡明白他是要冲出去，把群狼引走，牺牲自己来挽救他和罗伯尔。

116. 格里那凡不放塔卡夫，他不能让这无辜的印地安人为自己牺牲性命。他要自己去，留下塔卡夫来保护罗伯尔。两人就这样争起来，谁也不放对方去骑"飞鸟"。

格里那凡："你不能！我去！"

117. 罗伯尔明白了两人为什么这样争执，便趁爵士和塔卡夫不在意，骑上"飞鸟"就跑。"飞鸟"一跳就纵过了火网，奔向黑暗的草原。

罗伯尔："你们不要争，我去了。"

118. 狼群调过头来，向罗伯尔追去。

119. 格里那凡立刻拉过马来就要去追罗伯尔。塔卡夫拦住了他。因为除了"飞鸟"，任何马也逃不出红狼的包围，出去就只有白白的送命。爵士无可奈何，只好靠着火堆坐了下来。

塔卡夫："天亮才能走！"

120. 好容易盼到天亮了，塔卡夫领着格里那凡骑马往来路跑去。格里那凡想到一定是"飞鸟"受过训练，会自己找家。不然，塔卡夫不会带他到这条路上来找罗伯尔的。

121. 两人走了没多久，就遇上了后队，只见学者和少校并肩走在前面。格里那凡痛苦地低下了头，不愿意宣布罗伯尔又遭狼难，他暗暗埋怨塔卡夫不带他去找罗伯尔。

122. 这时，一双健壮的小手，从背后搂住了格里那凡的脖子。格里那凡回头一看，那正是小罗伯尔，精神焕发地骑在"飞鸟"背上。

123. 格里那凡疑惑自己是在作梦，他把小罗伯尔拉到自己的马上来，右瞧左看，看到小罗伯尔连一根头发也没损伤，这才真正地放心了。

格里那凡："好孩子，你是怎样逃出狼圈的？"

124. 塔卡夫过去揽住了"飞鸟"，"飞鸟"一看见主人，欢乐地长嘶起来，把自己美丽的头，靠着塔卡夫的肩。塔卡夫吻着它的脸。小罗伯尔跑过来抱住塔卡夫。

罗伯尔："'飞鸟'救了我！它跑的非常快，把群狼甩在后面啦！"

125. 原来小罗伯尔一冲进狼围，就吓晕了。他任凭"飞鸟"向前跑去，一直跑到黎明，他才注意到跑上了昨天的来路。这时遇上了后队，少校他们把狼群赶跑了。

126. 大家欢叙了一阵之后，罗伯尔引后队来到了瓜米尼河。后队的人饱饱地喝足了清水，又享用了前队昨夜备好的盛餐，就继续上路了。

巴加内尔："这么多死狼，你们的战斗太激烈了！"

127. 这一天，他们来到了卡夫拉古酋长所在的部落。可是所有的草房都是空的，没有人也没有家畜，印地安人搬家走了。

128. 这真使寻访队绝望了。塔卡夫建议赶到六十里外的独立堡去，到那里去问问印地安人的下落。

129. 独立堡是欧洲人在南美建立的新城。城中的统帅是个在南美住了二十年的法国人，他很热情地接待了寻访队。

法国人："欢迎你们到荒凉的南美来！"

130. 情况立刻就弄清楚了，这里因为连年战争，所有的印地安人都到阿根廷的内地去了。

格里那凡："那个名叫卡夫拉古的酋长也去了吗？"

法国人："去了！"

131. 少校继续问他，是不是知道卡夫拉古家那个俘虏。统帅的答复也是肯定的：那个俘虏是法国人，名叫包干，去年夏天就脱险回国了，这里再没有其他俘虏。

格里那凡："您不知道格兰特船长被俘的事吗？"

法国人："格兰特根本没到草原上来。"

132. 陆上寻访又扑空了。这真是最严重的打击，一行人辞别了统帅，无可奈何地上了路。塔卡夫领错了线索，羞愧得头也不愿意抬，小罗伯尔强忍着眼泪。

133. 既然格兰特船长根本没到草原上来过，那就只有到东海岸去和"邓肯"号会合了。塔卡夫送大家到东海岸去，人们烦躁地打着马，闷闷地赶着路。

134. 这里是南美临海的大平原，刚刚下过暴雨，一路上尽是白茫茫的积水。马儿很吃力，走着走着，灵敏的骏马"飞鸟"突然显得非常不安、急躁，总要往北跑。

135. 塔卡夫登上马鞍向南望去，南方天地相接的地方，有一条亮晶晶的白线。熟悉草原的塔卡夫知道，这是平原上常闹的山洪来了。他就警告大家快跑。

塔卡夫："快向北跑，山洪来了！"

136. 人们拚命地打着马儿飞跑。水来得比马儿更快，他们还没跑出十里路，水就涌上来了。一霎时，白亮亮的山洪就漫了过来，把他们卷在激流之中。

137. 马被水流卷跑了，大家开始游泳。少校发现了一棵南美特有的大翁比树，就招呼大家抢上树去，躲躲急流。

少校："翁比树又高又坚固，山洪冲不倒。"

138. 水手威尔逊一直保护着罗伯尔，听了少校的指点，他首先把罗伯尔托上树去。少校等人爬上了翁比树的树顶。可是塔卡夫和他的骏马被水冲跑了。

139. 少校判断的正确。这棵翁比树的确又高又坚固，它屹立在洪流之中，一点都不摇晃。人们选择向阳而干燥的树干作床，留在上面躲避洪水。

巴加内尔："我们过起鸟儿的生活来了。"

140. 学者巧妙地用望远镜上的凸光镜，引太阳光点燃起一堆干苔藓，威尔逊采摘湿树叶作了一个天然的炉灶，爵士、罗伯尔打来了小鸟，他们吃了一顿可口的午饭。

141. 爵士和学者又研究起船长的文件来。事实既然证明格兰特没到南美来，那么他就一定是在澳洲了。澳洲的维多利亚省也在37度线上，那里也有印地安人。

格里那凡："我们一定找寻到底，既然南美的三十七度线上没有，我们就到澳洲去。"

142. 人们谈了一阵澳洲的情况后分别躺在树干上休息起来。小罗伯尔做了一个好梦，梦见爸爸在澳洲大陆上等着他，他高兴得笑了。

143. 夜来了，漆黑的天空盖着白茫茫的水，风刮的很厉害。学者警告大家小心，他估计会有暴雨。果然，不到十点钟的时候，暴风雨就倾泻下来了。

144. 暴雨夹着霹雳，暴风卷着洪水。雷雨交加，翁比树触电着火了。烈焰马上四处飞腾起来，爵士看好了风势，镇静地命令大家逃到上风头去躲避火灾。

格里那凡："威尔逊！带好罗伯尔！"

145. 可怕的事情接连而来，又刮起凶猛的飓风来了。飓风卷着洪水，以震撼天地的威势旋转着飞过来，一下子就把燃烧着的翁比树卷到旋风中心去了。

146. 高大坚固的翁比树被连根拔了起来，横倒在洪水之上，像船一样地被激流冲跑了，树枝触到水，火熄了，发出可怕的嗤嗤声。人们赶紧抱着树干，随着飘流。

147. 激流托送着树，一直流到了滨海的沙滩之上。这时雨住风息，天边露出来曙光。寻访队又一次逃脱了灾难。大家欢呼着跳上了陆地。

148. 更使人高兴地是看见了塔卡夫和"飞鸟"，他连人带马，昨晚就被洪水冲到这里来了。塔卡夫利用早到的这一段时间，给同伴们烧好了喷喷香的兽肉。

塔卡夫："我估计你们也会冲到这里来。"

149. 这次是喜事接连而来了，他们大吃兽肉的时候，海面上露出来"邓肯"号的高帆。少校高高兴兴地打起了信号枪。

150. 两小时之后，"邓肯"号的小船就划到了岸边，来接大家回到船上去。

151. 谁都舍不得塔卡夫，小罗伯尔抱着塔卡夫的脖子不肯放手。爵士诚恳地邀请塔卡夫和他们一块到澳洲去。

格里那凡："我们一块去找格兰特船长吧！"

152. 塔卡夫丢不下故乡亲爱的大地，更丢不下情同朋友的好马。他抱着罗伯尔吻了又吻，送人们登上了小船，珍重地道了再见。

塔卡夫："再见，到南美来时再见！"

153. "邓肯"号热烈地迎接了历经灾难的陆上寻访队。安排了最可口的晚饭来款待他们。爵士等人梳洗干净，安适地坐在桌旁，享受了快乐的晚餐。

154. 自然灾害阻挡不住他们。他们的意志是坚决的，一定要找到格兰特船长。"邓肯"号继续航行，迅速向澳洲开去了。

中 ⛵

1. 格里那凡爵士等一行，在南美洲没有找到格兰特船长。根据对文件的新解释，他们决定再到澳洲去寻访。于是"邓肯"号掉转船头，直往澳洲开去。

2. 开船之后，正遇上顺风，"邓肯"号走得又快又稳。全船的人都抱着莫大的希望，认为在澳洲一定能找到格兰特船长，玛丽和罗伯尔尤其高兴。

玛丽："罗伯尔，你长大了，什么时候也不要忘记爵士和他的船员。"

3. 船经过 37 毅纬线上的透雅岛，格里那凡亲自上岸去拜访了当地的总督。总督回答得很肯定，他们既没听说过"不列颠"号的失事，也不知道格兰特船长的任何消息。

总督："不列颠号如果来过这里，我们不会不知道的。"

4. 爵士们在岛上游历了一番。学者给大家讲述了英国人怎样赶走了这里的土人，霸占了这个小岛的往事。这时，船员们要求船长，允许他们打一场猎。

船员："这里海豹肥得很，可以熬很多珍贵的海豹油。"

5. 晚上，月亮照着深碧的海水，船员们带好武器藏在岩石后面，趁海豹露出水面的时候，射击它们。一晚上，他们打了五十只大海豹。小罗伯尔也参加了这场有趣的狩猎。

6. 天亮以后，船员们把海豹剥皮熬油，足足熬了十五大桶，于是兴高采烈地准备继续开船前进。

7. 他们沿着37度纬线航行，一路上几个岛他们都查询到了，确实没有"不列颠"号失事的痕迹。不久，船航行到印度洋上，这时，风突然停了，孟格尔警告大家，天气要变。

孟格尔："这种突然的平静，正是台风的前兆。"

8. 夜里十一点，印度洋上的台风真的来了。风把桅杆吹得像弯弓一样；浪一直打到船上来。孟格尔船长命令落帆，靠着汽机前进。风大浪高，"邓肯"号就象皮球一样，在浪上滚来滚去。

9. 船颠簸得几乎翻过来了。这时候，忽然迸发了可怕的"嗤"声，船身也不由自主地倒向一边，原来是汽机坏了，"邓肯"号被打出航线，随时都有触礁的可能。

孟格尔："张起小帆，靠风力前进。"

10. "邓肯"号像脱缰的野马那样在巨浪上行驶。清晨六点钟，孟格尔看见一个双峰环抱的小港子，如果能冲进去，可以躲避风暴。可是前面又涌起来滔天巨浪。这证明港口有暗礁。

船员："暗礁！暗礁！"

11. 全船的人都聚在甲板上，谁都明白，现在既没法控制船行的速度，也没办法让狂澜低头，躲开暗礁。在这千钧一发的时候，爵士命令大家作最后准备。

格里那凡："威尔逊！你照顾罗伯尔！"

12. 机智的孟格尔，一面命令掉转风帆，对准港口；一面命令准备海豹油。大家立刻领会了他的意思，知道他要利用海豹油来压服巨浪，于是纷纷搬动油桶。

孟格尔："把油桶搬到两舷来！"

13. 孟格尔把自己绑在桅樯上，观察了暗礁形势，亲手掌握风帆，下了命令。于是粘重的海豹油铺上海面，白浪低下头来，"邓肯"号趁势从压平的水面上一飞而过，驶进了避风躲浪的小港。

14. 船刚越过，巨浪就挣脱了油层的束缚，遮天盖地的打过来。风也更猛了，搅得浪涛冲天，"邓肯"号若还在港外，非击碎不可。现在风浪都留在港外了，船员们牢牢地抛下了两只大锚。

15. 全船的人都拥到孟格尔身边来，感谢他救了大家的性命。小罗伯尔搂着孟格尔，吻了又吻。他还招呼玛丽也来亲吻孟格尔，说得玛丽不好意思起来。

16. 但是，船损坏得相当严重，汽机完全不能用了。格里那凡和孟格尔商量了一下，决定趁风力航行到百依奴角，先找寻格兰特船长，然后再航行到墨尔本去修理船只。

17. 这天晚上，又吹起了适宜航行的西南风。"邓肯"号起锚张帆，沿着海岸，开往百依奴角去。这百依奴角，就是文件上说的"不列颠"号沉海的地方。假如在这里得不到线索，格里那凡就没办法了。

18. 全船的人都把希望寄托在百依奴角上。玛丽和罗伯尔更恨不得一步就跨到父亲沉船的地方。两个孩子寸步不离地守在甲板上，遥望着逐渐靠近的陆地。

玛丽："前面就到百依奴角了。"

19. 驶进 36 度地区，爵士就命令"邓肯"号沿着海岸搜索。他不愿意放弃 36 度到 38 度线的任何地点，不仅大船搜索，又放出了小艇沿岸寻找。

20. 就这样一直搜寻到百依奴角，可是任何沉船的线索也没得到。很可能"不列颠"的残骸早被海水冲散了。"邓肯"号只好靠拢珊瑚带的海岸，下锚停泊。

21. 格里那凡等改乘小艇划到岸旁。这一带，布满珊瑚带的暗礁。依情况推断，不要说"不列颠"号那样的三桅船，就是再大的船只，也能撞得粉碎。

格里那凡："'不列颠'号准是在这里沉海的！"

22. 现在，只能希望在陆地上找到格兰特船长了。百依奴角的内陆，包围在七八丈高的巉岩之中，没有梯子或是钩绳就根本没法上去。急得小罗伯尔围着巉岩打转。

23. 幸而孟格尔发现了一个缺口，大家顺着缺口爬过了耸天高岩。高岩后面一片荒凉，玛丽首先绝望了，她想，父亲就是侥幸逃到这里，也会冻饿而死的。

海伦："玛丽，坚强起来！"

24. 学者却认为正是在这贫瘠荒凉的地方，才能找到船长，因为残酷的英国地主，总是霸占肥美的好地，只有这样的地方，还有余下的土人，他建议立刻进行寻访。

巴加内尔："船长的文件说得很清楚，他落到了土人手里。这里正是土人居住的地方。"

25. 他们走过了陡峭的岩山，发现了山下新垦的庄园。田里长着金黄的麦子，草场上布满了嫩绿的牧草，远处还有一排田庄的木房。

罗伯尔："看哪！那边有人家，他们还有风磨呢。"

26. 他们刚刚来到庄前，主人就出来迎接他们了。正如学者所预料的，主人奥摩尔是爱尔兰的一个普通农民，被迫来到澳洲，在这块统治者不愿要的土地上安家立业。

奥摩尔："欢迎你们！请进吧！"

27. 热诚的奥摩尔立刻吩咐妻子备酒作菜，欢迎远来的同胞。奥摩尔一家，连同田庄里的雇工，大家团团围着，向客人献上了自制的美酒。

奥摩尔："请喝一杯！喝一杯乡下的水酒。"

28. 吃饭之间，格里那凡叙述了他们捞到格兰特船长求救的文件，怎样先到南美洲，又怎样到澳洲来寻找格兰特的经过。

格里那凡："我们把海岸都找遍了，也没找到一点痕迹。"

29. 奥摩尔夫妇很称赞爵士的义举。不过，据他们了解，格兰特船长并没有流落到澳洲。既然连久居澳洲的奥摩尔都不知道"不列颠"号的消息，那就是说澳洲之行又扑空了。玛丽禁不住哭了起来。

奥摩尔："我在这里住了几十年，没听说过'不列颠'号在百依奴角沉船的事。"

30. 这时，突然有人宣布他知道"不列颠"号的事。这一声把全场的人都惊住了。他是这里的工人，名叫艾尔通，两个月前来到农庄作工的。

31. 艾尔通首先声明他是"不列颠"号的水手。然后说"不列颠"号来到澳洲后，受到英国殖民地总督的迫害，被迫航行到吉普斯兰海岸，在那里触礁沉海。

艾尔通："'不列颠'号不是在这里，而是在太平洋岸沉海的。"

32. 艾尔通的话打动了每个人的心，玛丽和罗伯尔双双围着艾尔通，亲热地向他问长问短。精细的少校，详细地考虑之后，向艾尔通提出了问题。

少校："你怎样逃到这里来的呢？你们的船长呢？"

33. 艾尔通说他是被船触礁时的震荡力震到岸上的。等他苏醒过来，已经落到土人手里了，他在土人手下做了两年苦工，最近才得到了逃跑的机会。他说的时间、情景都跟爵士们所了解到的情况一样。

艾尔通："船长也一定和我一样，逃到岸上之后，就被土人俘走了。"

34. 为了证明自己的身份，艾尔通跑回宿舍去拿来自己在"不列颠"号上服务的证书。玛丽一看，就认出来正是父亲格兰特船长的笔迹。热心的爵士立刻就征求艾尔通的意见。

格里那凡："你看怎样去寻访船长。"

艾尔通："我们到 37 度纬线的内陆去找。"

35. 学者同意艾尔通的意见。依目前情况推断，船长如果在澳洲，就必然在 37 度线的大陆之内。文件上也说到将被俘于土人。因此学者建议，沿着 37 度线在澳洲大陆进行寻访，一直找到吉普斯兰平原。

巴加内尔："这一段路，在你们英国殖民地范围内，路上安全，我建议玛丽和海伦夫人也去。"

36. 爵士、少校和孟格尔交换了意见，同意学者的办法。热心的奥摩尔，自愿供给他们最强壮的牛和马，又帮助他们制造供海伦夫人和玛丽乘坐的牛车。

37. 格里那凡请奥摩尔答应艾尔通也和他们一道前去。奥摩尔答应了。格里那凡高兴极了，就在"邓肯"号上设宴，招待奥摩尔。

格里那凡："谢谢你热诚的帮助，我和格兰特一家，永远忘不了你的帮助！"

38. 饭后，客人参观了"邓肯"号。奥摩尔夫妻不住口地夸奖这船的舒适与华丽。艾尔通却用航海家的内行眼光，考察了"邓肯"号优良的航海性能。艾尔通考查得这样专注，很明显他是爱上这条船了。

艾尔通："我估计，这船每小时最少走十五浬。"

大副："你猜得不对，是十七浬。"

39. 启程的日子到了，艾尔通建议把最好的船员全都编在寻访队里，他认为这样作更便于寻访；格里那凡却认为修船更需要人。最后决定只带威尔逊和穆拉地两名船员。

格里那凡："艾尔通，有你这样能干的向导，我们不怕任何困难。"

40. 寻访队出发之后，"邓肯"号也由大副奥斯丁率领，开往墨尔本港去进行大修。他们将在那里等候爵士的命令。

格里那凡："你见到我的命令，就开到指定地点去。"

奥斯丁："祝你们一路顺利。"

41. 横贯澳洲的旅行开始了。海伦夫人和玛丽坐在牛车里，艾尔通赶车，爵士、少校、学者、孟格尔、小罗伯尔、厨师和两名水手分骑着马围在牛车前后。

42. 他们首先来到了阿雷得草原。这是澳洲最富饶的地方。英国的大资本家把当地的土人赶进深山，在这肥美的草原上养起细毛羊，每年赚上千上万的利润。

巴加内尔："你们英国的资本家，就知道赚钱，把草原的地层都剥削薄了。"

43. 过了阿雷得，就是维多利亚省。这是个因为产金而兴起的新殖民地。格里那凡等在完全英国风的街道上，看见了那些黄金公司的资本家，他们在奢侈的饭店里大吃大喝。

巴加内尔："维多利亚的黄金都叫这群人掏走了。他们从澳洲劫去的金子，能再铺成一个澳洲。"

44. 他们去参观矿坑，工人们用锄刨着矿石，累得喘不过气来。小罗伯尔很同情他们。学者告诉他，这都是在本国没办法生活的穷人，跑到这里来，仍然要为资本家卖命。

巴加内尔："一个资本家发财，一千个工人在贫穷和绝望中丧命。"

45. 出了金矿区，来到了空旷的维那河畔。河水清汪汪的，映着两岸的绿树红花，非常美丽，河上没有桥，爵士他们决定涉水过去。

46. 牛车下水了，起初很好，走到河中心，牛吃不住水力，顺水往下流漂起来。艾尔通一见这情形，毫不迟疑地跳进水里，抓着车辕，引着牛往对岸走，他并且招呼爵士他们护在牛车两旁。

艾尔通："注意！可能翻车。"

47. 河底竟是大石块，车子颠得左歪右倒。亏得大家左右架住，才没翻车。大家都佩服艾尔通。他表现得又勇敢又忠诚，格里那凡心里很满意。

48. 过河之后，艾尔通检查车子，发现车厢前面全被石块戳破了，非修理不可；格里那凡骑的马，马蹄铁失落在河里了，也需要重钉一只，可是在这样的荒郊野外，根本就找不到工匠。

格里那凡："这怎么办呢。"

49. 艾尔通自告奋勇，愿意到离这里最近的一个市镇——黑点镇去找个工匠来，免得大家全都跋涉一趟。格里那凡同意这样，艾尔通高高兴兴地骑马去了。

艾尔通："十五个钟头内回来！"

50. 艾尔通这种掩盖不住的喜欢，很使少校奇怪。骑着马不停地跑上一夜，本是苦事，为什么艾尔通反倒比平时高兴呢？少校想这里边可能有文章，诸事小心为妙，他侦查了周围地形，作了防御。

51. 一夜平安过去，第二天，天刚亮，艾尔通就准时回来了。他带了个又凶又丑的铁匠来。

52. 铁匠修起车来，他做的又快又好。少校注意到铁匠的两只手腕上，都有受过磨伤的痕迹，很像是犯人戴过手铐的伤痕。少校问铁匠，怎样受的伤，铁匠不理他。

少校："你手腕上的伤好重，一定很痛？"

53. 车修好了，铁匠就给钉马蹄铁。少校注意到铁匠带来的马蹄铁很特别，是三叶形的，而且上边还挖掉一块。艾尔通见少校注意马蹄铁，连忙向少校解释了一句。

艾尔通："黑点镇都用这样的马蹄铁。"

54. 活做完了，铁匠一句闲话没说，讨了工钱就走了。艾尔通驾好了牛车，寻访队也重新上路了。少校总觉得这个铁匠来得蹊跷，可又没看出什么差错。他暗暗地对艾尔通留了一份心。

55. 这时，他们正通过湖滩地带，街上到处是清清的小河，潺潺的流水声非常好听。车轮碾在土地上，留下了深深的车辙，马蹄印也印得非常清晰，那个三叶形的马蹄铁更加突出。

56. 来到卡斯门车站的时候，正遇上火车坠桥的惨案。据现场维持秩序的警官猜测，这件惨案很可能是流犯们干的。据说，有大批流犯从伯斯监狱里逃出来，正在各地活动。格里那凡听了很担心。

警官："这一带的土人早被赶到深山去了，绝对不是土人干的。"

57. 格里那凡和少校商量了一下，决定加强戒备，以防万一。艾尔通更建议骑马的人不要离牛车太远，并且夜里轮流守卫。

艾尔通："流犯们一定在旷野中流窜。"

58. 不久，寻访队走进了连绵不断的桉树林。这种澳洲特有的桉树，高有二百尺，树叶很窄，又用侧面向着太阳，因此林里边很亮，也很热，寻访队走得挺辛苦。格里那凡更担心发生意外。

59. 在桉树林中足足走了三天，才到了树林的尽头。一路平安，既没遇到土人，也没撞上野兽，最令人担心的流犯也没见踪影。格里那凡很高兴，他吩咐赶到前面的寨木尔镇去，好好休息一下。

60. 一进寨木尔镇的街道，少校就感觉到小镇上发生了不平常的事，居民们三三两两地聚在一起，喊喊喳喳地谈论着。

61. 他们在旅店中住下，少校很快就弄清了居民骚动的原因。原来卡斯门坠车惨案已经调查清楚，是流犯们干的，头目叫彭觉斯，是个有名的强盗。

少校："这是今天的日报，登的很详细。"

62. 这情形，尤其是在有女客同行的情况下，就不能不考虑到前途中的安全问题了，格里那凡请大家发表意见。学者认为流犯们并不都是杀人不眨眼的匪徒，其中很多是迫于生计才成为犯人的。

巴加内尔："我主张按原定路线前进，现在返回去，就前功尽弃了。"

63. 艾尔通也认为，以寻访队的实力，足可抵御流犯的袭击。少校同意艾尔通的看法，他也赞成继续前行，但他提请大家多加注意。

少校："我们要小心谨慎，彭觉斯多狡猾阴险也不要紧。"

64. 格里那凡爵士发现酒店门口贴着一张通缉流犯的头目彭觉斯的布告。布告上用最醒目的字写着，捕获彭觉斯给予百镑赏金。艾尔通看了布告，轻蔑地耸了耸肩膀。

少校："这就是火车坠毁桥惨案的主犯。"

艾尔通："彭觉斯那家伙其实不值一百磅。"

65. 第二天，大家全副武装，离开寨木尔镇，走进了土人居住的地区。学者告诉他们："英国军队征服这里的时候，整个部落整个部落地屠杀土人，几乎全杀光了。"

66. 他们走了很久，才看到了一个小小的部落。土人们住在用树皮搭成的棚子里，披着破烂的袋鼠皮，依靠打猎和捕鱼过活。艾尔通说，他就是从这样的部落中逃出来的。

67. 格里那凡命令艾尔通向土人打探格兰特的消息。土人们肯定地回答说没有这样的俘虏。格里那凡和学者也知道：一般这样几十户的小部落，是不敢抵抗白种人的。他们这样问问，只是想得到线索而已。

艾尔通："有白种人吗？"

68. 离开了土人区，到了澳洲的阿尔卑斯山境。花岗岩的山峰高高耸立，到处都是深浅难测的河滩，山坳里的小路，又陡又窄。

69. 他们沿着一条羊肠小路上山，路上荆棘丛生。威尔逊挥着斧头在前面开路，人们帮助牲口拉车，闹得人人疲乏不堪。

70. 走着走着，忽然出了怪事，水手穆拉地骑的马，好端端地突然倒下去死了。艾尔通检查了半天，也没闹清楚这匹马暴死的原因。

71. 为了应付这个突然的变化，格里那凡坐到牛车里去，把马让给穆拉地，继续往山上前进。

72. 到卢克诺城的时候，艾尔通建议通知"邓肯"号开到太平洋沿岸来，因为过了卢克诺，就没有去墨尔本的大路了，那时候，需要"邓肯"号也没法通知了。艾尔通自愿去送信。

73. 学者劝格里那凡考虑这个建议，少校和孟格尔都坚决反对。少校认为这里离不了艾尔通。格里那凡也认为少校和孟格尔的意见对。他们继续按预定的路线前进。

孟格尔："艾尔通不能走，只有他才知道'不列颠'号真正失事的地点。"

74. 不久，他们走进了澳洲特有的凤尾草林。这种凤尾草足有三丈高，宽大的叶子就像柄大伞一样。学者很喜欢凤尾草鲜艳的大花，更喜欢在花间飞翔的鹦鹉。

巴加内尔："罗伯尔，你快看，多么美丽啊！"

75. 学者正说着的时候，忽然在马上摇晃起来，接着像块门板一样，直挺挺地倒了下去。

76. 人们以为他中了暑，赶紧奔过来救护他，他却一咕碌地爬了起来，招呼大家去救他的马。

巴加内尔："快！马！救马！"

77. 这匹马和穆拉地的马一样，无缘无故地暴死了。格里那凡不由得担起心来：在这荒无人烟的地方，要是这种奇怪的马瘟传播开来，那可就难办了。

78. 傍晚，威尔逊的马又死了。最严重的是还死了三头牛。爵士、少校和艾尔通，仔细地检查了剩下的四匹马和三头牛，任何病状也没发现，死的马也找不出闹传染病的症状。

少校："真是太奇怪了。"

79. 幸而第二天没再死牲口，可是又遇上了新的灾祸。牛车走到斯诺河边的时候，深深地陷到粘稠的烂泥里，艾尔通用尽了各式各样的办法，也没把车子拖出来。

80. 这样，旅行队就只好在河岸过夜了。艾尔通把牛从车子上卸下来，又牵它们到河里洗净泥巴，调好饲料，才回到帐篷里和大家一起吃饭。

81. 半夜，下起雨来，第二天雨住了，地上积着一滩滩的黄水，空气混浊得透不过气来。格里那凡命令马上起身。他招呼艾尔通、孟格尔一块去牵牲口，让少校和穆拉地整理帐篷。

82. 爵士们跑到放牲口的胶树林里，奇怪的是牛和马统统不见了，本来昨晚上拴好放在这里的，根本不可能跑开，显然是又出意外了。

83. 三人找来找去，忽听草丛里有马在嘶叫。格里那凡拨开茂草一看，立刻急得目瞪口呆。昨天还好端端的牛和马，今天直挺挺都死了，只有一头牛和一匹马还活着。

84. 格里那凡竭力使自己镇静下来，他吩咐艾尔通牵了仅存的一头牛和一匹马，预备利用这两头牲口拖车，对付着走到海岸。

85. 回到帐篷旁边，格里那凡简单地把情况告诉少校，少校听了，一言没发，注意地观察起地上的马蹄印来。

86. 唯一没有暴死的那匹马的蹄印是三叶形，正是在黑点镇上换过的那块马蹄铁。少校从容地走到艾尔通身边，诘问起艾尔通来。

少校：“艾尔通，请你讲讲，为什么只有换了三叶马蹄铁的马没有暴死。”

87. 艾尔通安详地说：“我和大家一样，完全不明白马死的原因！这匹马没死，可能只是偶然的巧合。”说着，他一如平日一样，熟练地牵着牛和马去套车。

88. 大家半信半疑地随在艾尔通身后，帮助他去拖大车。艾尔通想尽各种方法减少泥的粘性，他往车轮上泼水，往车底下垫石块，勉强才把车子拉出来，牲口已累坏了。

89. 格里那凡召集大家靠拢，商量商量怎样过河，怎样继续往前走。

90. 艾尔通第一个发言，他建议马上派人到墨尔本去，把“邓肯”号叫来。“邓肯”号一开到吐福湾，要人有人，要物有物，就不愁以后的路不好走了。

艾尔通：“眼前过河就没办法，‘邓肯’号一来，渡河就有工具了。”

91. 格里那凡请少校发表意见，少校一口同意艾尔通的意见，他还建议就派艾尔通去送信。

少校：“艾尔通又聪明，又谨慎，路也熟，他去最合适了。”

92. 格里那凡考虑了一下，认为叫“邓肯”号来也很好，就写信给大副奥斯丁。写到送信人名字的时候，少校止住了他，若无其事地问了艾尔通一句话。

少校：“艾尔通，应该写你的真名彭觉斯吧！”

93. 彭觉斯的名字一经说出，登时引起来晴天霹雳。艾尔通一抬手，一枪就把格里那凡打倒了，随即飞快往树林跑去，同时，林里响应地打起枪来。

94. 在这刻不容缓之际，孟格尔迅速地把海伦夫人和玛丽推到牛车中隐蔽好；少校和威尔逊立刻拿起武器来还击。艾尔通一隐进胶林，林中的枪声就停止了。

95. 少校和孟格尔到林中去搜索，匪徒们已不知隐匿到什么地方去了。只见地上留着杂乱的脚印，还丢着很多燃烧着的火药引子，少校一一踩灭了。

96. 格里那凡早由穆拉地抱回牛车中去了，幸喜枪弹从胁下穿过去，只擦伤了皮肤，没伤着筋骨。海伦夫人替他敷药裹伤。少校派穆拉地和威尔逊出去放哨。

97. 格里那凡请少校讲讲他怎样知道艾尔通就是彭觉斯。少校讲起他一路上对艾尔通的注意，讲起艾尔通怎样垂涎"邓肯"号，当然，最重要的是昨夜在树林中的一幕。

少校："艾尔通骗我们，是和他的同伴串连好的。"

98. 原来昨夜十一点钟的时候，少校突然醒了，他感觉到有一种特殊的亮光刺激着眼睛。掀开帐篷往外看去，看见河旁的树林里闪着白光，象一匹白的缎子在发亮。

99. 他悄悄地走出帐篷，来到树林之中。他发现一种蘑菇在放射磷光，磷光像平静的湖水一样，白亮亮的非常好看。少校想回去叫醒学者，来看看这自然界的奇迹。

100. 他刚回身，就发现对面有几个人，他们正俯身考察着地面，像在地面上寻找着什么。少校听见他们争辩着"是！""不是！"

101. 少校立刻悄悄地在深草里隐蔽好，那几个人越走越近了。借着蘑菇的磷光，少校看得清清楚楚，他们一共三个人，其中之一就是黑点镇那个凶狠的铁匠。

102. 原来他们在查看地面上的马蹄印，一发现三叶形的马蹄铁印，他们就欢呼起来。少校的心里全明白了：三叶形的马蹄铁原来是匪徒给他们安好的暗记，为的是跟着这个暗记追踪他们。

铁匠："是，正是那个寻访队，一路上这个三叶形的马蹄铁就没断过。"

103. 那三个人一点也没发觉附近有人，他们兴奋地夸奖说："彭觉斯干得好，把'不列颠'号沉海的事说得活灵活现，还能找到那些有效的毒草，把马毒死了还不留一点痕迹！这群傻蛋，找一辈子也找不到他们的船长！"

104. 三人边说着边钻进树林深处去了。离开很远少校还听见他们兴奋的谈话。少校听见那个铁匠大声说着："等彭觉斯把'邓肯'号骗到手，咱们就可以横行海上，什么也不怕了。"原来他们是骗船来的。

105. 天忽然下起大雨来，少校不愿意一个人冒险去追踪匪徒；也不愿意惊动还和大家睡在一个帐篷里的艾尔通，就悄悄回了帐篷。他暗地嘱咐放哨的穆拉地多多在意。

106. 少校讲完了昨晚的经过，学者首先咒骂起来，他生气艾尔通骗了他们。他认为欺骗寻访队实在是太无良心，因为他们是为了救人，不应该欺骗正义的人。

巴加内尔："艾尔通装得真像，我一点也不疑心他。"

107. 少校劝学者冷静一些。他估计流犯们为了逃脱殖民地警察的追捕，就利用了曾是"不列颠"号水手的身份，去骗"邓肯"号。

少校："咒骂没有用，还是想办法回欧洲吧！"

108. 格里那凡听着少校的叙述，十分气愤，更使他难过的是澳洲之行又落空了，他没有为那双可爱的孤儿找到亲爱的父亲。他忍着伤痛，去安慰玛丽。

格里那凡："玛丽，不要失望，再想办法找寻父亲。"

109. 玛丽的心早就疼得碎了，她万没想到父亲船上的水手还会骗她。但她更为爵士的处境难受：爵士为她受了伤，陷在这人地两生的荒郊野外。她忍着心中的悲痛，反过来劝慰海伦夫人。

110. 格里那凡就目前的情况进行了分析。他认为艾尔通一定会马上到墨尔本港去骗劫"邓肯"号，所以最要紧的是立刻和"邓肯"号取得联系。寻访队一定得抽出一个人来去给"邓肯"号送信。

格里那凡："我们一定要走在艾尔通的前面。"

111. 大家认为爵士的意见对，必须立刻到墨尔本港去。从这里到墨尔本，要经过荒原，要遭受匪徒的袭击，但是为了挽救整个旅行队，少校、孟格尔、学者，加上两水手，都争着前去。

112. 格里那凡建议抽签决定，并且坚持把自己的名字也写在签上，在这样的生死关头，他不愿意退却。大家拗不过他，就按他的意见作了六个纸签。结果，水手穆拉地抓到了送信的任务。

穆拉地："我去最好！"

113. 威尔逊马上帮助穆拉地准备行装。他们首先把那块三叶形的马蹄铁撬下来，又从死马的脚上，找来一只普通的换上了。

114. 格里那凡躺在牛车中给"邓肯"号的大副奥斯丁写信，可是胳臂痛的无法拿笔。恰好学者正坐在他的身边，爵士就请学者代笔。

格里那凡："请你写上，叫奥斯丁把船开到吐福湾来。"

115. 学者正在思考着问题，格里那凡叫他，罗伯尔推他，他才从沉思中醒悟过来。他心不在焉地拿笔就写，三笔两笔就把信写好了。爵士因为手疼得很，也没看看学者都写了什么，就签了字，上了封。

格里那凡："罗伯尔，把信交给穆拉地。"

116. 依照少校的意见，穆拉地决定夜里动身。少校又叫他把马蹄用布包上，以便无声地通过匪徒的包围。学者又详细地告诉穆拉地到墨尔本去的路途。

117. 晚上八点钟，穆拉地带上武器出发了。少校他们都来送他。海伦夫人一再嘱咐穆拉地小心。

海伦："通不过去，就回来，不要跟他们死拚。"

118. 穆拉地走了，他的身影很快就淹没在黑暗之中。格里那凡望着前面黑暗的森林，心随着穆拉地去了。海伦夫人再三劝他，他才回牛车中休息。

119. 少校和孟格尔带着枪出去放哨。他们守候在穆拉地出发的路口，以防不测。这晚，风很大，刮得树枝吱吱直响，更增加了紧张气氛。

120. 时间慢慢地过去，估计穆拉地可以脱出流犯们的包围网了。少校和孟格尔安心了一些，正准备叫学者和威尔逊换班的时候，少校忽然听到了枪声。

少校："林子里打枪！"

121. 格里那凡在牛车中也听到枪声了，他摸到少校身边来。枪声更炽烈了，显然是穆拉地遇到了危险。格里那凡要立刻去援助穆拉地，少校不同意，他知道这正是彭觉斯的诡计。

少校："彭觉斯就是想把我们骗过去，一个个地消灭。"

122. 枪声急响了一阵之后，突然沉寂下来。这时格里那凡听见好像是穆拉地在喊。过了一会，喊声大了，而且越来越近，果然是穆拉地在喊救命。三人循着声音的方向迎了上去。

123. 他们没走出去多远，就看见穆拉地趴在地上。少校和孟格尔赶紧过去，把他抬回牛车里去了。

124. 穆拉地身上、腿上受了刀伤，鲜血不断地涌出来，少校急忙替他止血，敷药，包扎了伤口，整整忙了大半夜。

125. 穆拉地一直处在昏迷状态，想问问他情况也无从问起。爵士检查他的身上，路费没有丢，写给奥斯丁的那封信，却不见了。

格里那凡："彭觉斯拿信骗船去了。"

126. 天亮了，穆拉地又发起高烧来，格里那凡嘱咐海伦夫人和玛丽好好看护穆拉地，就去找少校们商量以后的办法。

127. 他们首先去侦察昨夜闹事的现场。那里遗留着两具死尸，其中之一就是黑点镇的铁匠。穆拉地的马没有了，显然是被匪徒骑跑了。他们估计匪徒们是到墨尔本劫船去了。

128. 三人回到牛车里，恰好穆拉地也清醒过来了。穆拉地的报告正和他们的推想一样。彭觉斯劫去了他身上的信，说是两天之内找到"邓肯"号，六天之内赶到吐福湾来。

穆拉地："艾尔通拿到信就欢呼起来，说这回'邓肯'号可是他们的了。"

129. 情况是严重的。爵士一行如果不在彭觉斯之前赶到吐福湾，"邓肯"号就必定落入贼手。大家商量了一下，决定马上就走。

130. 眼前最要紧的是渡过河去。河水这样湍急，涉水不可能，就是一般的小筏子也难过去。学者听说上游有座竹桥，就和孟格尔去侦察情况。

131. 桥是找到了，可惜来晚了一步。彭觉斯昨晚从这里过河之后，就把桥烧了。河中只剩下烧残的桥基，两个侦察员只好回去报告。

132. 时间不等人，无论如何要过河。孟格尔学习澳洲土人的办法，用树造了一只小船，放在河里一试，马上就叫河水卷跑了，差点把孟格尔淹死。

133. 接受造小船的失败经验，孟格尔又用树造了一只木筏，试了试，木筏还能抵挡着水力，于是又造了桨和橹。

134. 穆拉地已经脱离危险期了，大家决定乘木筏渡河。他们把干粮和武器搬到筏上，海伦夫人、玛丽、小罗伯尔和穆拉地在中间，这样就渡河了。

135. 威尔逊在筏前划桨，孟格尔在筏后摇橹。开始，筏走的很稳，一到河中心，筏被急流裹住，跟着漩涡打起转来。

136. 威尔逊用桨拨着水，孟格尔撑紧了橹掌握方向，两人使出了全副本领，好容易把筏撑出了漩涡。筏被急流一推，一下子触到了河岸的岩石上。

137. 这一触，力量太大了，筏立时震散了。水从木板间涌上来。人们七手八脚把穆拉地和两位女客救上岸去，干粮和武器全部被急流冲跑了。

138. 现在，这个小旅行队更困难了，又不知哪天才能走到海岸。穆拉地不愿给大家添累赘，要求留下。格里那凡不答应，他带头采树枝，编软兜，准备抬着穆拉地走。

格里那凡："我死也不能丢下你！"

139. 软兜编好了，大家把穆拉地放上，轮流抬着他走。天正热，路上又尽是蒺藜，人们的衣服撕破了，腿上刺得血淋淋的，更难堪的是没有东西吃。

140. 学者在干河沟里找到了一种植物，它的芽孢里储藏着干粉。厨师奥比内采集了很多这种芽孢，做成面包给大家吃。

141. 这样走了三天之后，两位女客虽然嘴上没叫苦，实际上已经完全走不动了，她们不是在走，而是一步一拖地往前爬。

142. 男人们的情形也并不好，抬软兜磨得肩膀都肿了，但大家互相鼓舞着，努力前进。他们终于来到了一个叫德吉特的小镇，离吐福湾还有五十里。

143. 旅行队的人吃了顿午饭，急忙租了辆五匹壮马拉的邮车，一直往吐福湾跑去。格里那凡心急得像着火一样，恨不得马上就见到亲爱的船员们。

144. 邮车用最快的速度跑了一天又一夜，来到海边。茫茫的大海上，连个帆影也没有。学者核对了一下方位，这里正是和"邓肯"号约定来接他们的地方。显然，"邓肯"号不是没来，就是来了又走了。

145. 海上正刮着大风，格里那凡想，也许"邓肯"号为了避风停在港里。他们又坐上邮车，往吐福湾海港跑去。

146. 港内确实停着几只船，可是没有一只是"邓肯"号。他们到海港管理处查询，管理处回答"邓肯"号没来，他们又打电报到墨尔本去询问。

147. 墨尔本的回电来了，清清楚楚地写着："'邓肯'号十八日离港，去向不明。"计算了下日子，刚好是彭觉斯到墨尔本的时间。这样看来，"邓肯"号准定是落在彭觉斯手中无疑了。

148. 现在真正是走投无路了，不要说是继续寻找船长，连回欧洲都没有办法了。格里那凡不得不伤心地承认他实在是无能为力了。

下 ⛵

1. 寻找格兰特船长的几个好心肠的苏格兰人，现在在澳大利亚海岸，弄得走投无路了。"邓肯"号没有了，还能到哪里做探险旅行呢?

2. 玛丽不再提起她的父亲了，她内心悲痛，外表却显得沉着，过去海伦夫人一直是安慰她的，现在轮到她来安慰海伦夫人了。

玛丽:"我们回苏格兰去吧。"

3. 孟格尔感佩她的刚强和坚忍，但他表示，他要继续去找格兰特船长，决不半途而废。玛丽把手伸给他，心里万分感激。

4. 大家商量好，先回欧洲，可是商船很少，没有可以搭到英国去的船。学者巴加内尔建议先乘商船到新西兰的奥克兰，再搭船回欧洲。他想在新西兰沿海再做一番搜寻。

5. 于是格里那凡、罗伯尔和孟格尔，一齐坐上小划子，去吐福湾看那二百五十吨的双桅帆船"麦加利"号，它是专在澳大利亚和新西兰各口岸之间做短程航行的。

6. "麦加利"号船主叫哈莱。当他听到有十个苏格兰人要坐他的船去奥克兰时，一开口就要了五十镑旅费。格里那凡答应了他，约定第二天午前上船起身。

7. 第二天上船以前，格里那凡和孟格尔又来到 37 度线截着海岸的地方；这里即使不是"不列颠"号失事的地方，至少"邓肯"号也是在这里落到流犯手里的吧。

8. 他们仔细搜索，也没有发现沉船的遗物。然而在岸边树丛下，却见到烧过篝火的痕迹。他们又找到一件粗毛衣，上面印有伯斯大牢的号码。无疑这是流犯扔下的。

格里那凡："'邓肯'号上的伙伴一定是死在流犯手里了！"

9. 十二点半钟，"麦加利"号趁退潮开了船。五个船员慢吞吞地拉起了帆。孟格尔看到他们这种样子，有些着急。

10. 这真是条地道的慢船，晚上七点钟，船在浪槽里颠簸得厉害，便舱里的旅客实在不舒服，可是又不能到甲板上来，因为外面雨下得太大了。

11. 这时，每一个人都在想心事，连海伦夫人和玛丽都不多谈。学者巴加内尔在追念着新西兰的全部历史，孟格尔不时到甲板上观察风浪，罗伯尔每次都跟在后面。

12. 开船后第四天，"麦加利"号还没走三分之二的路程。哈莱很少管船上事，他的水手们也都跟他学样。没有一只船象"麦加利"号这样听天由命的了。

13. 孟格尔对这只船的处境，提心吊胆；他把自己的忧虑告诉了麦克少校和学者。麦克说："必要的话，你就负责驾驶这只船好了，等到奥克兰以后，再把它交给他们！"

孟格尔："万不得已，也只好代替醉鬼驾驶这只船了。"

14. 开船六天了，还望不见奥克兰海岸。船咯吱咯吱直响，落到浪里勉强能爬出来。天不断下雨，海伦夫人和玛丽躲在便舱里，大家想办法为她们解闷。

15. 夜里，风浪更大，船底部震动得厉害。孟格尔和威尔逊忽听到异样的声响，海员的本能引起他们的警觉；果然，船走到暗礁上了。哈莱这时才惊慌失措。

16. 近陆的险滩突然在他们面前出现，孟格尔抢过舵轮调转船头，才算避开了礁石。但是孟格尔不知道船的方位，颠簸的船头和船尾随时都有触礁的可能。

17. "麦加利"号砰地撞到岩石上，把桅杆的支索撞断了，一个高浪头钻到船下，把船捧起来，送到礁石上面。前桅连帆带索都已折倒，船向右倾倒三十度，一动也不动了。

18. 舱壁的玻璃都炸飞了，旅行队员们都奔到甲板上来。海浪正冲洗着甲板，孟格尔便撺大家回舱去，一面对担心的格里那凡说："沉是不会沉的，现在还来得及挽救。"

19. 哈莱在甲板上跑来跑去，他的水手们也惊慌地叫骂着。

20. 不久，哈莱和水手们都不见了，孟格尔料想他们不敢再来打扰，便和格里那凡最后进舱睡去，好恢复一下精神。船仿佛也躺在沙滩上睡着了。

21. 第二天早晨，朝霞在晨光里巧妙地变幻着色彩。孟格尔起得很早，只见船离陆地还不到九海里。他唤醒了伙伴，先后奔到甲板上来。

22. 哈莱和水手们的房间全空了，孟格尔又和同伴们去找船上那只唯一的小划子，小划子也不见。原来哈莱和水手昨夜乘划子溜掉了。

23. 于是，孟格尔又做了船长，除了两位女客，男子汉都成了他的水手。孟格尔说："现在的办法有两个：一个是把船搞出礁石区，开往海里；一个是做个筏子上岸。"

24. 一夜过去了，早潮涨到最高度，大帆主帆一齐拉起，孟格尔命令大家拚命转绞盘，但绞盘齿轮上的掣子最后响了一下，船再不转动了。第一个办法失败了。

25. 大家又开始进行第二个办法：做木筏划上岸去。这件事没有什么可讨论的，说做就做，到晚上，木筏眼看快完成了。

26. 木筏虽已做成，但不能坐它划到奥克兰，必须在附近登陆。学者巴加内尔提醒大家注意：由于英帝国主义经常侵略新西兰，目前正在进行侵略战争，屠杀土人，所以土人最恨英国人，组成了向英国统治者复仇的部落。

巴加内尔："他们反抗英国侵略军，会把我们当成统治者的呀！"

27. 登陆的危险纵然再大一百倍，也必须这样做，因为除此以外已无路可走了。旅行队的人们把食物、长短枪枝都装到结实的木筏上，十点钟时，向岸上出发了。

28. 木筏航行开始时很顺利，到中午离海岸还有五海里。这时候，"麦加利"号上的那只小划子漂了过来，看来，哈莱和水手们都已遇难了。

29. 木筏又乘着潮势走了二海里。潮息了，风停下来，木筏不动了，过一会就有漂回海里的危险，孟格尔命令他的水手抛下便锚。

30. 大家开始吃晚饭，几块干肉和十几块大饼，虽然木筏在浪里荡动得很厉害，大家却吃得满高兴。只有孟格尔的心里充满了焦急。

31. 夜来临了。在狭窄的木筏上，有的人迷迷糊糊睡去了；有的却一点睡意也没有，孟格尔就是其中的一个。

32. 早晨六点钟，人人疲惫不堪。时机紧迫，孟格尔命令起锚，但锚齿深嵌在沙里，怎么也拔不起来，孟格尔只得把缆索砍断。

33. 九点钟，木筏近岸，到处是沙滩和岩石。格里那凡领着男人们跳进水里，把女客高高举起，一个递一个，安全地递到岸上。

34. 他们原想沿着海岸向奥克兰前进，可是天又下起急雨。他们找到一个石洞，带着武器和粮食钻了进去。又在洞口烧起木材，烤着身上打湿了的衣服。

35. 次晨，苏格兰人各背一份干粮，走出石洞，绕着奥地湾向前走去，由于有巴加内尔做向导，大家异常放心。巴加内尔一面走，一面赞美手里精制地图的准确性。

36. 在被潮水抚弄的海岸上，有一些海生动物在嬉戏，这里有海豹和海象。海象是蓝灰色的，有二、三丈长，特别吸引着旅行队员们的注意。

37. 小罗伯尔看到一些动物在吞吃石子，不禁惊叫起来，学者解释说："吃石子不是为了饱肚子，是为着下海平衡身体的；等它们再上岸时，就会把石子吐出来。"

38. 他们走到晚上八点钟，走出十四海里，绕过八个山丘，该休息了，大家在茂密的脂松脚下准备睡觉。格里那凡指定每人一班，轮流站岗。

39. 一夜过去了，他们没有遇到复仇的毛利人。第二天，不到中午，他们来到限伯河边，这里是一片引人入胜的境地。小罗伯尔在树巢里捉到三只样子十分离奇的鹬鸵。

40. 小旅行队沿着河岸下行，这里廖无人烟，东面山峦仿佛是一群长鲸，突然变成了化石；陆地是火山质的。这天晚上，为了躲避毛利人，他们决定不进村子，在野外露宿。

41. 夜里，小旅行队被浓雾迷住了。他们在迷雾中没有生火，吃了饼干和牛肉，便寻找宿营地，哪想到一下子竟钻到一个毛利人窝里睡下了。

42. 过度的疲乏，使他们很快就酣睡了。半夜，归来的土人突然发现了欧洲人，便一个个把他们抓住了，直到他们清醒时，已完全失去抵抗的能力。

43. 当夜毛利人就把旅行队俘虏们带上了船。天亮时，这只船在隈卡陀江心逆流而上，八只桨划起来象飞一样。毛利族酋长坐在船尾，操纵船的方向。

44. 由于毛利人说话也夹着英文，旅行队的人不一会就知道，他们是和英国军队打仗撤退下来的，准备召集沿江部落，再去和英军会战。看得出，他们的眼里充满了复仇的火焰。

45. 格里那凡问酋长，要把他们带到哪里去，酋长用庄重的语声回答他：用他们去交换被英军俘去的毛利人首领。很显然，土人的确把他们和英国军队一样看待了。

酋长："如果你那边人要你，就拿你交换我们的人；如果他们不要，我就把你们杀掉！"

46. 船行了一天一夜，路上，在隈卡陀江的支流里，钻出来许多小艇，毛利族战士们又集合了，他们一面唱着反抗侵略的歌曲，一面彭彭地拍着胸膛。小艇冲开急流，向前飞奔。

47. 这时，旅行队的人都很沮丧。小艇从著名的沸泉流过，绕过一尖岬，在靠近六百米高的芒伽山山岗停下了。峻峭的悬崖上，出现了凭借天险建成的毛利人的城堡。

48. 俘虏们下了船，被战士押到城堡。好些新西兰土人集队来看他们。有的怒容满面，有的痛哭流涕，哀悼着被英军杀死的亲人和朋友。酋长手下很多战士都牺牲了，他们怎能不痛恨呢？

49. 最后，人们都聚集在广场上，他们对旅行队的欧洲人辱骂起来，声音越来越高，样子越来越激烈，酋长唯恐控制不住他的部落群众，便命令把俘虏押到供神的"华勒阁"去。

50. 过了好久，他们才又被带到酋长那里去。酋长问他们是不是英国人，格里那凡知道：说是英国人，交换工作一定很顺利，所以作了肯定的回答，但却反复说明他们只是旅行者。

格里那凡："我们是沉了船的受难者，并没有参加对你们的战争。"

酋长："我们毛利人看不出你们和英国兵有什么分别。"

51. 酋长想用格里那凡换回被英军俘虏去的毛利族另一个首领脱洪伽。根据毛利族的习惯，俘虏是一个换一个的。这使旅行队的人大伤脑筋。

酋长："我们一定要让我们的脱洪伽生还部落。"

格里那凡："如果拿我们这些人一齐去换，也许有成功的希望。"

52. 正在这时，土人战士们抬着被英军枪杀了的脱洪伽的尸体回来了。土人们立刻像浪潮一般涌过来，向旅行队的人们怒吼着，情况十分紧急。

53. 酋长镇静而敌意很深地宣布："按照毛利人的风俗，三天后处死这十名欧洲人，为脱洪伽复仇！"于是俘虏们又被带回华勒阁。这时候学者和小罗伯尔不见了。

54. 玛丽失了弟弟，大家失去了学者，都十分悲哀。海伦夫人要求格里那凡在被处死前先亲手打死他的爱妻。她一面说着，一面倒在丈夫的胸前痛哭起来。

55. 玛丽走近孟格尔，好像整个心都要吐出来似地说："在这生死关头，我有一句重要的话要问你：在你内心深处，我不就是你的未婚妻么？希望你能像格里那凡对待海伦夫人那样对待我……"孟格尔不知怎么回答才好。

孟格尔："亲爱的玛丽啊，让我怎样回答你呢？"

56. 三天后，他们被压着参加了脱洪伽的葬仪。毛利部落的人都沉浸在哀悼中。脱洪伽的年轻妻子也殉葬了。土人把两具尸体放在轿子上，送往墓地去。

57. 送葬的人哭过一阵后，用土和草把尸体掩盖起来，然后沉默地下了山。从此，任何人也不能再上这受了"神禁"的蒙加那木山了。

58. 俘虏们又被押回牢狱里去了；明天太阳起山的时候，他们都将被处死，这是英军侵略新西兰的结果之一。他们有什么力量来改变这种局面呢？

59. 格里那凡拉住孟格尔的手问道："我们怎样对待海伦夫人和

玛丽呢？"孟格尔取出一把短刀，说："我们勇敢地来履行她俩的请求吧！"麦克过来要他们再冷静一些。

麦克："我们非等到最后几分钟，不能采取这最后的手段。"

60. 孟格尔掀开门帘，望望四周环境和看守土人的人数。不能不承认，没有任何逃走的办法了。夜，令人焦急万分的夜，正在一点钟一点钟地过去。

61. 早晨四点钟，一种轻微的声响，唤醒麦克的注意，仿佛是从牢墙外发出的，他把耳朵贴在地上，觉得有人在外面挖墙扒土。

62. 麦克忙轻轻招呼格里那凡和孟格尔来听。声音越来越近了，孟格尔用短刀，格里那凡用自己的手指，开始挖墙土。

63. 穆拉地从门帘隙缝观察着看守土人的动静，毛利人站在牢狱门外，丝毫也未注意到里面的欧洲人发生了什么大事。

64. 俘虏们扒了半个钟头，洞有半米深了。这时里外相距，也不过半米远，外面向里面钻动着刀子，孟格尔用短刀挡过去，伸手一摸，摸到对方的小手。

孟格尔："怎么？是小罗伯尔吗？"

65. 玛丽早被大家的行动吸引住了，这时她溜到孟格尔身边，抓住那只满糊着泥土的小手不住亲吻："是你呀，罗伯尔，我的小弟弟！"外面也轻轻回答着她的话。

66. 洞穿了。果然，外面是失踪的巴加内尔和罗伯尔。时间是宝贵的，快逃跑吧。洞外是一段垂直的峭壁，如果不是他们带来一条绳子，峭壁是无法下去的。罗伯尔迅速地拴好了绳子。

67. 然后，罗伯尔又灵巧地扯着绳子溜到斜坡上，在那里等着接海伦夫人和玛丽。

68. 霎时间，格里那凡扶海伦夫人抓住绳子，玛丽也跟着扯住了绳子，两人先后一溜，安全地到达峭壁接斜坡的地方。

69. 忽然，响起石子滚下斜坡的声音，把旅行队每一个人都吓得胆战心惊。看守在牢门外的毛利人战士这时像听到了什么，立刻走近了华勒阁。

70. 战士站在那里只听了一分钟，多么长的一分钟啊，结果他认为是自己听错了，摇摇头，又回去了。旅行队的人这才敢松一口气。

71. 五分钟后，旅行者都顺利地逃出了华勒阁。他们避开了有人居住的湖岸，钻进了最深的山谷里。

72. 这时，大家才问巴加内尔和罗伯尔是怎么回事。原来他们俩趁送葬混乱的时候逃跑了，在树丛后躺了两天。后来，在土人的棚里偷了一把刀和绳子，便来救他们。

73. 天发白了，朦胧的山峰从晨雾里露出头角，虽然他们还面临着毛利人追捕的危险，但这初升的阳光已不是绞杀的信号了。

74. 学者巴加内尔辨认了方向，叫大家尽可能地朝东方跑去。一会儿，他们达到离道波湖面五百米的高度。

75. 突然，一片骇人的咆哮声，在空中爆发了，——土人发觉了俘虏的逃脱。在一片湿云里，旅行者们看到脚下三百米远的地方奔来疯狂了的人群。

76. 旅行者们开始向山顶爬去，以便转到山的那一边。这时叫骂声越来越近，那追捕的土人已到山脚下了。

77. 他们终于到达山顶。雾已经在太阳光下消散了，大家可以看到下面最小的山凹，和毛利人的一举一动。赶快转到山下去吧，免得路被截断。

78. 当海伦夫人和玛丽以最大的努力爬着站起来时，麦克突然叫着："不用跑了，你们快看——"原来毛利人的追赶突然中止，他们站在那里不动了。

79. 这究竟是怎么回事呢？什么力量制止了土人的追赶。学者指着远处圆锥形山尖上筑起的一座小碉堡，说："那是脱洪伽的坟墓啊！"

80. 原来他们来到蒙加那木山顶，爬到脱洪伽墓地脚下，这墓地对毛利人是"神禁"，当然他们不敢上来追赶旅行者了。

81. 他们钻进墓室，这里供着不少食品和饮料。这简直太好了！于是他们尽量装起来带走。

82. 学者和格里那凡、孟格尔等观察着山形，计划怎样从这里逃开，他们决定趁土人还没包围这座山的时候，从山背后逃跑。

83. 他们翻过山，逃出土人的包围。又走了五六天，携带的粮食已快吃完，水也缺乏，精疲力尽的旅行者，现在只靠着他们的求生本能继续前进。

84. 最后，他们终于来到太平洋的海岸。可是在离他们一海里远的地方，出现了一队土人。土人挥舞武器，向逃亡者奔来。

85. 逃亡者们只好准备拿出最后一点力量进行必要的自卫。就在这时，孟格尔忽然有了新的发现，他大叫起来。

86. 果然在二十步远的沙滩上，有一只独木舟，还有四把桨。说时迟那时快，他们立刻跑过去，把小舟推下水，爬上去，划着逃走。

87. 只消十分钟，独木舟就在海上走了四分之一海里了。孟格尔一抬头，吃惊地看到土人划着三只小艇追上来了。

88. 有半个钟头光景，逃船与追舟一直保持着一定的距离。但过了不久，逃船慢下来，土人的追舟划近了。呀，只有两海里远，土人准备开枪射击……

89. 正在这时，远方出现一只大船，逃难人加劲划桨，看清是只汽船。突然，格里那凡神色紧张，望远镜从他手中掉下来，同伴们有些莫名其妙。

格里那凡："'邓肯'号！那彭觉斯不会放过我们，现在我们前后都是死路一条。"

90. 让独木舟自己漂去吧，还有什么地方可逃呢？砰的一声，土人船上开始了射击，这时，独木舟更接近了"邓肯"号。

91. 孟格尔急得发狂，抓起斧头，要把小舟砍个洞，以便连人带船一齐沉到海里去，却被小罗伯尔的叫声阻止了。接着大家都震动起来。

罗伯尔："奥斯丁！他在'邓肯'号上向我们招手……"

92. 由于"邓肯"号发了炮，土人划船扭头逃开了。"邓肯"号上发出"乌拉"的呼声。孟格尔向船上喊着，旅行队员们为这突然的变化，都惊讶得不知怎样才好。

93. "邓肯"号甲板上，风笛手奏起音乐，热烈迎接船主回船。旅行队每一个人都激动得流泪，彼此庆贺，拥抱着。这完全是偶然，完全是碰巧的幸事啊！

94. 接着大家纷纷向奥斯丁提出问题。这位老船员真不知道先回答谁的问话好。终于，他只有把注意力集中在船主格里那凡身上。

格里那凡："那些劫船的流犯呢？彭觉斯呢？"

奥斯丁："什么流犯、彭觉斯？我从来没有见过这些人呀！"

95. 奥斯丁的惊愕，真使大家莫名其妙了。接着当他说到"邓肯"号是遵照格里那凡的命令才开到新西兰的时候，大家更诧异得叫了起来。

格里那凡："你说什么，遵照我的命令？"

奥斯丁："是啊，我是遵照你一月十四日信里所嘱咐的一切去做的。"

96. "快把那信拿来我看！"格里那凡不平静地叫着。奥斯丁看着惊望着他的旅行者们，取出那封由格里那凡口授，学者巴加内尔执笔的在墨尔本收到的信件。

格里那凡："送给你那封信的不就是那个流犯头彭觉斯吗？"

奥斯丁："不，就是上次船上来过的水手艾尔通。"

97. 事情弄清楚一半了，原来所谓流犯头目彭觉斯，也正是水手艾尔通。但是为什么"邓肯"号不是开到澳大利亚东海岸而是开到新西兰东海岸呢？

格里那凡："我是叫你把船开到澳大利亚东海岸的呀？"

奥斯丁："不！信上明明写的是新西兰东海岸嘛！"

98. 海伦夫人安慰奥斯丁说："不要着慌，如果天意如此……"可是奥斯丁把信交给格里那凡，说他绝对没有看错。格里那凡接过信，大声念了一遍。

格里那凡："速将'邓肯'号开到南纬 37 度线横截新西兰东海岸地方……"

99. 事情的下一半也终于弄清楚了，原来这封信的代笔人，我们的地理学者、疏忽大意的巴加内尔，把信写错了。这个错可太大了啊。

格里那凡："我的学者，还算侥幸，你没把'邓肯'号送到印度支那去。"

巴加内尔："嗯？这，我……当时在想，可能在新西兰找到格兰特船长！"

100. 原来艾尔通从穆拉地手里抢到了格里那凡给奥斯丁的信，就利用这密封的信，想骗取"邓肯"号，想在爵士他们到岸以前，先到澳大利亚岸，接他的伙伴。他对奥斯丁说："爵士叫你把船开到澳大利亚东岸去！"

101. 当奥斯丁看信时，却发现上面写着：到新西兰去。他心里十分奇怪。但他想：一定是因为找格兰特船长才这样布置的。开始时他严守秘密，直到大海里，才向船员宣布。

102. 当时，艾尔通一听不去澳大利亚，不能接他的伙伴，大闹起来，威逼奥斯丁改变方向，还想策动船员叛变，结果被奥斯丁关了起来。

103. 那艾尔通，也就是当初击伤格里那凡和穆拉地的、使旅行队在沼泽地区大吃苦头的彭觉斯，现在他还在船上，这使大家高兴得叫起来了。

格里那凡："想不到这个坏蛋落在我们手里了。"

104. 吃了饭，格里那凡和全体旅行队员审问艾尔通。艾尔通既没有高傲的神色，也没有屈辱的表现，他站在大家的面前，安闲自在，等候人家问话。

格里那凡："你还有什么可说的吗？"

艾尔通："我做的不周密，你们爱怎么办就怎么办好了。"

105. 但是当格里那凡问到他有关格兰特船长的情况，并让他指出"不列颠"号失事的地点时，艾尔通拒绝回答了。

艾尔通："你尽管吊死我好了，我就是不说。"

106. 艾尔通安然地回到拘禁他的房间，旅行队的人都感到愤慨和失望。格里那凡和大家商量了以后，"邓肯"号准备归航，孟格尔建议由大西洋的航路开回苏格兰。

107. 海伦夫人请求格里那凡允许她和艾尔通的固执作斗争。于是艾尔通被带到夫人的房间里来了，玛丽也参加了谈话。艾尔通让步了，他要再见格里那凡。

108. 格里那凡、孟格尔、麦克共同和艾尔通进行谈判。艾尔通提出一个交换条件，那就是：当他谈出他知道的一切后，希望把他放到一个荒岛上去。

格里那凡："我可以答应你，快说出你知道的全部事实吧。"

109. 艾尔通说：他确是"不列颠"号上的水手。在航行了十四个月后，他想到海上作海盗，便与格兰特船长发生了争执，还想拖着船员叛变，夺取"不列颠"号。于是，在澳洲西海岸被格兰特船长赶下船来。

110. 艾尔通被赶下船后，化名彭觉斯，做了流犯的头目，想夺取"邓肯"号。至于格兰特船长到新西兰来侦察，他认为是可能的。但在他离开"不列颠"号后，不知道它后来失事的情况。

格里那凡："你所知道的原来是这样少。"

艾尔通："我没有一句谎言，请答应我们先讲好的交换条件。"

111. 艾尔通被带走后，巴加内尔又研究起格兰特船长最后送出的文件，他又有了新的看法，Contin 不是大陆，而是荒岛。但格兰特和船员们可能都遇难了。

112. 船上充满了失望的空气，人们决定最后一次沿三十七度线航行，并找到一个荒岛，把艾尔通丢下来。他们在地图上找到了 37 度线上有个玛丽亚泰勒萨岛，因此，"邓肯"号向荒岛驶去。

113. 五点钟时，孟格尔看到荒岛上有股轻烟向天空上升。晚上九点钟时，一片相当强的红光照在海面上，巴加内尔认为这是火山，但这火光却是忽燃忽灭。

格里那凡："岛上有人！"

孟格尔："那一定是土人，船今晚上不能靠岸。"

114. 十一点钟时，船转来停泊了。旅行队的人们都回房去睡了，格兰特船长的儿女：玛丽和罗伯尔来到楼舱顶。两人都在想着父亲。可是父亲到底还在不在人世呢？

115. 罗伯尔立志做一个海员，要和孟格尔走遍天涯海角寻回父亲。玛丽感动地说："孟格尔会实现他的诺言的。"接着两个孩子又沉入梦想中了。

116. 姊弟俩仿佛同时听到波浪中发出"救我呀，救我呀"的呼声。她们疾速俯在栏杆上，在夜色中寻找着。又一声呼救传到耳里来，姊弟俩几乎同时发出同样的叫声。

玛丽："父亲！"

罗伯尔："父亲！"

117. 玛丽昏倒在弟弟身旁，守舵人奔来把她扶起。孟格尔、格里那凡夫妇都被惊醒了，他们听到罗伯尔的话，都非常惊奇。

罗伯尔："我父亲在那里呼救！"

118. 第二天天刚亮，大家来到甲板上，向荒岛上贪婪地望着。船慢慢前进。忽然，罗伯尔大叫一声，原来他看见两个人在岛上跑着，有一个人摇着一面旗子。

119. "邓肯"号放下小艇，格里那凡、孟格尔、巴加内尔和格兰特的一双儿女，都涌了上去。小艇离岸还有二十米的光景，只见岸上有三个人向他们凝望着，中间一人高举着两臂。

120. 那温和而又豪爽的面容，离人们近了，他果然是他们日夜怀念、寻找，不知生死的格兰特船长啊！格兰特船长听到女儿的唤声，张开双臂，忽然倒在沙滩上了。

121. 人是从来不会因快乐而死掉的。全体船员看见他们父子三人默默无言紧抱在一起的情景，没有一个不流泪的。这是快乐，然而也是辛酸。

122. 罗伯尔给父亲一一介绍了他所有的好朋友，他们大家对这一双孤儿都太好了。海伦夫人把旅行经过说给格兰特船长，船长简直是无法表达他衷心的感谢。

123. 格兰特船长领着大家参观了整个荒岛。两年半的荒岛生活，使荒岛改观了。他们又在住宅前绿油油的胶林荫下，吃了一顿难得的晚餐。

124. 接着格兰特船长开始讲起他到荒岛上来的故事："1862年6月下旬，'不列颠'号被大风暴吹到荒岛岩石上触毁了。船员大多数遇难，只有我和两名水手爬到岸上来……

125. "……我因为带着测量工具，准确地测量了这山岛的方位。在遇难八天后，写了那封呼救的信，放在瓶子里，任它漂流四海。由于荒岛处在任何航路之外，所以获救的希望很小。……

126. "……我们三个人开始了艰苦的生活。我们用劳动改变着生活。我们并不失望，用最大的毅力打发着鲁滨逊式的日子。我们开始播种了从船上带来的菜籽……

127. "……我们又捕到几只野羊，我们有了羊奶和奶油。在河沟里长的纳儿豆又供给我们营养丰富的面包。总之，在物质生活上，我们不再担忧了……

128. "……我们又利用'不列颠'号的旧料，建筑了这座小屋。我们三人在这座小屋里讨论过种种计划，许多梦想；但最好的梦想是此刻实现的这一个……

129. "……不知多少次，我们站在岩顶上守待着过往的船只。两年半就这样过去了。我们还不放弃希望。昨天看到这只船，我们烧起了火，但你们的船没有给我们信号……

130. "……夜来了，我扑下海，用超人的力量冲开了浪头，渐渐接近'邓肯'号。哪知道相距不到三十寻时，船却掉过头去。我便发出求救的呼声，这就是被我儿女听到的呼声……"

131. 格兰特船长讲到这里，学者急忙问船长：在发出呼救信中，为什么不写玛丽亚泰勒萨岛而写达抱岛呢？这个被腐蚀的字，真把人弄糊涂了。船长的回答恰恰又证明了学者的粗枝大叶。

格兰特："玛丽亚泰勒萨在法文中就是达抱岛啊！"

巴加内尔："哎呀！我怎么也不该把这一岛两名的事实忘记了啊。"

132. 回到"邓肯"号后，格里那凡叫人把艾尔通送到达抱岛上。那是他可以用劳动改造自己的好地方。晚上八点钟，"邓肯"号起锚，返航欧洲。

133. "邓肯"号离荒岛十一天后，来到美洲海岸。五个月中，它循着南纬 37 度线环绕地球一周，他们一个不缺地回到苏格兰。满船载着幸福，孟格尔和玛丽的爱情也完全成熟了。

134. 五月九日，旅行队回到苏格兰。格兰特船长重返祖国，全苏格兰都为他庆贺，并认为：他的儿子罗伯尔也将和他一样，成为一个爱国的航海家。

爱美丽雅

署名：孙加瑞改编

绘画：胡克文

上海人民出版社

1959 年

内容说明

　　《爱美丽雅》是十八世纪德国著名剧作家莱辛写的一部悲剧。故事描写一个没有爵位的上校的女儿——爱美丽雅与雅比伯爵相爱，荒淫残暴的赫托勒亲王却千方百计要占有她。爱美丽雅与雅比伯爵结婚的那天，亲王嗾使他的走狗收买匪徒，暗杀雅比伯爵，把爱美丽雅抢到宫廷，要用暴力和富贵来改变她的爱情。爱美丽雅悲痛愤恨，她知道一个平民敌不过亲王的权力，但她宁可牺牲自己的生命，决不屈服。

　　莱辛用此剧来对专制暴政进行揭发和控诉，唤醒人们起来反抗这种残酷的政权，在当时发生了巨大的影响，到今天还具有强烈的艺术感染力。

雅比伯爵

年轻的贵族，热爱着爱美丽雅。在结婚的那天，被赫托勒亲王收买的蒙面大盗刺死。

爱美丽雅

雅斯特勒城最美丽的姑娘，心象她的容貌一样，纯洁而美丽。残暴的统治者谋杀她的爱人并且企图占有她，她用她的生命对强权进行坚决的反抗。

加洛第

爱美丽雅的父亲，平民出身的上校，正直善良。女儿的死击碎了父亲的心，愤怒象从火山里倾泻出来的岩浆一样，烧毁着残暴的统治者。

赫托勒亲王

雅斯特勒城的统治者，荒淫自私，剥夺别人的自由和生命来满足自己的欲望，毁灭了爱美丽雅的幸福。但是他最后除了咒诅以外，没有得到什么。

沃尔希娜

赫托勒亲王的情妇，一个以爱情和虚荣为全部生活的女人。当她发觉被亲王抛弃的时候，渴求报复。她把匕首交给加洛第，希望他有机会刺死亲王。

玛礼

赫托勒亲王的近卫大臣，谄媚无耻的走狗，为了巩固自己的恩宠，不妨牺牲别人的生命。谋杀雅比伯爵，抢劫爱美丽雅就是他一手包办的。

1. 十八世纪的时候，意大利的赫托勒亲王统治雅斯特勒城。他荒淫残暴，喜欢战争。这一天，他又准备攻打邻近的萨比诺城。上校加洛第反对他这样作。

2. 加洛第的意见，得到很多人的赞同。亲王不得不取消战争计划，可是从此就恼恨加洛第，把他看作一个不服从命令的人。

3. 加洛第知道残暴的亲王不会同他罢休，就弃了军职，带了妻子德雅和独生女儿爱美丽雅搬到郊外的别墅中去。

4. 日子过得真快，爱美丽雅已经长成一个美丽的姑娘。加洛第经常把做人的道理教导女儿。

5. 爱美丽雅也随着母亲德雅学习操持家务。德雅看着女儿，越看越觉得可惜。她认为象爱美丽雅这样出众的姑娘，不应该长期埋没在乡下。

德雅："住在这偏僻的地方，真把你耽误了。"

爱美丽雅："我觉得这里的生活很好。"

6. 德雅一心要找一个又漂亮又富有的女婿，她不管加洛第的反对，坚持要带爱美丽雅回到京城去。

加洛第："你们不应该离开我，离开疼爱你们的大夫和父亲！"

德雅："爱美丽雅应该去见见世面，有我保护她。"

7. 德雅母女到了京城之后，爱美丽雅的美丽，立刻轰动了整个京城。年轻的贵族们围在爱美丽雅身边，设法取得她的欢心。

贵族："请允许我献给你这串珍珠。"

爱美丽雅："原谅我不接受您的礼物，我不喜欢珠宝。"

8. 年轻的雅比伯爵，也深深地爱上了爱美丽雅。他爱她漂亮，更爱她的聪明与正直。他每天都到加洛第家里来，陪伴爱美丽雅。

爱美丽雅："伯爵！您为什么不去饮酒？"

雅比："我讨厌虚伪的应酬。"

9. 爱美丽雅也逐渐地爱上了雅比伯爵。她爱他没有一般贵族子弟的浮夸，更爱他渊博的学识。她躲开一切追求她的人，和雅比伯爵到森林中去欣赏大自然的风光。

10. 加洛第上校不放心德雅母女耽在京城，赶到城里来看望她们，恰好遇见了雅比伯爵。

雅比："上校，我非常钦佩您对国事的主张，早就盼望得到拜见您的机会。"

11. 加洛第上校和雅比伯爵谈得很投机。他们一致反对亲王的暴政，也都认为用屈膝谄媚的办法来取得亲王的宠爱，乃是耻辱。

12. 加洛第觉得伯爵和女儿是天生的一对，可是他想："让年轻人自己说出心里话来吧！"就放心地回别墅去了。

13. 过不几天，宰相葛里家举行盛大的跳舞晚会，特派专车来迎接德雅母女。爱美丽雅讨厌葛里家那些妖艳的姑娘们，不愿意去。德雅觉得不好得罪宰相，劝爱美丽雅姑且去这一次。

14. 爱美丽雅跟着母亲来到了宰相家。她美丽得象一朵出水芙蓉一样，光彩照人；那些涂脂擦粉的贵族小姐，和她一比，显得黯然失色。

15. 赫托勒亲王带了情妇沃尔希娜、近卫大臣玛礼也出席了这次晚会。他立刻被爱美丽雅的美丽惊呆了。他目不转睛地盯着爱美丽雅，忘了身边的沃尔希娜。

赫托勒亲王："这个美丽的姑娘是谁？"

玛礼："是加洛第的女儿。"

16. 近卫大臣玛礼，看见亲王这样着迷，悄悄地拉了拉他的衣襟。亲王这才收回了眼光，回答大家的问候。

17. 亲王把沃尔希娜丢在一边，邀请爱美丽雅跳舞，这是最大的荣耀，别的贵族小姐盼都盼望不到。但是爱美丽雅推辞着说："原谅我，这里的烟太多了，我觉得头晕，不能跳舞。"

18. 亲王表示自己也忍受不了室内的污浊空气，建议爱美丽雅到花园中去舒散舒散。他彬彬有礼地陪伴着德雅母女走向宰相家的花园。

19. 爱美丽雅讨厌亲王，怕听他那种温文尔雅的声调，亲王越是把自己表现得洒脱漂亮，爱美丽雅就更多地联想到他那些虐人的暴政。她走进花丛，避免和亲王相处。

20. 花丛中的爱美丽雅，看去比鲜花还令人心醉。亲王想只有自己的威权才配占有这样的美女。他极力把自己装扮得温柔可亲，和德雅闲谈着，夸奖爱美丽雅的聪明与伶俐。

亲王："夫人，您真幸福，有这样天使一般的女儿。"

21. 玛礼来请亲王回宫，亲王殷勤地向德雅母女告别。他邀请她们到王宫中去。

亲王："敬爱的夫人，我给予你们随意进出宫廷的自由。" 德雅："谢谢殿下。"

22. 亲王不象往常一样扶着沃尔希娜上马车，他向她挥着手："你走吧，我心烦得很，你独自回去吧！"沃尔希娜明白："正象他以前丢开别人一样，现在我也要被丢开了！"她眼眶里立时涌上了泪花。

23. 以前，她的泪花曾被亲王万分怜爱过，可是今天亲王望也不望她，径自带了玛礼上车走了。玛礼见他这种失魂落魄的样子，知道讨亲王欢心的机会又来了。

24. 果然，亲王向他探听爱美丽雅的事情。当玛礼说到爱美丽雅爱着雅比伯爵的时候，亲王焦急得大吵大嚷起来。

亲王："啊，我完了！我不愿再活下去了！你这个叛徒，你不想办法抢救我！"

25. 玛礼轻声说："王爷，沃尔希娜今天很伤心呢。"亲王叫道："不许提她！不错，我曾经爱过她。但这是过去的事了！现在我跟你讲的是另外一回事！"

26. 玛礼静静地看着他，等他吵得精疲力尽了，才说："尊贵的王爷，你是能够比雅比伯爵更博得姑娘们欢心的。爱美丽雅每天上教堂去祈祷，这就是王爷亲近她的机会。"

27. 亲王停止了叫嚷。他走到镜子前面，左顾右盼，满意自己的容貌，并且恢复了自信。

28. 第二天，亲王起了早，挑选了最文雅的衣服穿好，又加意地修饰了头发，身上洒了很多香水。刚要离开卧室，侍从进来报告，说是沃尔希娜进宫来了。

29. 亲王挥了一下手，大声说："别让她进来！去，去，叫她待在外面！你是死人吗？赶快去把玛礼叫来！"

30. 他在房里打转的时候，玛礼来了。亲王命令着："去通知沃尔希娜，我同她的关系得停止。她的心，可以拿回去，爱送给谁就送给谁。我不能为了她妨碍自己的幸福。"

31. 玛礼会见了沃尔希娜。隔了一夜，她象老了十年。她勉强笑着，问起亲王不来见她的原因。玛礼说："亲王决定跟马萨城的公主结婚，不得不停止跟你的关系。他要我通知你，你可以收回你给他的心。"

32. 沃尔希娜微微抖了一下，颤声说："亲王结婚，是为了政治关系，不是为了爱情。那何必叫一个爱人收回自己的心呢？我恐怕他是有了新的情人罢了。"玛礼微微笑着。

玛礼："你说得也许是对的。但是那有什么法子呢？"

33. 沃尔希娜站起来，自言自语："没有法子，没有法子。"脚步零乱地走出小客厅。

34. 玛礼回来告诉了亲王。亲王说："这是一个傻女人。我懊悔当初没有仔细考虑。现在别管她，我还有要紧的事情。"

35. 玛礼走后，亲王登上御马车，到教堂去了。

36. 亲王到了教堂，焦急地盼望着爱美丽雅，一见她姗姗前来，高兴得心花怒放，忙藏在柱子后面。

37. 爱美丽雅在一个不惹人注意的地方跪下，虔诚地作起早祷。亲王悄悄地走过来，挨着她跪下。

38. 爱美丽雅发现了亲王，心里吓得乱跳。她悄悄地挪了两步，想躲开亲王。可是亲王也随着她挪了两步。

39. 亲王轻轻地叫着她，向她叙述心怀，说他要疯了。

亲王："我爱你的热烈，只有上帝知道。"

40. 爱美丽雅连头也不敢回，假装什么都没有听见。早祷刚一结束，她就敏捷地穿过人群，向教堂外面走去。

41. 她刚刚走到大厅，就被追上来的亲王叫住了。爱美丽雅又羞又急，怕惹起周围人们的注意，勉强回答了亲王的问候。

亲王："爱美丽雅小姐，早安！"

爱美丽雅："早安！殿下！"

42. 亲王陪着她步出大厅，他说着世界上最温柔的语言，可是爱美丽雅一句也没听进去。她心中算计着，该怎样摆脱亲王的纠缠。

43. 趁着另一个人向亲王问候的空隙，爱美丽雅溜到一边，随着拥挤的人群走开了。

44. 爱美丽雅迈着大步向家里走去，她仿佛听见亲王又追上来了，恨不能一步就迈到家里。

45. 终于到家了，往日几分钟的路，今天却象走了一年。爱美丽雅一下子投到母亲的怀里，忍不住呜咽起来。

德雅："好孩子，遇见什么事了？"

46. 德雅看见女儿的脸色白得吓人，身体不停地发抖，以为她碰上了强盗。爱美丽雅喘息了半天，才说明她遇见了亲王。

爱美丽雅："妈妈，我情愿是聋子，也不愿意听那些肮脏的话。"

47. 德雅抚慰着女儿，为女儿端来了热茶。这时她才认识到，加洛第对亲王的评价是正确的，那确是个披着人皮的野兽。

德雅："好在再也不会有这样的事了，让它象噩梦一样地过去吧！"

48. 雅比伯爵正在这时到来。他知道了这件事，心里微微震惊。他抚慰着她，提议一同出去散散步。

49. 爱美丽雅陪着雅比来到父亲的小花园。雅比伯爵摘了一朵盛开的玫瑰，为爱美丽雅戴在头上。他向她求婚，爱美丽雅深情地应允了他。

50. 第二天，加洛第上校又到城里来了。他们双双地来征求父母亲的同意。加洛第拥抱了雅比，祝贺他们夫妻白头偕老。

加洛第："孩子，我们是平民，你将失去你高贵的门第。"

雅比："门第不能给我幸福。"

51. 加洛第吩咐仆人们摆上家宴，为这美满的一对祝福。他又吩咐看门人皮鲁，拒绝一切来访的宾客。

52. 雅比伯爵诚恳地向岳父母敬酒。他决定明天结婚。加洛第建议他们到他的别墅中去举行婚礼，并且愿意先回去准备。

加洛第："郊外清静，可以避免无谓的应酬。"

53. 雅比伯爵同意岳父的意见，决定明天正午亲自驾车来接新娘到别墅去。他们都以为外人不会晓得这件事，可是这一切都被看门人皮鲁听得一清二楚。

雅比："这样不惊动人最好，让我的亲戚知道，他们就会妨碍我。"

54. 奸诈的玛礼已经用重金买通皮鲁，要他随时报告爱美丽雅的行动。皮鲁听到消息，悄悄地溜出家门，去见玛礼。

55. 玛礼听到皮鲁的报告，赏了他一大笔钱，皱起眉头，默默地打着主意。

56. 皮鲁走了之后，玛礼立刻进宫报告亲王。亲王叫道："你要金钱吗？我给！你要官位吗？我给！你要土地吗？我给！可是你得想办法！"

57. 玛礼把自己想好的一套办法告诉了亲王。亲王说："行，行，什么都行！赶快办！没有爱美丽雅我不能活！"

58. 玛礼出了王宫，坐上马车去拜访雅比伯爵。

59. 玛礼见了雅比伯爵，首先为深夜打扰表示歉意。然后表述了自己对雅比伯爵的爱慕与忠诚。雅比打断了他，要他说明来意。

60. 玛礼这才传达了亲王的命令。说为了一件重要的国事，选定了伯爵作他的全权代表，出使到邻国去，因为事情紧急，请黎明时即动身。雅比一听，马上拒绝了。

雅比："我很抱歉，我不能接受这样的恩典。"

玛礼："这是别人想望不到的美差，因为我的推荐，亲王选定了您。"

61. 玛礼叫雅比不要辜负亲王的恩宠，并暗示雅比，触怒亲王对他并没好处。雅比只好说出自己恰在明天结婚，不能耽误，愿在婚后为亲王效劳。

雅比："我不能不履行婚约，不能作个失信的人。"

62. 玛礼左一遍右一遍地讲说亲王的权势与触怒亲王的害处，要雅比将婚礼推迟。雅比伯爵实在忍不下去了，把玛礼赶走。

雅比："我不怕亲王！你去讨亲王的欢心吧！"

63. 玛礼来到宫里，向亲王回报了雅比不听差遣的经过，并趁机献上了一条毒计。

玛礼："事情是难。可是我是个不怕难的人，也不愿意失败。王爷，你准许我自由行动吗？"

亲王："我统统准许！好玛礼。我只要弄到这个天使。"

64. 亲王听了玛礼的计策，高兴极了。他嘉许了玛礼的忠诚，赏了他很多黄金珠宝，并答应他以后升官加爵。玛礼辞别亲王，回家去行使他的阴谋诡计。

65. 玛礼吩咐他的心腹仆人白提思，去找蒙面大盗英克罗，要英克罗立刻到他的密室里来。

66. 白提思带着英克罗，来到了玛礼的密室。玛礼正焦灼地等候着他们。

67. 玛礼请英克罗喝酒。他说他遇到了一桩为难的事，他的一个好朋友，热恋着一个美丽的姑娘，但那个姑娘被另一个有钱有势的流氓骗了去，他的朋友忧愁得快要死了。

玛礼："我不能见死不救，何况他是我最好的朋友。"

68. 英克罗放肆地大笑着，说自己对恋爱的事不在行，没办法帮忙，如果需要把那个姑娘抢过来，倒可以商量。

69. 玛礼表明这件事牵连很多，不能明目张胆地去做，只能在姑娘去举行婚礼的路上，相机进行。英克罗表示这样正合胃口，他干事就喜欢神秘，不然就称不上蒙面大盗了。

玛礼："绝对不能让姑娘如道一点内幕。"

70. 两人商定，由英克罗带领着党徒，扮做拦路劫车的强盗，把姑娘赶出喜车之外，就算完成了委托。英克罗问起对那个骗姑娘的流氓怎么办，玛礼含蓄地回答了他。

玛礼："一切见机行事吧！"

71. 英克罗接受了订金，喜气洋洋地去了。

玛礼："一切谨慎！"

英克罗："这是我的老本行，万无一失。"

72. 过了一宿，玛礼进宫来见亲王。亲王还没有起床，就在床边接见玛礼。

73. 玛礼请亲王到多赛乐行宫去，说已为他布置了一幕喜剧，按着自古以来的抢亲风俗，新娘将由可靠的人护送到多赛乐行宫。而新娘自己，还将感激护送的人。

亲王："不会出破绽吗？"

玛礼："您放心吧！"

74. 亲王高兴地拥抱着玛礼，夸奖他是自己最知心的朋友。玛礼催亲王快快梳洗，以便处理一下政事，好在中午以前，赶到多赛乐行宫去。

75. 玛礼走出王宫，见雅比伯爵的马车装饰着鲜花，马夫和仆人都穿着华贵的制服，伯爵本人打扮得又庄重又漂亮，坐在车上，前往爱美丽雅家去。

玛礼："你呀，别想逃出我的手掌。"

76. 雅比伯爵到来的时候，爱美丽雅还没有换衣裳，母亲劝她穿上华贵的礼服并且戴上珍奇的首饰。爱美丽雅不同意，她愿意穿第一次见到雅比时所穿的衣裳。

爱美丽雅："妈！让我按着自己的意思做吧！"

77. 雅比同意爱美丽雅的意见。在他眼里，爱美丽雅穿什么衣裳都同样地美丽，他等待着爱美丽雅换装，把玛礼可恨的要求告诉她们。

78. 爱美丽雅穿戴好了以后，雅比伯爵拿来一朵盛开的玫瑰，插在她光泽的头发上。

79. 新夫妇动身了，雅比家的仆从按着传统的礼节，向伯爵夫人致敬。

80. 爱美丽雅坐在绘有雅比家徽的马车里，左边是亲爱的雅比，右边是慈爱的母亲。车前坐着马夫，车后跟着武装的侍从。马车飞快地奔上了去乡间别墅的大路。

81. 当喜车跑到多赛乐行宫附近的大路上，一队戴着假面具的强盗，突然袭击了他们。

82. 雅比伯爵没想到亲王行宫附近竟然会有强盗，他从车座下拿出手枪，嘱咐爱美丽雅和母亲伏在车底，自己准备抵抗。

雅比："不要怕，爱美丽雅！"

83. 显然，强盗们并非想要拦路劫财，他们完全是为人来的。每两个强盗对付喜车上的一个人，立刻把车夫和侍从拎跑了。

84. 几个强盗从四面拥进了马车，把爱美丽雅推下车去，给了雅比致命的一枪，一哄而走，跑进了森林。

85. 吓傻了的德雅挣扎着站起来，她看得清清楚楚，有人跑来救他们。一个大眼睛的小伙子首先跑过来，看见晕倒在车旁的爱美丽雅，抱起她就跑掉了。

86. 人们帮助德雅把雅比伯爵抬出车来，雅比已经只剩了一口气。他的嘴唇翕动着，发出暗哑而仇恨的声音，叫着："玛礼……玛……礼……"直叫到停止呼吸的时候。

87. 被拎走的侍从和车夫被人们从森林中救出来，他们都

被抢走了武器，挨了棒打。侍从们见了伯爵的尸身，忍不住痛哭起来。

88. 德雅吩咐他们到别墅中去找加洛第。她自己顺着大路去找爱美丽雅。

德雅："见到上校，请他即刻就来！"

89. 那个抱走爱美丽雅的大眼睛小伙子，正是玛礼的心腹仆人白

提思。他一口气跑到多赛乐行宫的门口，把苏醒过来的爱美丽雅放在台阶上。

90. 爱美丽雅雪白的右臂渗着鲜血，染红了她洁白的衣裙，这是跌下车时擦伤的。她恍惚地问："朋友，我听见枪声，你听到了吗？"白提思摇摇头说："没有。小姐，到里面休息一下吧。"

91. 爱美丽雅坚持要去找寻母亲和伯爵。藏在行宫门后的玛礼，此刻走出门来。他一见爱美丽雅，装出惊诧万分的样子，向她问候。

玛礼："爱美丽雅小姐！难道遇见强盗的人是您吗？"

爱美丽雅："是！"

92. 玛礼大骂强盗无法无天，说亲王为这件事十分震怒，已经派了他的近卫军去围剿盗匪。为了抚慰受难人，亲王愿意接见受难者。

玛礼："亲王既已派出他的近卫队，全部强盗都不会跑掉，也一定能救出伯爵。"

93. 爱美丽雅觉得一切是这样的蹊跷，她要看看亲王的卫队是不是真的救出了伯爵和母亲。她随着玛礼进宫，看见那个援救她的人也跟进宫来，并没人拦阻他。

94. 亲王无限同情地接见了爱美丽雅，亲自为她裹伤。他嘱咐玛礼：近卫队如已找见伯爵和德雅，立即带他们到这里来。

亲王："希望他们都安然无恙。"

95. 爱美丽雅感谢亲王的盛意，请求亲王让她独自休息一会。亲王不想惹她起疑，答应了爱美丽雅的请求。

96. 亲王与玛礼退出门外，两人同时笑出声来。亲王遏不住欣喜地说："成功了。"玛礼说："尊贵的王爷加上机智的大臣，什么事都能万无一失。"

97. 德雅顺着爱美丽雅被劫走的大路，很容易地找到了行宫，她看见抱走爱美丽雅的那个大眼睛的小伙子——白提思正站在行宫的门口。

98. 德雅冲上前来，揪着白提思要他交还女儿。白提思装出满脸微笑，报告了爱美丽雅的平安，并且说，他的主人正在等候她。

白提思："我的主人近卫大臣玛礼，奉了亲王的命令，派了近卫军去保护您。"

德雅："啊，你的主人是玛礼！"

99. 德雅一切都明白了，明白雅比伯爵为什么在临死时候用仇恨的声音叫着玛礼。拦劫他们的并不是强盗，而是昨天向伯爵提出可恨的要求的坏蛋花钱买的刺客。她要求白提思带她去见爱美丽雅。

德雅："我明白了，是亲王的近卫队救了我们！是亲王救的，我要把这件事告诉我的女儿，你带我去！"

100. 白提思引德雅去见玛礼。德雅一看见玛礼，悲哀与仇恨一齐涌到心上。她压抑着这些，客客气气地请玛礼带她去见爱美丽雅。玛礼见她很安静，以为她并没识透内幕，立刻陪她去了。

玛礼："夫人，殿下亲自照料着小姐。"

德雅："我们太荣幸了。"

101. 玛礼把德雅领进房门，爱美丽雅飞奔过来投在母亲的怀里。德雅的眼泪象断线珍珠一样落下来。她看着爱美丽雅惊吓得苍白的脸，再也不忍把雅比的死讯告诉她了。

德雅："孩子！我们被强盗冲散了，我没有看见雅比，我派人通知你父亲前去找他。"

102. 玛礼悄悄退出房门，要去向亲王报信，走过大厅，听见有人叫他，回头一看，却是沃尔希娜，就不禁皱起了眉头。

沃尔希娜："玛礼大臣，难道王爷真的不能接见我？"

103. 玛礼苦着脸说："我有什么法子呢？况且王爷有客人，他正在招待从危险中逃出来的雅比伯爵，没有时间接见你。"沃尔希娜冷冷地笑了一声。

沃尔希娜："说谎！雅比伯爵被打死了。我亲眼看见他的尸首。王爷还能招待他？"

104. 玛礼承认伯爵死了，说王爷在招待他的新娘——爱美丽雅。沃尔希娜的目光盯着他，低声说："我明白！王爷是个凶手，他指使人杀死了雅比伯爵！"玛礼听这一说，心里慌了。

玛礼："啊！啊！这样伤天害理的事情，你，你怎么说得出口？你要闯祸的！"

105. 沃尔希娜大笑道："闯祸？闯吧！我要让更多的人知道这件事。谁反对我，谁就是凶手的帮凶。再见吧。"她飞步出去，和气急败坏地进来的加洛第撞个满怀。

106. 加洛第得到仆人的报告，赶来找德雅母女。玛礼听他说明来意，搪塞道："她们很平安，王爷陪着她们。现在让我把这位客人送上车，就给你去通报。"

107. 沃尔希娜冷冷地说："用不到你送。你赶快给这位惊骇的父亲去通报吧！"玛礼警告她不要忘了王爷的威严。沃尔希娜说："我知道。我早就看见过王爷的威严了。"

108. 玛礼把加洛第拉到旁边，告诉他："这个女人有些疯，经常胡言乱语，你最好不要同她谈话。"加洛第说："很好，你快点去吧，我的大人。"

109. 玛礼走后，沃尔希娜把亲王和玛礼的阴谋告诉了加洛第。加洛第浑身发着抖，摸索着身上，自言自语："我来得太匆忙，什么东西也没有带；连一把小刀子也没有！"

110. 沃尔希娜说："我带来了一个。"她从怀里抽出一把匕首来："你拿去吧，它可以帮助你。我找不到机会使用它了，你抓着这个机会吧。"

111. 加洛第接过匕首。沃尔希娜象说梦话一样说："你认识我吗？我就是沃尔希娜。当然，也许因为你的女儿的缘故我被遗弃，但不久她也同样会被遗弃的……"

沃尔希娜："我们一个一个被遗弃的，要把他的肉一块一块撕下来，把他的心肝五脏翻转过来……"

112. 这时候，德雅从女儿那里出来，看见丈夫，就奔过来哭诉。加洛第只问了她两个问题：一个是爱美丽雅是否在教堂中遇见了亲王；另一个是，雅比是否是被强盗开枪打死的。德雅如实地回答了他。

113. 加洛第镇静着自己，他要求沃尔希娜把德雅带回城去。德雅不愿跟女儿分开。加洛第说："有她的父亲留在她身边，你放心。我会和她一起回来的。"

114. 他把妻子扶到大门外，让她上了沃尔希娜的马车。

115. 加洛第看马车驶去了，重新回到行宫。玛礼在门口等候着他。

加洛第："请你原谅，玛礼大臣，已经通报过了吧？"

玛礼："王爷愿意欢迎你。"

116. 玛礼带他去见亲王。加洛第要求去见爱美丽雅。他要立刻带她回家。玛礼询问加洛第要把爱美丽雅带到什么地方去，加洛第回答，他将带爱美丽雅离开雅斯特勒城。

玛礼："为什么非离开这里不行呢？"

加洛第："她是个未过门的寡妇，需要远离奢华。"

117. 玛礼说加洛第这样做是埋没爱美丽雅的青春，太残酷；要他重新考虑。加洛第抑制不住愤怒，冲着亲王和玛礼厉声叫起来。

加洛第："没有什么考虑，女儿的住处当然要由父亲决定。法律也没有禁止父亲保护女儿。"

118. 亲王望望玛礼，叹了一口气，承认父亲有权利带走女儿。加洛第向玛礼说："王爷允许了，玛礼大人，你不再要我考虑了吧？"

119. 玛礼冷冷地哼了一声说："女儿应该跟父亲，可是现在不能。"他声明，据他所获得的情报，雅比伯爵是被情敌暗杀的，那个人很得爱美丽雅的欢心，应该把她审问清楚，才能交还加洛第。亲王象得救似地说："是的，的确是这样。"

120. 加洛第气疯了，喃喃地说："是这样的奸恶吗！好，我让她回到城里，跟她母亲在一起，等待审问。"但是玛礼要求亲王把爱美丽雅关在狱里，必须把她和她的家人隔离。

玛礼："在这种情形之下，为了避免嫌疑，我们不能不这样做。"

121. 亲王欣然接受玛礼的建议，但不愿意把爱美丽雅送进监狱。他觉得宰相葛里家就很可以被指定为特别看守所，爱美丽雅将会在那里得到充满人情的照顾。

122. 加洛第明白这是一个多么毒辣的圈套。他恳求亲王按照处理一般罪犯的办法，把爱美丽雅送到真正的监狱去。亲王严厉地拒绝了他。

亲王："你是个残忍的父亲，要让亲生女儿吃苦受罪吗？"

123. 加洛第的心绞痛着，他觉得失去了冲破网罗的力量。他颓然地坐下来，表示同意亲王的决定，但要求在爱美丽雅被送走以前，与她一见。

亲王："你明白我的意思就好了，你愿意作我的朋友，甚至于作我的父亲，那就一切都可以商量。"

124. 亲王沉醉在胜利的喜悦里，允许加洛第去见爱美丽雅，同时命令玛礼去吩咐准备午宴，准备好好款待加洛第。

亲王："为了我们的重归于好，让我们痛痛快快地喝一杯！"

125. 现在，加洛第向女儿休息着的房间走去。他已经决定：看看女儿，然后把这把匕首刺穿亲王和玛礼的心，把自己这条老命和他们拚了。

126. 但是到了门前，他停下来了，昏乱地想："如果女儿本人同亲王谅解了呢？如果她不配接受我要替她做的事情呢？"他呆坐在门前，连连敲着自己的头。

127. 爱美丽雅听到声音，猜到父亲来了，拉开门，真的是父亲来了。她象往常在家里一样，奔过去抱着父亲的脖子。

爱美丽雅："爸爸！我正在想您，您就来了。"

128. 加洛第看见爱美丽雅这样镇静，还以为她并不知道雅比已死。他要女儿坐下来听他说话，他要求她勇敢地承担一切。

加洛第："雅比莫名其妙地死了，他们借口法庭要检查，决定送你到宰相家去，与家人完全隔离。"

129. 爱美丽雅明白自己是落在强盗的手里了，希望父亲救她，带她逃走。加洛第让她看看窗外森严的戒备。显然，他们两人的力量是绝对逃不出去的。

加洛第："这个万恶的欺诈，是以武力为后盾的。"

130. 他拔出了匕首，说明准备舍出生命，刺杀亲王。爱美丽雅叫道："父亲，千万不要这样做。白发的父亲，不能为女儿舍弃生命。一切罪过都是我的。给我，把匕首给我！"

131. 加洛第说："孩子，你年轻，你只有一个生命可以断送。"爱美丽雅从父亲手里抢过匕首，说："不断送生命，就把爱情断送给强权。"

132. 她把匕首对准了自己的心窝。加洛第的心颤动着，夺过了匕首。

133. 爱美丽雅扑在父亲怀里，轻声说："只有生命才能战胜强权，父亲，如果爱惜生命，就要向强权屈服……"

134. 她从父亲手里抢过匕首，刺进了自己的胸膛，倒了下来。

135. 加洛第昏昏沉沉，抱起女儿，紧紧搂在怀里，惘然地叫道："上帝呀，这世界是这样的悲惨吗！"

136. 就在这时，亲王和玛礼进来了。亲王还以为爱美丽雅不舒服，正靠在父亲怀里休息。他请他们父女俩去参加午宴。

137. 加洛第背坐在那里一动不动，亲王绕到他的面前来，当他看清楚是怎么一回事的时候，他绝望地叫起来："这是怎么一回事？呵，太可怕了！"

138. 加洛第跪着把爱美丽雅放在地上，然后站起来，目光炯炯地逼视着亲王，他要亲王看看爱美丽雅，看看她是不是还值得他迷恋，是不是还值得为她派遣刺客去谋杀无辜的人。

加洛第："她的血在向你喊：她要报仇！你得到的不是胜利而是仇恨！我在我们大众的裁判官面前等待你！"

139. 亲王狼狈地后退着，几乎被身后的玛礼绊倒。他突然转过身去，指着玛礼痛骂："魔鬼！你想的好办法！万恶的东西！匕首在这里，我命令你刺穿你自己的心！"

140. 玛礼吓得浑身发抖。当玛礼踉踉跄跄逃出去的时候，亲王看了加洛第一眼，失魂落魄地逃开了。

芦苇依依

　　1931 年 9 月 18 日日军轰向沈阳东北军北大营的重炮，夷平了北大营的营盘，也粉碎了张学良建设乡里的雄心。 在东北军奉国民党政府指令节节后退、日军迅速占领了东北全境的严峻形势下，中华大地一片鼎沸的救亡之声，神州沃土处处揭出了抗日的义旗。 本来也是：身为中华古国的儿女，谁能安于遭受奴役？ 热血青年，又哪个肯推却护国之责。 就在这风雷激荡的时刻，我得到了一个报国良机，我年轻的心翻滚跌宕，为即将肩负大任而兴奋不已。

　　给我这个为祖国为民族效力机会的是秘密设在北平的中共顺直省委。 原因是：1932 年初春，顺直省委接到了一份报告。 报告是孙景绪打来的。 孙景绪当时正插在西北抗日义勇军——即国民党明令加封的西北骑兵第三师中做兵运工作，报告列举了兵运工作中种种收获之后，请求省委速速派一个做地方工作的同志，到后套和他配合开展民运工作。 以便一旦条件成熟兵运、民运携手，可以一举建立绥蒙抗日根据地。 报告情实意切，特别提到了一二 · 八淞沪停战协定所激起的反投降高潮。 孙景绪认为：乘着高潮的东风团结群众，争得民心，不愁根据地建立不起来。

报告中还有一段插曲，说的是大革命以后，晋绥兵运中一次惨遭失败的血的教训。被中共中央明令建制的西北地区红廿四军，原是国民党高桂滋部的部分官兵，起义后，为了建设绥蒙根据地，由山西平定进军绥蒙边界途中，由于地理不熟没有地方向导，被地主武装榆林军诱入喇嘛湾中的芦苇荡内吃掉。这使孙景绪以切肤之痛认识到，兵运工作做得再好，没有群众这个接天入地的耳目，到头来很可能前功尽弃，一败到底。

省委权衡了我的条件，决定派我到河套去和孙景绪配合，开展民运工作。

其实，我并不具备担此重任的资格。论学历，只不过是在山西临汾铭义教会中学读了高中；论革命经历，更是微不足道，只不过是反对阎锡山顺从蒋介石的旨意搞什么不抵抗主义，我组织同学罢课闹学潮，被学校开除了学籍而已。

我也有优势，我自幼生长在农村，熟悉农民的心情脾性，做起民运工作来会方便很多。更使我自信的是：我那报国的一片热忱，会使我有勇气战胜各种困难。马、恩经典给予我的那建立新社会的思想启示、南方革命根据地放手发动农民建立农民当家作主的苏维埃政体的革命实践更使我心向往之。作为农民的儿子，没有比建立一个农民不受欺压的新社会再令我可以为之蹈汤赴火的了。我暗暗激励自己，一定尽快赶赴当地尽快着手工作才好。山西高君宇在太原建立的党组织，曾是我的指路明灯。我相信我这个山西人的后辈，一定能踏着高君宇的足迹前进，为我倍受欺凌的父老乡亲找到出路，建立一个人人友爱的大同世界，何况，日寇大敌当前，更有一个艰巨的抗敌任务。

　　我是勤工俭学的苦学生，就是靠了不怕吃苦的那股子韧劲才从农民那苦难的生活中爬了出来。而且，我还有一个有利条件，我的山西口音和河套方言相近，便于和群众打成一片，便于深入到孙景绪称之为 的接天入地的群众中去。

　　省委要求我尽快动身，以免贻误战机，以免孙景绪望眼欲穿。

　　当时的交通条件非常不便，我先乘火车由北平到了包头，包头有不定期的敞蓬汽车开往五原。幸而赶的巧，到包头的次日，便有一辆敞蓬车跑五原。从五原再到骑兵三师的驻地临河县那几百里旱路便只有以骡、驴等畜力代步了。

　　要说我的运气还真不错。我在五原街头踟蹰，想找个脚力什么的时候，经一位热心人的指点，见到了在临河县开药房的刘掌柜。他是到五原来办货的正准备返回临河。这位小本经营的店主东，约摸四十左右年纪，高身大脸十分洒脱利落，更透着精细。他上上下下地打量了我好一阵子，可能判定我还实在，便收下一块光洋的搭车费，笑眯眯地让我坐在车辕板上，甩动长鞭，驱策着花轱辘大车，吱吱呀呀地上了黄尘漫漫的古道。

　　虽说是节令已过了清明，料峭的春风吹过来仍有寒意。路两边出现的树木也不同于关内了。只有耐旱耐沙的红柳才长过人高，其他几乎全是灌木。一种灰蓬蓬、枝条似枝非枝、叶子似叶非叶还长有硬刺的植物触进眼帘，我正认不出是种什么植物时，刘掌柜开口了。

　　"小兄弟！你瞧这东西长的怪吧！可别小瞧它。它是老百姓的宝物；割下来作柴，火力均匀耐久，烙出饼来又软又香。"他见我点头，又加了一句："就是割时扎手，那小刺锋利得很呢。"

　　我冲口说了一句："有价值的东西，总不能轻易得到。"

刘掌柜又打量了我一番，说："我猜你是个洋秀才，果然没有猜错。"

我被说得红了脸，也意识到又带出了学生腔，便笑笑遮掩过去。他这锐敏的观察力，说明他是能人；他那诙谐的语调使我感到亲切，又说明他是个好人。我放松了心中的戒备，一下子缩短了和他的距离。

一路行来，逢洼过岗，他总是预先关照我注意，使我少受了几许颠簸，这细心的关切使我安心。我甚至想，但愿在这无垠的荒原上，我将共事的都是这样的好人、能人；让我们齐心协力，为老百姓开创一个新世界。

每过一个人烟稠密之处，刘掌柜便说给我这个村镇叫什么名字。那掩映在红柳丛中的老百姓家屋，多是泥砌的茅庵，也有半截埋在地下的土窑。村镇的名字也很有特色：叫什么张二圪旦、李四圪泊等等。经刘掌柜指点，我知道了这无名的土地，是以开拓者的姓名进入人间的。谁在那儿拓荒，住久了，人们就以人指地为它命名。圪旦意思是土丘，圪泊意思是平地。能在这拓荒者的众人之间，栽下革命的种子，我年轻的心升起了肩负大任的自豪感，身子也仿佛插上了翅膀，在这湛蓝湛蓝的晴空下，和鸣叫着的云雀一起翱翔起来。

脚下，不时遇上引黄灌溉的水渠，渠中的淤土已经解冻，残存的点点薄冰，在春阳的照射下，灼红闪绿，变幻着奇美的七色彩光。以我这农民的儿子看起来，这淤土褐中泛油，确是上好的淤肥。无怪人们都说：黄河百害唯富一套了。

天近黄昏，落日还红彤彤地照临大地，刘掌柜便指着不远处一堵厚厚土墙围成的院落，说："咱们就在那里夜泊。"

我说："离太阳压山，还有一阵子咧！"

刘掌柜立即明白了我急于赶路的心理，稳稳当当地说了："出门在外，平安是福。塞外不同内地，出了差错，破财事小，就许连性命也搭进去。这是个大宿头，方圆几十里内再没有第二家。"说罢，自顾驱使牲口进院，我只好相随。进了柳条笆子编就的大门，见面东的土坯墙上，果然有白粉写就的四个大字："高昇客店"。经店主东招呼张罗，刘掌柜把他的货物在账房的里间安置妥贴，又察看了辕骡的饲料之后，从车底帮一个查看不到的所在摸出来一把砍柴刀递给我，自己也摸出来一把小镰刀，说了声："走！"

我迟疑着，不知道他要干什么。

"咱们去砍些秦艽。来路上我注意到了，有两蓬秦艽，离这店不远。"

"什么秦艽？"

"就是那长刺的柴。店里灶头烧的是牛粪，烙的饼见风就硬。只有秦艽火烙出的饼才不怕风干。让灶头给咱们多烙两张，明日路上便不用张罗吃食了。"

这一安排，进一步显露了他对周围环境的细密观察。我不由得想，这可真是个再好不过的同路人了。便欣然接过柴刀，伴他出了那柳条笆子的店门。

刚刚踏上大路，一个背着两蓬秦艽的人快步走近我们。那人一身灰不灰、黑不黑的破土布裤袄，头上却顶了个自卫军那土黄色大耳朵的棉军帽。脸上尘封土掩，看不清本来面目，只感觉到是一双又黑又明的大眼睛。

"老客，你们可是去砍柴？"

"怎么？你卖柴？"

"找个店钱。"

"就你孤身一人赶路,还连个店钱也没有,这可不是闹着玩儿的!"

刘掌柜先打量了四周,又打量了来人。边说着话儿,冷不防地把那人的军帽一掀;一根大辫子随掀而落,沉甸甸地垂了下来。惊得卖柴人全身一抖。那人稍一定神,索性摘下军帽扑通一下跪在当地。秦芃散落开来,那人扯着刘掌柜裤角,眼泪刷!刷!地迸将出来。

"大叔!一听你老的语气,便知道你老是个好人,你老发发善心,带上我吧!"

"你去哪儿?"

"去五原。"

"可我们是打五原返回来的。"

"唉!这只能怪我命苦,遇上好人却不同路。"那人说着,嚓!嚓,三把两把就把散落的秦芃理好,倔强地擦掉眼泪,瞧着刘掌柜。

"大叔,今晚的店钱你老给我出了吧!这蓬柴给你老烙饼。"

刘掌柜端相着卖柴的姑娘,我也把目光投在了她身上。那臃肿的破衣烂裤遮不住苗条的身材。看上去,她也就十七、八岁的样子,那对泪莹莹的大眼,闪着愁光。

"你上五原作甚?"

"躲灾。"

"实灾是躲不过去的。"

"这我知道,躲过初一难躲十五。可眼下只有这一条路好走,委实躲不过,我就拚了。"

　　姑娘眼里那冷森森的倔强劲儿化作清明的语言向我们迎面扑了过来。我正想不出怎样才能助她一臂之力时，刘掌柜稳稳当当地说了：

　　"这么着吧！今晚上你就随着我们投店。咱们想个躲灾的好办法。"

　　"我听你老的！"姑娘破涕笑了。刚才因为紧张，竟被秦艽刺扎破了手指，指尖正一滴滴地往下渗血。姑娘像小女儿一样，把指尖含在嘴里，甜甜地吮吸起来，露出了又白又齐的牙齿。紧接着，爽爽利利地理好秦艽，背在背上，向我们爽然一笑。

　　"大叔，是要烙饼的吧！我去做，我做的干净。"

　　这方圆几十里内最大的高昇客店，客房是两溜对峙的大土炕，足有两三丈长。地当心一台土灶，牛粪火燃得正旺，灶上炖着的大铁锅里滚着开水，屋子里迷漫着水气、烟气。刘掌柜不知从哪儿拿出来一柄小扫帚，挨墙扫出来一块炕面，招呼我放下行李。我正想招呼那姑娘时，却见她脱却上身的烂衫，露出来里面蓝地白花的土布小棉袄，把烂衫折齐放在刘掌柜的行李旁边，算是占住了自己的铺位。捏了捏刘掌柜的粮食口袋，又是爽然一笑。

　　"大叔，做多少？"

　　刘掌柜略一沉吟，说："你估量着做吧！够三个人明日一天吃的。"

　　姑娘爽爽利利地提着粮食口袋，闪进灶间去了。

　　天渐渐地黑了下来，投店的各式各样的旅客陆续走了进来。店家掌了个麻油灯碗出现在客房门口。只见他一长身，把灯撂在了门框上面。我这才注意到，原来那里还楔有一个平木楔，是专为麻油灯设置的灯台。店家把一块油污的手巾往肩上一搭，高声说：

"老客们，辛苦啦！开水尽管用，炕是热的，上炕歇歇脚吧！"又说："哪位要开饭就把粮食交给大师傅，哪位先交就给哪位先做。"店家身后相跟着的大师傅，向左右拱手致意。那是个四十多岁的矮肥男人，满脸烟尘，神态却热情得很。

客人们纷纷送上粮袋，要求做汤面的、做烙饼的，也有要求做糊糊的。大师傅一一记下，提着粮袋，返回灶间去了。

我不清楚我的搭车费里是不是包含伙食，便把在五原买的硬面馍馍垫在毛巾上，推到刘掌柜的面前。

刘掌柜捺定我的手说："不急！等等看！"他舒舒展展地伸着双腿，靠在铺盖卷上休息。

一会儿功夫，那姑娘进来了，端着店家那黑釉子瓦盆，盆里竟是冒着热气的小米稠粥。姑娘放下盆，甩着被烫痛了的手。瞧了瞧刘掌柜，又瞧了瞧我，轻轻地扯下我垫着硬面馍馍的毛巾，又闪身进了灶间。

又一会儿，毛巾卷着散发着面粉香气的烙饼便摆在我们面前了。我惊异地望着姑娘，我一点也没看出她还带有粮食，这盆稠粥就像变戏法的艺人平空变出来的一样。

刘掌柜稳稳当当地说了："快上炕吧！暖暖脚。"

姑娘脱鞋上炕，刘掌柜不在意地轻声说："你倒没有缠脚。"

姑娘又是爽然一笑。却不好意思地盘起双腿，把脚压在腿肘之下了。

喝着粥，姑娘从小袄兜里掏出个油纸包包，包的是盐渍的土蒜，用来佐粥真是有滋有味，喝得我汗涔涔通身暖热。我偷看了姑娘一眼，她显得那么自如自在。相比之下，我反倒拘谨多了，似乎躲灾的是我不是她了。这小米是姑娘用半蓬秦艽从大师傅那儿换下的。她忖度，赶了一天路的人必然渴甚于饥，就自作主张做了换米的事。这按着形势选定最佳行事的机敏，令我佩服。我不由得想：群众中就是有能人，这姑娘给我上了进河套的第一课。

几个有鸦片烟瘾的旅客，一粘热炕头，便瘾发的不行，只见他们眼泪鼻涕一起流；又是哈欠，又是咳嗽。顾不上吃顾不上喝，只顾端着土烟枪，对着麻油小烟灯嗞嗞地吸个不停。鸦片的香气袅袅地飘散过来，我还是第一次看到这场面，不由得多看了两眼。再偷眼望那姑娘，只见她一脸的鄙夷，连眼皮也不往那边撩一下，正轻轻悄悄地和刘掌柜说着话儿。

这姑娘名唤冯二兰，家住临河县蛮会镇，父母都已过世，随着舅舅长大。蛮会的民团大队长胡四相中了俊俏的冯二兰，假说是给外甥娶媳妇，其实是打算自己霸占。二兰老实巴交的舅舅齐六十五不敢得罪一方霸主胡四，却又不甘心送二兰去侍候那算不得人的畜牲胡四。思来想去没主意。倒是二兰有主见说："舅！咱惹不起还躲不起嘛！"

"往那里躲去？"

"就先躲躲再说。"

齐六十五愁得不行。临河县倒是有二兰子的表姨，那也只是个小户人家，怕是不但躲不成还会给表姨招祸。临河县民团有胡四的把兄弟在。二兰子还有个妗子在五原，也有十年的光景没来往了。二兰子就是抱着躲不成就拼的决心出来的。

从二兰子和刘掌柜那细语轻声的谈话里，我了解了姑娘。自己忖度：姑娘的要求天然合理，打击地痞正是我的职责之一，确实应该援手。

可自己还没到达目的地，还没有见到合作者孙景绪，尚不知将在哪里落脚，哪有能力安置这姑娘？忖度着，思谋着，不由得烦上心来。

这时，客房里更热闹了。店主东特意从五原叫来的女招待（据说本是私娼），花枝招展地在地当心走来转去。只见她手里的那条大红汗巾，一会儿给这位老客擦擦搪瓷缸子，一会儿给那位老客拂去藤箱上的沙尘。憔悴的脸上堆着娇笑，媚声媚气的话语招起一阵阵的哄笑。我却不知为什么起了一身鸡皮疙瘩。偷看刘掌柜，他一声不哼，舒舒展展地合衣将息。二兰子的眼神却好奇地盯着那招待，十分有兴趣。

有人摆开天九牌，店家忙不迭地送上一盏插了好几棵灯芯的大麻油灯碗。几个人聚拢来，吆五喝六地赌起来了。

忽然，二兰子轻轻地捅了捅我，我顺着她努嘴的方向看去：在我们对面那盘炕上的炕角里，一个女人正对着小小的镜台描眉画鬓，脸上擦得有红有白，远望过去，就像画上的美人儿一样，煞是浓艳好看。只见她戴上了大戏里坤角的头饰，在那污黑肮脏的土布坎肩上，套上了一件大红戏衣，拿起缀着小响铃的手帕，娉娉婷婷地对着众人屈膝行礼。她身后出现了一个鼻梁中涂着桃形白粉的小丑。女人把手帕一挥，小响铃清清亮亮地响了起来，两人拉开架势，唱了起来。

"这里还唱大戏？"二兰子像问人又像问自己。

"那是二人抬，你听那调儿。"刘掌柜不知什么时候睁开了合着的双眼，这样回答二兰。

两个伴奏人挤在墙角，一个敲梆子，一个拉四股弦。苍凉的"走西口"的戏词回响在烟雾缭绕的土房当中。那女艺人嗓音甜润，唱的又动情。一声："哥哥哟！你走西口！"唱得撩人心弦。赌天九的，吸鸦片烟的，通通被吸引过来了。当她回肠荡气地唱着"小妹妹我实难留！"时，一个大汉趔趔趄趄、喷着酒气爬上炕去，嚷着："哥哥我没有走，我在这里、在这里。"人们先是哄笑，待回过味儿来，才觉得不对头。有人喊了："别捣乱，人家是卖艺的！"那大汉瓮声瓮气的又嚷："大爷我买的就是艺，大爷有钱、买的就是艺！"说罢，从怀里掏出一搭票子，在女艺人眼前晃来晃去。和着酒气的唾沫星子喷到了女艺人脸上，女艺人慌不迭地用帕子挡着。小丑赶紧上前拦阻，嘴里不停地说着好话："老客，你老买的就是艺，容她唱完了这段，你老点个爱听的！"女招待风摆柳似的趄过来，扶着大汉坐下，又替他摩按胸口，娇声地笑了："大爷，点她唱个荤的，给你老开胃！"

在绑子声声的前奏里，女艺人唱起了绥远小调"撑皮筏"。女艺人作乘客，小丑作撑筏人。随着虚拟的翻滚的波涛，女的一下子歪倒在撑筏人的怀里，羞得不行；一下子玉立在筏头，俏得不行；一下子又被浪倒连声求救，娇得不行；一下子又为浪平而欢歌，美得不行。看的人都被这娴熟的戏姿震住了，就好像自己也在黄河之上，正跟惊涛骇浪搏击着一般。其中，穿插着小丑那插科打诨的河套俚语，十分撩人。我并不能全解，却也浸沉在那诙谐的气氛之中。看戏的二兰，却臊得两颊飞红。猛然一记重梆，小戏戛然而止。四个卖艺的拿着小草匾分头讨赏钱。那大汉已歪在那里睡着了。女艺人用草匾触了触他，大汉一翻身，就势搂着女艺人嚷着："大爷我正等着你呢！你得陪我睡觉，陪我睡……睡觉。"还是女招待给解了围，打趣地说："她是男扮女装，中看不中用。还是我服侍你老最好。待我精精细细地烧上两口烟，保你老吸得又舒坦又解乏！"说着，扶大汉回了他的铺位，没忘记趁势从大汉手中的钞票搭里抽了两张，悄无声儿地递给了女艺人，并使眼色示意她立即走开。自己张罗着点燃烟灯，擦抹起烟枪来。

这使二兰子看呆了，这无言的照顾也使得我看呆了。刘掌柜悄声说了句："好人到处都有。"便翻转身睡觉了。二兰子那忽闪忽闪的大眼睛，久久地、信赖地滞留在刘掌柜的脊背上。

转天上路，二兰子喜孜孜地跟在车后走了起来。那大辕骡经过一夜将息，四蹄生风，轻轻快快地小跑起来。我直想把车辕板上的座位让给二兰，却不敢断定这样的行事使得使不得，能不能得到车主人的同意。刘掌柜仍然稳稳当当，轻声唤着二兰："二兰子，坐到车后去！"原来那堆满货物的车板上，已经挪出了一块空处。

望着二兰子的笑脸，我真心实意地对着刘掌柜说："老刘大哥！你可真是个大好人。"

我从心底把他视为兄长，自然而然地改了称呼。

刘掌柜冲我一笑，仍然稳稳当当地说了："总不能见死不救吧！到临河，先找个稳妥的地方把她藏起来，再想个帮助她的周全办法。"

当年的临河县城，只有一条筒子街，街东头一站，能一直望到街西头。街道两旁的店铺，多数土门土脸。因此，两座用青砖镶边的铺面房便显得十分耀眼。我以为：那该是骑兵三师的司令部了。近前一看：却是一家油房和一家烧锅，人出人进，看得出生意十分兴隆。经人告知，我来到街西将尽头的地方，看到了两座真正青砖砌就的门面房，隔街对峙而立，好不威风凛凛。街路南的是临河县衙门，街路北的便是西北抗日骑兵第三师司令部。有意思，临河县的最高统治机关，一文一武，对面而立。

谁知，孙景绪并不在司令部里办公，而是另有政治处。我想也没想到这荒滩上冒出来的西北抗日骑兵第三师竟也和蒋介石的正规军编制一样，还有什么政治处。经司令部门卫的指点，转到正街背后的西南角上，来到一座独门独院的院落面前。这是一处包括三间正房，东西各两间厢房的小三合院。四周没有紧邻，巍然而立。土墙掩映在红柳、白茨之中，连政治处的木匾也叫柳枝遮去了大半。若是不看这块牌子，完全是一幢富裕些的老百姓宅院。好一个隐蔽的所在！看到这院落的第一眼，我便感到这孙景绪确是将才，这政治处的地址选得好，不显山不露水，进退方便，真是个搞秘密工作的好所在。

孙景绪却又不在政治处里，说是有要紧事，被王司令请走了。一个文书模样的青年接待了我。得知我远道而来，专程来访处长时，立即吩咐勤务兵打扫住室、准备晚餐，热情得很。

我洗却风尘，便和那位青年搭讪起来。那青年姓郝，大名明礼。原是临河县的一位小学教员。孙景绪到临河没过半年，便把他叫到身边，补了个准尉文书，管理政治处的一应事务。

郝明礼一一向我介绍了西北骑兵第三师的各项情况。

这西北抗日义勇军——又西北骑兵第三师的班底，原是河套地区头号大地主王进财的护院武装。九一八事变后，各地纷纷拉起抗日队伍，王进财借上这阵东风，纠结了小股土匪，出枪出马，竖起了西北抗日义勇军的大旗。让大儿子王英当了义勇军司令。

王进财的胃口当然不止于保家护院，他雄心勃勃地筹划，王英绝不能只死啃河套这块荒滩，至少要比得上土匪起家的热河省的汤玉麟，甚至是东北王张作霖。由自办队伍起家，待底子厚了，杀出河套去，捞个省长、督军，甚至是大元帅当当。那时节光宗耀祖，才不负他在河套几十年的苦心经营呢。

王英少年气盛，更是野心不小。他的一个金兰弟兄，和国民党的军政部有瓜连，设法为这支抗日队伍从蒋介石那里讨得了正式封号；军政部明令他们建制为西北骑兵第三师。王进财明白：蒋介石并非看上了他这股微不足道的地方武装；而是他占据的地理位置好。王进财的势力，北可以与内蒙的德王联系，东可以与阎锡山的屯垦军相抗衡，南有榆林军那派哥儿们的势力，北又可以钳制军阀孙殿英的四十一军。三师是根楔子，物件不大能量却不小。对国民党就地牵制各派势力有利。可能由此国民党的军政部派下专员，就地正式加封。

王英讨得正式封号之后，便按照蒋介石正规军的作法，成立了政治处。政治不政治的他并不关心，为的是借此延请能人给他当参谋，日后图其大事。孙景绪就是以能人的资格，由山东移民临河开油房的大财东钱如海以同乡之谊引荐前来。其实孙景绪是黄埔二期学员，北伐胜利蒋介石发动政变后，返回山东老家潜入地下一直从事兵运工作。当然，王英是绝然不晓，他延请的这位能人孙景绪，竟然是个共产党。

孙景绪在王英的义勇军里呆了半年，情况便已了如指掌。那些由土匪转入义勇军的兵士，绝大多数是兵痞、流氓，启发起来油盐不进，点点抗日的心思都没有，更不要说什么民主，说什么闹革命了。倒是那些被胁裹而来的部分移民、农民，还保持着老百姓的淳朴本色。经过教育，有了一定的认识。在这样的情势下。孙景绪协助王英，挑选连排班长，培养骨干。对队伍实施正规训练，使得原来松松垮垮一哄而来的散兵游勇，有了正规的军容军纪。佩服得王英五体投地，对孙景绪是言听计从。孙景绪已在自己身边，秘密组织了核心组，他的每项举措都能贯彻落实。

天黑下来以后，孙景绪还没有回来，勤务兵送上一盏麻油灯，灯焰的黑烟，直直上扬，证明没有气流干扰。这使得我记起岑参的边塞诗"大漠孤烟直"来。看起来，我是一定要和老祖宗一起，为边塞的事情尽心了。

四周静静地，静穆得近乎肃杀，我等得心焦起来，我不知道我这位合作者——也可以说是我的上级是个什么样的人物，也想不出我将怎样开展工作。

勤务兵二番进来，替我换上一盏玻璃罩子的煤油灯。问他说是郝干事吩咐的，看来，真把我当贵宾款待了。

孙景绪终于回来了，一听说我已到来，连便衣也没顾上换，就到我的住室来了。

这是个英俊的中年军官，白亮的灯光把他那穿着戎装的身影描在墙上，十分挺拔十分潇洒。他微带酒气，双颊一片酡红，更衬得两眼明亮如注，嘴角含着谦隽的微笑。他一把抓着我伸出去的手，紧紧地握住不放。就这一握我们的感情已经接通，两个誓为祖国献身的男儿豪情缠绵在一起了。

我们挑灯夜谈，谈得很投机。我信心百倍，决定协助他，在这荒凉又富庶的河套中，建立起自己的堡垒来。

老孙分析，王英虽说是已拿到蒋介石的正式委任，究竟跟蒋介石没有实质性的关系。这硬贴上去的官，一旦风云变幻，不论是阎锡山发威还是蒋介石变脸，都会立即被吃掉。趁着王英这柄黄罗伞还能遮阴，利用政治处能给予的帮助，由我打头阵，把河套地方的民运工作扎扎实实地开展起来。抓牢已经有一定影响的陕坝农业社，稳妥地掌握已有苗头的穷人会，只要能在移民中扎下根去，不愁绥蒙根据地建立不起来。

老孙又分析了我的条件。当他知道我曾在临汾教会医院中勤工俭学作过助手的往事，高兴得一拍大腿，说："真是太好，好极了！河套地区每年都有天花发生，老百姓为此十分苦恼。现在又到了种痘季节，你就以种花先生的身份下去，为乡亲们排忧解难之时，也就团结了群众。他还告诉我，后套原有一位种花先生，是个草医改行。这位先生每种一棵痘就要拉上人家一头草驴。老百姓为从天花口中夺得儿女，不得不忍痛看着他拉走了家中惟一的脚力。如今，那位种花先生，已经是骡马成群，正准备买地作地主呢。

至于种痘用的疫苗、器具，老孙嘱我到临鲁药房置办。他说临鲁药房的刘掌柜前去包头办药，怕是已经返回临河来了。

"这刘掌柜什么相貌？"我问。

他告诉我，那是位身高七尺的大汉，山东口音。"我正是搭他的花轱辘车到临河来的。"

"竟有这等巧事，真应了那句俗话，有缘千里来相会了。你可知道那刘掌柜的真实身份。"

我摇着头，但加了一句："那是个好人！"

"岂止是个好人，他是同志，同志！告诉你，他是同志。"

这刘掌柜其实不姓刘。本名房鲁泉，抱着实现大同世界的人类理想加入了共产党。北伐胜利蒋介石政变之后，与党失掉了联系，为躲避家乡的缉捕，改名刘吉瑞来到了后套。他虽只读过小学，由于在齐鲁医院工作时勤钻苦研，获得了不少现代医学知识，掌握了多科医疗常识。来后套后，在临河县开了个药房作为生计。在缺医少药的河套，他几乎是位药王菩萨。老百姓有灾有病来找他就不用说了，就是那些中上层的地主、官员，也少不了来麻烦他，请他诊病、开药。

孙景绪到临河后，得知这位能人，便有意和他接近。孙景绪发现：这位药房掌柜，既关心国家大事，又很有政治见地；且急公好义，在老百姓中很有威望。便有心吸收他入党作自己的膀臂。情况一摊开，那一向稳稳当当的刘吉瑞，竟然热泪盈眶，紧抱着孙景绪不放。这一对逃脱缉捕的战友，竟在这塞外的荒滩上相会了。理所当然，临鲁药房也就成了党在临河的一个秘密据点。

当我提到二兰子的事时，老孙笑了，说："老刘就是这么个热心人。你放心，他会想出妥善办法帮助那姑娘的。"

半月来的奔波，第一次这样身安心稳。我躺在厢房温暖的土炕上，听着飘乎而来的大漠晨风，美美地进入了梦乡。

我到临鲁药店去找老刘，一进店门，见到一位穿着天主教救世医院那种护士衫裤的姑娘，正在老刘的指点下摆弄药品，侧影似曾相识。听见门响，姑娘转过身来和我打了个正照面。那青春焕发的俏脸，竟是前日还尘封土掩的冯二兰。我惊得呆住了。二兰子爽然一笑，朗朗地说："刘大叔真是神机妙算，算定你今天前来，果然你就来了！"她见我发愣，接了一句："怎么、不认得了？"

"认……认得，你变得太快了，一点乡下女娃的模样也没有了，体体面面的一位医院里的护士小姐。"

"是么，我真的像护士？谢天谢地，真是护士我可就能跳出苦海了。"二兰子喜滋滋地说，又疑我的话不实，问老刘：

"大叔，郭大哥说的是真话吗，别是哄我吧！"

"他哄你作甚？"

"我信郭大哥不是哄我，你们都是好人，好人不作兴哄女娃。"

"凭你的机灵劲儿，进了洋医院，只要自己用心，还怕学不成护士。"我由衷地说。

"院长嬷嬷也这么说。她说是圣母给了我一颗善心，就因为我具有善心，她决定收下我学护士。郭大哥，圣母是什么神道，是不是咱们的观音菩萨？"

二兰子那认真的样儿，我和老刘都笑了。没容我接着往下问，二兰子那快人快语就像打在苇叶上的好雨一样，刷刷刷地流淌起来了。

"到临河的那天晚上，大叔正琢磨着往哪儿藏我才好时，救世医院的管事人风风火火地来找大叔。说院长嬷嬷务必请刘大叔给找一个细心可靠的人，去侍候河务口教会那传道的洋牧师老头。那老头发烧烧得胡涂了，说不出咱们的话来，就靠侍候的人精心照料。要紧的是要有耐心，要一时不停地喂水。大叔跟我商量：问我怕男人不怕？怕洋人不怕？怕要死的人不怕？说这种活其实好干，像侍候得病的亲人一样上心就行。大叔又说我呆在救世医院里最把稳，就是胡四知道了他也不敢到救世医院里去闹，那医院是通过省里的大衙门口分配到这儿来救死扶伤的。我明白，只要不落到胡四手里就有我的活路。我怕什么要死的人，再说又是个老头儿。是大叔的洋朋友，就不会算计我，就不可怕。

"大叔送我到医院一看，那老头，青虚虚的脸，不睁眼，不动弹，真跟死人差不多。我爹着胆子，按照嬷嬷教给我的样子，用一根小玻璃管往他的牙缝里滴水……滴水。

"你在临河逛了几天，我就在医院里呆了几天。

"那老头儿缓醒过来以后，竟冲着我笑了。院长嬷嬷也说我做得好，我辛苦了，叫我回家问问家人，就到医院里去学护士。"

"那你愿不愿意去呢？"显然，我这话是问得多余了。

"这还用说，进医院又安稳又能学本事，将来我学成了，还能给乡亲们治病呢。嬷嬷说家人同意了，就叫我住到医院里去。我舅是没的说了，他巴不得我有这样一个安全去处，躲过蛮会我家那个是非之地。"

我联想到农村的婚姻习俗，问二兰："你舅没的说，你还顾虑谁，是不是你舅已经给你订下了？"

"没有、没有，咱这双大脚，没人待见。"二兰虽是抱怨，并不是真心为自己的大脚遗憾。又说："财主家的女娃才缠脚，人家有人服侍。要说实打实地过日子还是咱这脚顶用。"二兰看着自己的脚，我也注意到了。她虽是天足，也照穿了女孩儿家喜爱的绣花布鞋。

"你逃难，竟连花鞋也带出来了？"我想起初遇时她那双脏兮兮的破鞋。

"难怪说男人的眼大咧咧，好瞒哄。郭大哥这么个精细人，竟连鞋面是真是假也分辨不出。告诉你吧！我就这么一双鞋，路上，我是用破布蒙上了的。"二兰开怀地笑了，却又下意识地往后撤了撤腿，把脚隐在条凳下面了。这小女儿的动作，我和老刘都笑了。

"嗨！二兰子！谁告诉你说男人的眼好瞒哄？这可是句贴心的话儿，不是跟哪个人都能随便说的。"

"是那个……那个……那个二旦。"

"这回二兰姑娘说心里话了，把个二旦也露出来了。"老刘打趣二兰，二兰的脸刷地红到了发根。

"别害臊，姑娘，这是正当的事。说出心里话，才能想出好办法。这么着吧！你去备饭，做点好吃的给郭大哥发发脚，他明天就要进乡去了。赶到蛮会时，也好给你舅捎过话儿去，叫你舅放心。"

老刘已为我备齐了行装，在写有临鲁药房的药搭子里，装有牛痘疫苗、种痘工具和一些常用药。他特意把自己配制的专治黄水疮的药面面指给我看。说："这药用麻油调了，敷在疮上，能立时解痒止水，三天后就能结痂。这一带的乡亲们很信它，称它是神面面。"

老刘还为我准备了一件八成新的灰布薄棉袍，我穿上一试，又合身又轻便，药搭子往肩膀上一搭，还真有点走方郎中的味道了。

至于我的落脚之处，他也和老孙计议好了，就住在陕坝。这陕坝是临河县的一个大镇，距临河县城六十里；虽说是有水有旱，急行军大半天就可以到达。陕坝那一带，包括二兰的家乡蛮会、韩巴图等村镇，居住的百姓大都是新移民，也有一部分自耕农，几家佃富农、几户瓦匠、木匠。最重要的是临河县的农业合作社就在陕坝。办好合作社，以合作社作基础开展工作，会方便有效得多。陕坝将成为我们党的第二个堡垒，和临河互相呼应，一旦有事便于机动。

住处，老刘也为我安排好了，住在从山西移民过来的梁玉萝家。玉萝是个木匠，又是个栽菜种粮的好把式。家里只有老婆娃儿，房子也宽绰。从我来说：老乡找老乡会方便得多。那写有临鲁药房的药搭子便是信物。玉萝一见药搭子，便知道是药房的至近朋友，准定好好照顾。

话题转到二兰子身上，老刘这几天已经询问清楚了。那陕坝的一霸胡四，虽是民愤很大，还不到除他的火候。他已谋划了一个周全的对策，能制着胡四不敢招惹二兰。他把计谋悄悄说给我听，等吃饭时再向二兰摊牌。

二兰喜孜孜地端上来盐水卤羊头，这羊头煮的不瘟不烂，味道不咸不淡，这香喷喷的羊头，吃得我赞不绝口。

"嘿！好二兰，你这厨下的手艺，绝能赛得过财主家的大师傅，我封你为能人。"

"我算什么能人，连自己个儿都护不住！"二兰撅起小嘴。

"二兰，我计谋了一个你自己能护住自己的好办法，叫那胡四干瞪眼不敢对你下手，就不知道你有没有胆量干？"老刘盯着二兰说。

"好大叔，怎么个计谋，怎么个干法，快说给我听。"

"省里每年都派人下来实地调查罚烟亩税的事。听说今年派的是董专员。这人是绥远省主席傅作义的人，十分干练，也还能秉公办事。

他正要到陕坝去，当他上了黄图拉海大桥，你就……"

"我明白了，莫非你老要我去告状？"

老刘点了点头，我补了一句："就看你有没有这份胆量了。"

"怎么没有。"二兰一挺脖子。

"那你知道怎么个告法？"

"没告过状，还没看过大戏里拦轿喊冤的吗！"二兰略一沉吟，立即揪着老刘的胳臂，摇晃着："大叔，告状的人都举着状纸，我也得有一份状纸才行，你老就给我写一张吧！"

老刘微微一笑，向二兰一努嘴："我那两笔不行，这里有秀才。"

二兰跳下炕去，正面向我深深鞠了一躬，还联带着拱手作揖。

"老郭大哥，你就发发善心，救救我这苦命的妮子吧！"二兰一情急，连姥姥老家的称谓都带出来了。

"状纸老郭大哥给你写。不过，你要打赢这场官司，还得有一个人。"

"谁？"

"二旦。"

"他顶屁用，就知道挖渠，死受。"

"这可少他不得。你掏心说，爱不爱二旦，愿不愿意跟他过苦日子？"

这话可问得太直截了当了。连大城市里的姑娘们还不能正面回答这样的问题，何况这是封建习俗占压倒优势的河套。我吃惊地望着老刘，老刘一本正经，连眼皮都不眨一眨。我再去看二兰，只见那姑娘的脸先是飞红接着转紫，额上青筋直跳，紧紧地啮着嘴唇。

老刘又攻了两句："二旦那个穷小子，如你所说：就知道挖渠死受。一年到头，怕是连给你买件衫子的钱也捞不下；你若是随了胡四，华丝的袄儿任你穿，天天都能吃上卤羊头，你舅也可以得上一份财礼。"

"大叔可把人瞧扁了，我舅拉扯我，可不是为了拿我换财礼。我不愿跟胡四，是因为他不行人事是头畜牲。我这个人是穷，可不能任畜牲糟蹋。"二兰急煎煎地说，眼泪大滴大滴地涌了出来。

"好志气！"我赞了一句。

二兰瞧瞧我，瞧瞧老刘；又瞧瞧老刘，瞧瞧我，认真地说："我悟出来了，大叔是在试探我。大叔！你老就放心吧！我的心铁定铁定，就是不去侍候胡四那畜牲，刀架到脖子上也不去。告状得有二旦，我也悟出来了。是说我早已许给了二旦，胡四这是强抢民女。只不过……我和二旦，只是我舅和他爹口头上说下的话儿，没过明处。"

"这不要紧，到时候我们给你安排下证人，证明你舅已经把你许给了二旦，这个你尽可以放心！"

这二兰姑娘如此有胆量，又这样有心计，善解人意。我和老刘不由得相视而笑。二兰兴孜孜地找来笔和纸，又磨起墨来。我只好展开那张毛边纸，写道："告状人冯二兰，状告北桐树乡牛坝头儿胡四抢亲一事……"

二兰把我写就的毛边纸状纸，小心地折好正要往怀里揣时，老刘却又要了过来。他仔细地看了看说："我兄弟这笔字也不行，没写正楷！待我找个人给你誊上一张正楷的。"

我只怕是状纸的词儿写的不合适，老刘向我了眼睛，悄声说："最好不暴露你的笔迹！"

这么细致，我可真服了。

老刘说："估计专员还得个十天半月才能去陕坝。这种官，一般不肯管闲事，咱们也不指望他管，为的是把二兰和二旦的事捅在明处，臭臭胡四，警告他不可胡来就是了。"

四

按着老孙的嘱咐，我不慌不急地离了临河向陕坝前进。我心里有数，只要两星期内到达陕坝，就不会误了二兰子告状的大事。这边走边熟悉民情的做法，使我增添了许多实际知识。移民们那置于死地而求生的坚韧使我感佩，那近似原始的简陋生活又使我痛心。作为农民的儿子，我知道这荒滩的土地含有多大的潜力。开发起来真是聚宝盆。可这里却是官去匪来，匪走官到，难得有个发展生产的安生日子。这里需要的：真的是马、恩经典中昭示的新秩序新社会吗？这落后的生产方式生产力能够支撑新的创建吗？我对我那来自书本上的理想不满足了，但我还没悟出更好的道路来。

季节已是仲春，娃儿们急需种痘，看起来能够在实际中为老百姓做好事，能够把知识带进荒原，该是我眼下的最佳行事了。

串户过村，乡亲总是留住我不放，要求种痘的、要求治黄水疮的、要求治病的，常常是这家没治完那家已经等着了，我忙得脑袋都发胀了。老刘给我的治黄水疮的药，果然神效，真是件宝物。因为缺少防治这种皮肤传染病的常识，常常是一家子大人孩子全长黄水疮。种一个痘我收一毛钱，给一包治黄水疮的药面收一毛钱，其他头痛脑热的常用药我也收一毛钱。实没钱的就以后有了再给。这没有现钱还能后交的做法，对那些平日难得见上现钱的庄稼人来说可真是件不寻常的事。从临河到陕坝，六十里路没走完，我的名声就传开了。说的是，从省里来了个年轻郎中，治病的方法多，种痘的手法更高，说说笑笑就把痘种好了，娃儿不哭也不闹。不像原来的种花先生，得铺排半天才拿腔作势给娃儿种痘，吓得怕痛的娃儿乱哭乱嚷。这个郎中才真是个好人、能人。

我种痘种得快，是按着医院里的正规手法，老先生的铺排是故作渲染，为的是拉人家的草驴。这并不是我有什么高明之处。不过，被人称赞总是件开心的事，何况我心里还埋着更大的愿望。我在心里说：我岂止是给你们种痘治病的，我是来帮你们治苦斗穷的。有朝一日，大家都能吃饱穿暖，过上不受欺压的日子，那我才不愧为好人能人呢。

这天串户种痘之后，见天色尚早，估摸陕坝已经不远，便想径直去梁玉萝家。路不熟，一下子走进芦苇荡，左拐右绕，好不容易来到了干地上，不但鞋子沾满了春泥，连袜子也湿了，索性坐在路旁，脱却鞋袜晾晾干，就便歇歇腿儿。

仲春过午的太阳十分温暖宜人，那高翔入云的云雀唱得声声悦耳，小风拂在脸上温存得撩人。我迷迷胡湖，竟然打起盹儿来了。

忽然，似乎是起风了，风儿在轻哨；又似乎是落雨了，雨儿淅淅沥沥。我睁开眼睛仔细辨别，才判定那是歌声，是芦苇荡里传出来的轻曼的歌声。

唱歌人悄声轻吟，几个折回之后，渐渐放开嗓子唱了起来，唱的是我一路听熟了的后套的民间小调，是个女孩儿的声音。肯定是个聪明伶俐的姑娘。她在这个人人会唱的小调里谱进了自己的旋律，加了花音，使原来高亢苍凉的曲子变得欢快动人。细品歌词，更使我惊讶不已，她唱的竟是这样的词儿：

后大套的草儿青又青，

后大套的黄河水泅又泅，

后大套的姑娘精又灵，

精又灵哟！精又灵，一心挑个好后生。

好后生、哟哟、好后生。

在精又灵的剎句上，在好后生的叠句上，随意翻高随意折回，婉转跌宕，十分清亮俏皮；恰似碧空中无拘无束高歌着的云雀，听得人心荡神移。女孩儿家那渴望爱情、向往幸福的纯贞情愫，随着脉脉春风直上九霄，在耳边缠绕，余音未尽。

我很想过去看看这位如此会唱歌的姑娘，又一转念控制了自己。这里与蒙古族杂处，虽然男女界限不是划分得那么严格，却也没到男女完全能够自由交往的程度。我身负重任，为了不在男女交往上惹麻烦，和陌生的姑娘打交道还是谨慎为好。想是这么想的，做也这么做了。我年轻的心却无端的惆怅起来。人家都说河套出美女，二兰子就够招人喜欢的了，这唱歌的姑娘，说不定比二兰子还要俊俏。她的歌唱得多么动人啊！我望着苇丛，竭力搜寻唱歌者的身影，却只见有几束摺倒的苇子没见到人。又不便就此傻等下去，只好穿齐鞋袜上路了。

梁玉萝确是个热情汉子，他一见我背的药搭子，二话没说就招呼媳妇烧炕做饭；一面引我到给我拾掇好了的屋子去看住处。那单间房，炕上的席是新编的，炕上的小木桌是新打的、地上的土是新夯的，特别是那糊得白生生的窗户上，还安了块亮生生的方玻璃。这可真是间上等的住房。玉萝嫂见我笑容满面，对我说：

"俺家娃他爹是个实诚人，就怕你们大地方来的人嫌脏嫌乱，打了两个夜工收拾的。那块玻璃，还是特地从五原捎来的呢。"

"太费心了！太费心了！"我连连拱手致谢。

"看你说的，俺们可没把你当外人，你中意就好。老刘大哥是俺娃儿的救命恩人。娃儿得了肺炎，喘得和拉风箱一样，眼瞧着就要把小命送掉。刚好老刘大哥在陕坝办事，请了他来，又是打针又是喂药，帮俺守了两天，娃儿才缓过气来。经老刘大哥指点：俺们才懂得了病从口入这个道理，才懂得了日子要讲究卫生才少得病的道理。你看，俺们一家子，就从不长黄水疮。"

"别又念你那套卫生经了，老郭兄弟是大夫，你瞎卖弄个啥！"玉萝呵止着媳妇，见我满意也就安下心来，拉我上炕坐好，拉起了家常。

原来玉萝这院里住有三户人家，玉萝住的是东厢房，西屋住的叫赵广志，只有母子二人，赵广志也是位木匠，常和玉萝一块搭帮作活，两家走得很近。正屋里住的姓孙，说是早年逃旱荒，由河北顺德府推独轮车过来的。如今，老当家的已经过世，两个儿子业已成人。老大在临河县当警察，带着媳妇在临河过。老二领种大地主齐老三的地，为人颇颇的精明能干，齐老三事事依靠他，差不多就是齐家的二掌柜。孙家的日子过的一天比一天强，如今，孙二正准备办喜事娶媳妇。老三是个姑娘，大名叫做孙秀莲，人们都习惯叫她三妹子。说是标致得在陕坝数一数二，还没订下人家。玉萝嫂说那姑娘心气高得很，一般人都没看在眼里。

　　说话之间，听得院子里有苇子擦地的响动，玉萝嫂扬声问了：

　　"是你吗？三妹子。"

　　"娘说要编领苫席，我去割了些苇子。"

　　"用得着你自己去割？"

　　"自个儿选的合意，编起来顺手。"

　　语声圆润活泼十分入耳，好像在哪里听到过似的，我想透过方玻璃看看，却又不好意思。

　　天黑下来了，玉萝嫂拿进来一个挂釉的小灯盏，油注得满满荡荡，放了两根灯芯。看起来这两口子的小日子过得不错。手艺人能赚点工钱，就是比种地人宽松得多。

　　农家总是觉睡得早，和玉萝天南地北地扯了一阵便各自歇下了。躺在暖溶溶的炕上，盖着玉萝嫂刚刚浆洗得滑溜溜的被子，上下眼皮便止不住地往一块粘。连日行医，东乡一宿西村一夜，再没见到像玉萝这样干净的人家。看起来，老刘已作了不少工作，他已经把清洁卫生的意识一点一滴地渗进荒原里了。

　　朦胧中猛然回过味儿来，为什么三妹子的语声听得有些耳熟？她不是割苇子去了吗？苇荡中唱歌的姑娘就是她吧！果真是她，没跟她搭讪倒好。一个哥哥是警察，一个哥哥正往佃富农的路上走，跟老百姓是两股道上的车，怕是难以走到一条辙上来。想是这样想着，耳边却总是回绕着那圆润的语声。我不禁为自己害羞了，工作还没完全展开，却为一个不曾相识的姑娘如此牵情惹意，这可从哪里说起。

正待朦胧睡去，忽听得两声冷枪，急急凭窗外望，远处有点点火光。

"不好，有情况。"我急速翻身穿衣，下炕出门，只见玉萝已在院中，声音低而惊慌："芦正奎来了，说是来跟陕坝人算账。"

这芦正奎——孙景绪已然向我作过介绍，他是河套地区土匪的大头领。九一八后投了汤玉麟，已经捞上了师长。这番突然返回陕坝，莫非是蒋记的安内政策又有新招数？凭着组织群众的经验，我以为还是把老小先安置了最好。我捉着玉萝的手，问：

"这芦正奎伤人不？"

"早年，他专要大烟土（鸦片），一般的不祸害人，只是他手下的那帮畜生，可都是走花道的。"

"那就把老小先安置了再说。"

"就是不知去哪儿藏才好。芦正奎是这儿的土行孙，能藏住人的所在他都门清。"

"有个浅洼这两年才淤起来，那里的苇子密得很。许多人还没注意到那块淤地，芦正奎怕也还不明细，路不远，就在大路边上。"

竟是那个入耳即溶的语声搭了话。声音虽然很急，却并不是慌得没有了分寸。

"就去浅洼，玉萝哥，你开路，嫂子们随着你，我断后。有什么情况，就咱俩人对付，女人们别出声，紧急时就趴在地上，可保安全。"

"郭春这主意不错，就听他的！"

玉萝嫂却哭起来了，娃儿还睡在炕上。

我叫他们先走，三脚两步抢进屋去，背起睡得懵里懵懂的娃儿就走，按着大路的走向，一会儿便追上了一行人儿。正待问询，一只温软的手扯了我一把，我安心了，这是玉萝的小队。

天墨黑墨黑，仍然有零星的冷枪飞过。玉萝嫂接过娃儿的瞬间，我直觉有一双俊眼盯着我。西屋里的赵广志去临河县作活儿不在家，赵大婶就是腿软，迈不开步。我架上她，深一脚浅一脚地前行，鞋子粘满了春泥，越走越重。

忽然，一匹走马急驰而来，马打着喷嚏，已然放慢了速度，马上人问了：

"是梁大哥吧！我是孙二"。

一个苍老的女声扬起："吓死人了，是芦正奎那丧天良的狗杂种吗？"肯定这是孙大娘了。

"不是，是他手下的大总管匡彪。说是跟匡彪相好的周寡妇被别人占了，匡彪回来插杆竖旗。如今，他们招了安，不愿多惹事，打了几枪撤了。齐东家不放心咱家，叫我回来看看。"

孙二把老娘扶上马去，也扶上了那位姑娘。玉萝嫂靠定男人，安心地舒了一口长气。赵大婶扯着我的膀子，千恩万谢起来。

这是一场真正的虚惊。

马蹄踏着苇叶远了。我没能看清那位玉女，星星不肯给我帮忙，墨黑的上空，一颗眨眼的星儿也没有。

五

从临河到陕坝的来路上，我听见了许多有关农业社和农业社带头人白英的故事。说白英如何巧击民团为老百姓排忧解难啦，说白英如何制服混混为老百姓撑腰啦，说他如何倡议组成合作社为老百姓买荒垫底啦，等等等等。

　　孙景绪更不无激情地告诉我，白英是个可靠的同志，是1927年归绥特支发展的共产党人之一。不足之处是文化不高，关键时机把握不准。他又说：白英有了你这个合作人，就是老虎添了翅膀，吼起来，黄河都能倒流。号召什么，众人绝是百随百从。条件成熟，不愁我们的绥蒙抗日根据地建不起来。

　　到陕坝的转天，我便径直去农业社去见那白英。

　　农业社的办事地点，是三间半埋在地下的土窑。涉滩过坡，很容易就找到了这临河全县移民都心向往之的农民自己的组织农业合作社。据说：这三间土窑就是白英倡议，众人出物出力盖起来的。下了四阶黄土夯实的台阶，一扇窄窄的木门牢牢靠靠地撑住了那夯实的土窑顶，窄门两侧，各有一扇小窗，还都按了当地金贵的玻璃。

　　门关的严严实实，我敲了敲，无人应声，我窥看小窗，窗玻璃蒙着烟雾什么也看不清楚。我推了推门，里面有人吼了：

　　"今日不办入社的事，改日吧！"顿了顿，又加了一句："听信儿吧！"

　　显然是把我也当成要求入社的农户了。说是农业社敞着大门，谁进都行，这又是为什么？

　　"白英大哥，是我，是临河下来的种花先生，我是郭春。"

　　窄门霍地被推开，一个裹着一团烟雾的人冲了出来。

　　"大兄弟，你可来了，我正等着你来出主意呢，快进去说话。"

　　"是白英大哥吧！"

"那还有错，不是我能是谁。"

白英紧紧握定我的手，那手劲儿注满了全身的热情，他拉我进窑，把我捺坐在一条长板凳上，窑里，只有一张带抽屉的小桌，四周散放着板凳和麦秸编就的蒲团。显然，这是农业社的议事厅了。

这白英，四十开外的年纪，中等个头，身子骨虽瘦却很结实。脸膛黑里透红，一双丹凤眼，两撇小八字胡，看上去不但精神还略显威严。原来是他一个人闷在窑里抽烟，把小小的土窑抽成了烟雾海。他扯我进窑时，那羊拐骨雕就的小烟袋，兀自渗着丝丝轻烟。

"白大哥，出了什么事吗？"

"大兄弟，说来话长……"

这临河县陕坝镇的陕坝农业社，不是大家合伙互助种地，而是合起伙来一同买地——买官家放垦的荒地。国民党政府，历年都在适当的时候向移民发放荒地。历年发放的荒地，绝大部分都被老财勾连官家买了去。一些小有积蓄的自耕农、瓦匠、木匠等小手工业者，地处穷乡僻壤，信息不灵，往往错过了官家放地卖垦的机会；幸而遇上了，又由于能买的亩数小，放垦的官员嫌麻烦不愿受理，就这样错来差去，有的盼了几年还没能买到荒地。土地本是移民的命根子，他们认为，只有踏在自己的地块上，那才算得上是在河套里扎了根，落了户。

白英已是第二代移民了，很懂得移民们渴望土地的心理，便计谋着想个什么好办法能够帮助移民买上扎根的土地。组织起来力量大的真理他深信不疑，便和众人核计成立这么个合作社一同买地。你三亩他五亩凑成大数，不怕官家放垦时嫌小不予受理。为了不错过放垦卖地的时机，又派了镇上见过世面又能说会道的苏子华进省城活动；苏子华的活动经费，便是众人入社时交的一块光洋的入社费。

我到陕坝的那天，人们正哄传着农业社得了官家下的委，还得了官家发的印。见了白英，第一件事就是想把这个情况问问清楚，一见他不是兴高采烈，而是一个人闷头抽烟，便料定其中出了蹊跷。

"白大哥，人们说合作社得了官印？"

"那算什么官印！我还拿不准这件事该怎么办时，人们就哄说：今年放垦就要从农业社放起，哄得连小地主也要挤进社来和大家一同买地。最盼土地的渠工们，手头紧没现钱，急得什么办法都想出来了，他们要求三毛、两毛地交着，先要下来入社权，慢慢补齐那一块光洋的入社费。我什么都没应下，我怕这是苏子华耍花招糊弄人。那狗日的在省城浪荡逍遥，把众人的钱糟蹋光了，弄了个什么破印来搪塞。可这件事还不能公开，怕大家情急中炸窝，我正愁着，你就来了。"

"把苏子华捎来的印给我看看！"

他从抽屉中拿出一个木头疙瘩来，足有一方砚台大小。我细看那刻在印上的字。那字似篆非篆，似草非草，张牙舞爪，不伦不类。更不成体统的是：那"临河县农业社"六个大字，把印面胀得满满，"之印"两个字挤在一角，却又用了正楷，这"之印"两个字明明是后来硬挤进去的，完全没有正式印章的架式，肯定是苏子华随便在哪个小刻字作坊里临时刻出来的。这东西，若包上个黄包袱皮，放在公案桌上，做大戏舞台上的道具还行。

"合作社不是叫陕坝农业社吗？"

"这又是苏子华的一个骗人招数，你看，还有这个哩！"白英愤愤地说着，从抽屉里抽出一张纸来递给我。

那是一张批文，是绥远省国民党省党部的批文。批文很简单，写着：批准农业社为临河县农业社。

我琢磨了一会儿，说：

"白大哥，历年官家放垦，是省党部管还是省政府管？"

他答："是省政府的放垦局管，这还用说。"

"既是放垦局管，这省党部的批文，往好里说：只不过是给放垦买地垫了个底儿……"

他抢过话茬："要是往坏里说呢？"

我说："只怕这不过是苏子华玩的一个花招，他运动了省党部的个别人，讨了这张盖有官印的批文。又刻了农业社社章用来搪塞农业社，这不痛不痒的公文，真到节骨眼上，怕是啥用也不顶。"

白英一拍大腿，爽快地说："是这么个理儿，我被众人的热情搅昏了。你听听人们是怎么说的，说农业社得了官家的委啦！说农业社有了官印啦，说放地就从农业社放起啦。真格地说：这省党部的批文，废纸一张。"

我笑了："你关起门来抽烟，也挡不住这要求入社的雄风啊！"

白英也笑了，说："我这不是闷头想主意呢嘛。"

我俩分析了形势，认为目前还不能向社员交出苏子华的实底，这非引起公愤不可。借着省党部的这纸批文壮壮农业社的声势也罢。但也不能由此放手，由白英话里话外向社员说明，这省党部和省政府放垦局是两个对等的衙门，真买地还得有一番周折。由我给苏子华写封信，一是命他向省党部讨个实底，二是命他速速联系放垦局。

我问白英："盼入社买荒的人哪些人最急切？"

他答："最急的就是渠工，这些人还没在河套站住脚，主要靠给财主打短工，困难得很。"

"那不正是咱们的堡垒，咱们的基本群众么！"

"就是为这个，怎么想个主意帮帮他们才好。"

渠工——是引黄灌溉中最苦的活络。黄河泥沙量大，每年春末都必需清淤。清淤有专人管理，按受益地亩摊交清淤费。干这活的一般都是新移民户，家底子薄，又值春荒，财主总是把工钱压得很低。

白英思摸了一会，说："大兄弟！你想个万全的主意，看能不能叫渠工拿到工钱。拿到工钱交入社费，他们也就心安了。正像你说的，渠工是咱们的堡垒啊！"

"挖渠是临时工，不是应该现作现得工钱吗？"

"这你就不明白了。清淤中受益地亩多的都是地主大户。河套中的地主，一般兼营商业，他们拣一些生活必需品，低价进高价出，秋后用这些物品结算工钱，又多赚了一笔。"

"不能不等到秋后再结挖渠的账吗？"

"这是多年的积习，一时难以改变。"

"既如此，怎么也得想个周全的法子，既能叫渠工得利，又不扰乱大局才好。"

"好兄弟！你就下心琢磨琢磨吧！你也不用回梁玉萝家了。咱俩好好说道说道。哥哥我可是很久很久没遇上你这样的知心人了，咱俩打个通脚，说上一夜，你帮我解解心中积下的疙瘩。"

白英说着，拉我进了农业社的里间，一铺土坯炕，占去了半间窑面，炕上，真有一卷铺盖。

白英的爽直、淳朴，急公好义的行事作风一下子缩短了我和他的距离。我二话没说，便把随身的药搭子放在土坯炕上，真心诚意地留了下来。可心中那份惹情牵意的心事却按捺不住，我装作不在意的样子问了：

"白大哥！昨晚上说芦正奎、又说不是芦正奎，到底是怎么回事？"

"是那个狗杂种匡彪，匡彪的老相好周寡妇张罗着再嫁人，匡彪忍不下这口气，回来找那人算账，那人早吓跑了，倒是周寡妇有主见：承认是自己找的那人，不是那人找的她，算什么账都跟她算。"

"这女人真不赖！"

"这里的女人都是好样的，就拿女娃们来说吧！十个有八个不愿意嫁给有钱的洋烟猴（对吸鸦片人的蔑称）。你住的那院里的孙秀莲，就死活不肯应下嫁洋烟猴的婚事。那女娃俊得紧，是套里有名的美人儿。"

"她那二哥怎样？"

"是个有心胸的人，给齐老三管家，管的很有门道，还没有什么仗势欺人的事。"

"刘大哥可曾跟你说了二兰子的事？"

"对着咧！那二兰子也是个有主见的姑娘，这抗胡四，抗得对。咱们细细地谋划谋划，能叫渠工拿上工钱，能把二兰子抗婚的事过在明处，咱可就办了大好事了，穷人会也可以进一步得到巩固。"

"什么穷人会。"

"老孙没跟你透过？"

"没有。"

"这是老孙的仔细处。这穷人会，才开头。我在农业社里挑了几个最明事理的穷哥们凑在一起，就定了这么个名字。这可都是肝胆相照的弟兄，赴汤蹈火不皱眉头，等闲下来，你好好开导开导他们。不过，现在还不能公开身份。"

按着我和白英的计议，我先来作渠工的工作。

这天，我带好疫苗，又多带了些治黄水疮的药面，到渠工最多的河务口渠段上去了。

渠工们见到我，望了望我肩上的药搭子，便有人问了：

"你就是刚下来给娃儿种痘的郭先生吧！"

我点点头。

一个中年汉子，索性停下手中的铣，走到我的身边来了。

"郭先生，你来的可真是时候，娃儿们盼种痘，眼都盼直了。人们都知道，你种痘手法又高钱要的又少，再没人请那位老先生了。"

"是么！我抢了老先生的饭碗，老先生可饶不下我哩！"我笑着答话。

"饶不下你怎么着？这叫凭本事吃饭，他要不饶，俺们就护着你。"又一个渠工仗义地说。

我问来到我身边的中年汉子："这位大哥上姓？"

"我叫王二虎。我那三个娃儿是去年请老先生种的花。那糟老头子愣是拉走了我家怀孕的母驴，害得我没有了脚力。要知道有你这个郎中下来，今年再种怕也不迟。"这王二虎是农业社的骨干，更是穷人会成员之一。白英已向我作了交待，叮嘱我，找渠工，先找他。

"这么说，王大哥，你是用不着我了。"我仍然开着玩笑。

"不不不，郭先生，听说你有治黄水疮的神面面。娃儿们黄水疮长的满头满脸，痒得光是抓，抓了又痛，痛了就哭就闹，吵得人心烦。我正想找你讨药去呢。"

"那好吧！我就去给你家的娃儿治黄水疮。"

"这段清完，就该收工了，咱们就家走，你先坐下歇歇腿儿。"

我坐在渠边的小土丘上，望着渠工干活儿。只见一个壮壮实实的青年，那铣耍的就跟孙悟空手中的金箍棒一样，上下翻飞，看得人眼花缭乱，见的是细土扬起落下，扬起落下。

"嘿！好利索的工夫！"我不由得赞了一句。

"人家豁命干，为的是攒钱娶媳妇。"王二虎向我眨了眨眼，打趣那青年。

青年哼也不哼。

我有意搭讪，问青年："给哪家挖的？"

青年还是不哼，二虎说了："沙沟沿刘七家的！"

"挖一天给多少工钱？"

"财主不给现钱，记账，秋后一总算。秋后也不给现钱，给点布啦！盐啦就顶了。"

"不能向财主要现钱吗？"

"财主不给！"

"想个办法叫财主不得不给！"

"哪有那样的好法子，人家是财主，跟官家穿一条裤子。财大气粗，咱们说不过。"

当晚，我住在王二虎家，给他的三个娃儿治黄水疮。娃儿们那满头满脸的黄水疮，痒了又不敢抓，那尴尬样子十分顽皮可爱。我给他们敷罢药，教他们洗干净手，不要碰那疮面。只不过一顿饭的工夫，疮便不那么痒了，喜得娃儿们在土炕上翻过来滚过去竖蜻蜓，学鸟叫，乐成一团。王二虎金金贵贵地拿出三毛钱给我药费，我不收，二虎感激不尽，奉我为大善人。说闲话间，二虎向我讨教了。

"郭先生，你说能叫财主给挖渠工开现钱，可真有这等好办法？"

"这办法是有，可一个人办不成。你找几个信得过的人来，我给你们说说，你们再琢磨琢磨，看可行不可行！"

二虎串联了几个至近的渠工，那个耍铣的青年也随着来了。我猜，他一准是二兰子的相好崔二旦。

二虎告诉我，这二旦本是陕西神木县的人，那年榆林军抓夫，崔老汉怕自家这根独苗苗被他们抓走，便带二旦逃进了后套。三问两说和齐老汉套上了远亲，刚好齐六十五丧了屋里的，两个孤身老汉便搭帮种起地来。齐家人丁不旺，媳妇过门没能生养便撒手西去，寡妇姐姐也染上流行瘟疫死了。齐六十五便横下一条心，不再续娶，一心把甥女二兰子拉扯成人。这一对实打实的庄稼汉，说话办事就像出自一个心眼、亲密得跟一家人一样。二兰子自自然然地拥了这么个小哥哥，两个人顺理成章的都把那一个看成是自己的人了。

众渠工进屋，二旦仍闷声不哼，只静静地听着渠工向我问话。

　　我向渠工讲明，为什么这个时候向老财要求挖渠开现钱工钱，财主无法不给的道理。季节不等人，财主最怕的是误了淌水浇地，误了春种。挖渠之时人工紧张，只要渠工抱成团，不给现钱不挖，财主没地方找人，自然就会软下来。再说：挖渠是临时工，就该挖了就开工钱，合理合法，一丁点儿不出格。这临近播种的季节，水上不来，麦种不下去，那可是误了一年收成的大事。所以说，这个季节，不是渠工求老财，而是老财求渠工。

　　渠工们听了，头是点了，就是害怕不敢干。

　　我叫他们再去找明白人说道说道，看这招儿行得通行不通。最要紧的是得快，一过这短短的春脖子，这办法可就不灵了。

　　二虎们找上白英，又找上蛮会小学的杨子华老师。这两人都是渠工们过得知心话的人。杨子华说这招儿能行，先找那平日不苛刻的地主试试。白英更教给渠工们罢铣的具体行事。渠工按照白英所教，扬言说："今年春泥重，挖的膀子都麻木了。想找点现钱买个硬馍吃，人家不给钱。这也办不到，还不如回家养养，喝口糊糊也就过去了。反正拚死挖渠，也轮不到渠工受益。"

　　在刘七地段上挖渠的二虎一行，首先罢了铣。绷了两天，刘七见天一天暖过一天，真要是渠道拥泥淌不来水，这上顷春麦难以下种，那可不是从渠工工钱中得到的微利所能补偿得了的。便命令管事的郝头给渠工们开了工钱。

　　二虎们罢铣的胜利，像一簇火把，照亮了全河套挖渠工人的心，三大渠的渠工、河务口的渠工、蛮会镇的渠工，纷纷罢铣，要求财主开现钱。财主们稳不住了，开明些的，按照刘七的作法，给渠工开了工钱。顽固些的便指派工头威吓工人，说要抓带头的送官治罪。说天下穷鬼有的是，你不挖还有他挖。更有的说：准是红廿四军的赤匪又来兴风作浪。

白英暗中稳住众人，指出这不过是老财吓唬人的招数，事情明摆着：这么重的春淤，这有数的移民，这么金贵的春时，谁不明白。只要众口一词，罢铣是自愿，怎能找出什么带头人。更根本的是：挖渠是临时工，就该现干现得钱。

七

渠工罢铣，惹恼了视钱如命的老财不说，更惹恼了那位要霸占二兰子的民团大队长胡四。这个地痞加兵痞的土霸王，被贫困移民敢于抱团、敢于冲破旧规矩、敢于和地主抗衡的举动气得五佛出世，七窍生烟。他认为：这是扫了民团的威风，更是打了他胡四的脸。他扬言，这种犯上的事，一准是漏网的红廿四军鼓动渠工干的。他在蛮会镇上、陕坝镇上，大肆咆哮，吼道："谁敢犯上，就逃不脱我胡四的手掌心。谁敢不按规矩走，谁的脑袋就随时都能搬家。"他更怂恿老财们上县里去告状，请县里派侦缉大队下来，协助民团剿匪。

剿匪不剿匪的，老百姓并不往心里去。防的是民团借着这个缘由前来勒索。胆小些的，把金贵的鸦片烟膏藏好；院子里散上几只母鸡、一只小羊羔什么的，以便打点民团瘟神，免得瘟神找茬儿。

孙景绪捎信来，要我掌握策略，万不可卷入公开的抗争。提防胡四要抓我这外来的走方郎中作人质，扣你一顶漏网的红匪帽子，去向地方士绅请功，去为民团讨得更多给养；他更捎来一纸盖有骑兵三师司令部印章的公文，证明我是三师政治处注册的上士医员，奉三师指令，下来为老百姓种痘，以遏止天花流行。这周到的安排，使我感佩不已，这才是干革命的大手笔，知微善处。我那为渠工罢铣胜利滋生的以为自己为群众作了大好事的沾沾自喜，立时消失得无影无踪。细想起来，功劳并不能全归在我头上，还是白英大哥作的总结对：一是恰逢天时（今年春脖子短），二是拥有地利（渠中淤沙严重），三是又喜人和（二虎等人敢于发难），有了这有利的天时地利人和，一经点拨，群众便行动起来，我只不过起了个点火的作用而已。看起来，白英等老一代革命志士，就是深谙民情，只有深谙民情的人才能真正为老百姓出谋划策，真正为民造福。

这下子可好了，我这走方郎中披上了骑兵三师的虎皮，小打小闹的麻烦可以迎刃而解了。

既是郎中，就要真正具有看病的本领才是。托老刘大哥找的上海出版的《家庭医药大全》不知找到没有，治黄水疮的药面手头也没有了，向民间草医学习所采的草药，我晒在住屋的外窗台上，这两天有雨，不知淋湿了未？一晃就在农业社住了十天，我是得回"家"去看看了。一想到家，那不也是三妹子的院落吗？那恰似春风飘上天际的欢快歌词蓦的兜上心来：

"后大套的姑娘精又灵哟！精又灵，一心挑个好后生！"

我算不算一个好后生呢？自己也为这个不着边际的思路哑然失笑了。怎么说也是该回家去看看了。

我向白英说好，回家转转就来。

一踏进我的小屋子，就感觉满屋生光，比往日亮了许多。仔细查看，原来是那块窗玻璃擦得锃亮，一汪水似的。再看看，我晒在外窗台的草药挪进了里窗台，一束束原样摆着。那些杂七杂八的药品、书本、报纸也都分开大小摆放得整整齐齐，拂拭得连个尘星儿也没有。更使我惊奇的是：我丢在炕角的一双烂袜子，洗得白生生，细针密线，补得结结实实。我心里发热，想可真得好好谢谢玉萝嫂，我这样的毛头小伙子，在精细的当家人眼里是看不过去的。

玉萝嫂见了我，笑吟吟地说这说那，就是绝口不提帮我拾掇屋子的事。我耐不住，只好开口道谢了。一句谢话还没说全，玉萝嫂笑着打断了我，说："给你拾掇屋子的可不是俺，给你补袜子的更不是俺。有个人，人家甘心情愿，你要谢就谢本主去！"说罢，向正屋努了努嘴。

什么？是那位会唱歌的姑娘给我拾掇的屋子、给我补的袜子？这就奇了！我还没正式见上她一面，这可从哪里说起。

玉萝嫂见我发懵，使劲儿拍了拍我的肩膀，轻声说："你虽没跟人家搭过话，人家可早就相中你了。你暗夜中，领着咱院的人逃芦正奎那副果断劲儿、你那神医的好名声、你那堂堂的一表人材又是一肚子学问，能禁得住人家姑娘动心吗？俺就提醒你一句，别辜负了人家的一片真心。"

我被玉萝嫂打趣得涨红了脸，心儿也不免甜甜地震颤起来。可人还没正式见过，这别辜负人家一片真心又从何说起。

忽然，谁在大门外问讯，玉萝嫂迎出去，立即引进一个人来。那人穿戴齐整，手里还提着根马鞭子，显然不是种地的把式。

那人向我说："郭先生，你叫我好找，听说你在蛮会，我去了，说是你刚走去了河务口；待我赶到河务口，你又是刚走；后来找到了农业社，经他们指点才找到了这里。"

这架势，我否认我是郭先生也不成了，身边的药草便是明证。再说玉萝嫂引他进来的时候，想必已然说清楚了。

玉萝嫂见我不搭腔，忙说："这是刘七爷家的大管事郝头，玉萝给他家打过柜子。"

我只好问了："郝头，你找我有什么事？"

"请你去给东家的大姑娘瞧病。"

"大姑娘是什么病？"

"说不清，汁水不愿进，弱得一阵风就能吹倒。"

"这么说，是个疑难症候了，怕是我治不了，你另请高明吧！"

郝头有些着急，忙说："你郭先生的名声早就传开了，这套里的人哪个不知！为此，东家才派我来专程请你。要说么！大姑娘的病也经过几个大夫了，就是不投缘，大姑娘吃了所开的药就吐，没一位治得见效。今天我若是请不到你郭先生，东家准定怪我不尽心。看在梁家嫂子的面上，你就帮兄弟个忙吧！"

这刘七是个拥有千顷良田的大地主，长工几十个，庄院好几层，单是护院的枪就有几十杆。据说待人还宽厚，没什么倚势欺人的行事。带头给渠工开现钱工钱的就是他。可他究竟是个大地主，和他打交道得慎重。我犹疑片刻，思谋出一个好主意来。

"这么着吧！郝头，今天天已经不早了，我明天一早到庄上去，给大姑娘把把脉，能治更好！"

郝头见我答应，十分满意，忙说："这也好，我明早备马来接你。"

我说："我是回来拿药的，马上返回农业社，你明早到农业社接我吧！"

我压下心中那想找机会见见三妹子的勃动情愫，立即转回了农业社，为的是向白英讨教，进刘庄怎样行事更好。

这刘七，是后套里惟一不用良田种鸦片的大地主。白英主张，我尽可以去给他闺女治病，见机而作，如今，日寇逼近热河，说不定哪一天就会把魔爪伸进这沃野千里的后套？抗日统一战线可不是白说的，同仇敌忾，考验考验他刘七是不是个真正的中国人。

说到那位大姑娘，白英笑了："那姑娘害的是相思病。当然，哪个大夫也治不了。"

原来刘庄上这位大姑娘，名唤桃女，是刘七原配所生。刘七后续的女人只生了两个儿子。刘七对这个从小就没有亲娘的女儿十分娇惯；不但衣食丰厚，还请了老师专门教她文化。至于择婿上那就更严了：没钱的不行（这就是桃女害病的病根），有钱吸鸦片的也不行，相貌不相当的不行，没文化的更不行。就这么着把姑娘的婚事耽搁下来了。岔子出在刘七买的一匹马上，那马日行五百里，两头见太阳，是匹追风赶日的骏马，就是性子暴烈，等闲人近它不得。恰好在刘庄上领工的吕四虎的兄弟六虎从蒙古乌拉特旗返回老家。六虎从少年时起跟着蒙古驯马师在草原闯荡，不仅学得了一身驯马绝技还学得了文化。因为他侍奉的蒙古王爷跟日本人套近乎要投靠日本人，他一气跑回了老家，刘七便叫六虎进庄给他驯马。

六虎本就爱马，得此调教骏马的机会十分高兴。那马一见六虎这个生人走近，便撂蹶子、刨蹄子、仰头甩鬃，十分骠悍。还没待人们看清，六虎已轻捷地跨上了马背，任那马如何腾挪反侧，那穿着白布坎肩的六虎，像个棉花团一样地粘在马背上纹丝不动，惊得人们又赞又叹。就这样，每到六虎驯马，全庄人都来观看，真格是比看赛马还够味儿。

马驯得差不多了，桃女的心也就紧紧地拴在这英俊的驯马手身上了。两个人私下里海誓山盟，誓共生死。刘七知道后，震怒之下，想按当地的习俗，把六虎拴上石头沉入黄河中喂鱼；气平之后不忍为此事断送一个有为的青年，听从郝头的劝告，把六虎撵出庄子完事。六虎一走，痴心的桃女就病了。原打算回乌拉特旗挣下钱来摘掉穷帽的六虎，听说桃女为己害病，便怎样也不肯离开沙沟沿，就这么张家三个月、李家四个月地围着刘庄打短工度日。

白英说："大兄弟，你按我说的办法给桃女治病，准定一治就好。我还打算跟老孙商量，在骑兵三师中给六虎安排个驯马士什么的，桃女若是真心，咱们就给他俩想个团圆的办法。"

我说："白大哥！你可真是颗菩萨心。"

转天，我如约到了刘七庄上，郝头引我见了刘七。平日，刘七是不见大夫的，这一点，郝头已说给了我。只见那刘七一身华丝缂的家常便服，前襟上挂着怀表表链。那神情，不像闭塞河套中的土地主，倒像是脱了袍褂的文官。寒暄之后，刘七命令佣人摆上茶点，又命点上鸦片烟灯，请我吸一口解乏。我慌忙摆手谢绝，声明自己烟酒不沾。刘七赞了声："好志气！"指着鸦片烟盘子说："这是毁人的灯，引人走绝路！"我心里想：不怪他能在渠工罢锨中首先同意渠工的要求，确是个有头脑的人。

女佣二妈引我去给桃女看病。那姑娘一身绸衣却花容不整，那条蓬蓬松松的大辫子垂在枕畔，看起来足有两三天没梳了。姑娘一见二妈引进大夫，索性面朝里转过身去，不理睬我们。

二妈凑过去轻声细语："大姑娘，这是打省里才下来的大夫，套里人很信服，准能治好你的病。"

桃女勉强转过身来，不情愿地把手伸在诊脉的小方枕上。我正眼望去，只见她面色憔悴眼窝发青，一付病恹恹的样子。细一把脉，却又脉动正常，跟外表的病象不相吻合，我心中已然清楚：这姑娘果然害的是相思病。

趁二妈出去端茶，我郑重地说："是吕家弟兄托我来给你看病的，你要和我们配合，不要吃了药就吐。你的病好了，我们帮你把好事办成。"

"我们？你说的我们指的是谁？"姑娘坐直了身子，抽回被把脉的手："你说的我们是……"她突然停着了嘴，只见二妈毕恭毕敬地向我献茶。我向二妈说："姑娘神情呆滞，脉动沉缓，气色不正，是劳心亏气所致。先吃两剂药调理调理，看有没有起色再说。"

我注意到：桃女的眼睛一直盯着我，仿佛解开了什么，一道亮光闪过她的眼角，她重重地叹了口气，我心下更明白了。

二妈为我展纸磨墨，我一边开药方，一边令桃女伸出舌头看舌苔，借机说："姑娘你的病好治，你要听大夫的话，好好吃药，准能见效。"

二妈接过方子，交给郝头去抓药，她那郑重的神色，似乎我开的是仙丹。其实，那只不过是张舒肝开胃的营养药方。

果然如白英所预想，他教我说的那几句话真真打动了桃女的心。

她吃过我的药不但没吐还主动要食物吃。刘七很宽慰，派郝头请我去复诊。我向郝头说："既然投药对路，照原方再吃两剂就行，过两天我再去给姑娘把脉吧！"

我把几片和胃止呕的表飞鸣药片按照医院的正式包法包好，外面又束了条汗巾，交给郝头说："这是我从省里带来的小鬼子研制的新药，药效很好，可以说能够药到病除。这是姑娘的造化，该在我手里除灾。"

郝头见我说的郑重，包的严实，真以为是特别珍贵的洋药。其实，包药的汗巾才是真正的仙丹，那汗巾是桃女送给六虎的信物。

这天傍晚，二兰悄无声息地来到了陕坝。径直到农业社来找白英和我，说是刘吉瑞大叔已经打听清楚了，视察烟亩税的专员，早已到了临河，预定明日前来陕坝，要我和白英给她安排告状的事。

是该尽快震震胡四了。胡四不仅为渠工罢铣的事大肆咆哮，当他得知二旦也曾随着众人罢铣之后，便一心找起崔老汉的茬儿来。今儿烦老汉到临河钱家烧锅给他打酒，明日又指派老汉给他宰羊，后日又说房漏叫二旦停工给他苫房。这事那事就是叫这爷俩个不得安生。对齐六十五则又是一副嘴脸：一时邀老汉到团部陪他喝酒啦！一时又帮齐六十五查看鸦片长的实不实，是不是该追些肥水啦。他不住嘴地絮叨：就是为的给外甥讨个贤惠人。一时他说外甥在五原，一时又说外甥在乌拉特旗。他信誓旦旦，说：只要把二兰接到家，他立时把外甥接回蛮会来给他们办喜事。还不无恫吓地说给老汉，只要二兰离开救世医院一步，他的人就会护定二兰。二兰早就该是他家的人了。

老实巴交的齐六十五，听了白英的分析，知道救世医院是通了天的，那医院的执照是省里直派到县里来的。明白胡四再大胆也不敢到洋人门上去耍横儿。因此，尽管胡四软招硬招轮番使用，老汉吃准了定心丸，任胡四折腾。老汉只有一项盼头，盼二兰速速学好本领在医院扎根，再把二旦招了去。二兰说院长嬷嬷说会给二旦安排活络的。看起来，这难处快熬到头了。

我们故意安排二兰在人前露了面。

二兰穿着救世医院那鸭蛋青色的护士服，头上扎着同色的护士头巾，浓密的云发编成一条大辫子垂在脑后。那鸭蛋青细布水凌凌的青色，衬得她两鬓乌亮，闪得一双大眼，光闪闪的深不见底。在蛮会的土路上一走，看得在饭场吃晚饭的人眼都直了。不断有人说："这女娃出息得惊人，真是茅庵里飞出了金凤凰。齐六十五拚死拚活地拉扯甥女成人，这辛苦没有白费。"

闻声赶来看视二兰的女伴、婶婶、大娘们，这个摸摸二兰那浆洗得平展展的细布衫裤，那个捏捏二兰那叠成双菱角的护士头巾，都说二兰不但模样儿更标致了，连说话的腔调也改了许多，真像大地方的人说的官话一样。二兰只笑着，亲亲热热地挽着女伴的手，从从容容地回答着女伴的问询，就像什么事也没有一样。

当然，立即有人向胡四报告了二兰的行踪。当晚，胡四派了两个大个子团丁，到齐六十五家"接"人。

六十五的茅庵里，只有他和他那寸步不离的大旱烟袋。

团丁吓问二兰的去向；老汉说叫女伴接走了。问是哪家，却又说不准是张家还是李家。恼得团丁火起，狠狠地扇了齐六十五两个大嘴巴子，把老汉的脸扇肿了。

其实，二兰就在她家的近处。我们把她藏在蛮会小学的空教室里，请了张渔子大哥照看她。这张渔子是胡四堂叔恶霸地主胡二发家的长工头。平日十分恼恨胡氏叔侄的胡作非为，曾经为对付胡二发苛扣长工口粮的事向白英讨教过办法，对白英的为人行事心服口服。一经向他说起帮助二兰子的事，他满口应承，为这能挫挫胡四威风的事兴奋不已。他还主动把媳妇带了来，为的是有差错时护定二兰方便。张渔子大嫂，中等身材，寨子布肥裤腿下面一双半大脚，笑容可掬，是那种敞敞亮亮、惯会说个俏皮话逗个乐子的标准农家女。她拉起二兰子的手，两个人便亲亲热热地说起悄悄话来。

大嫂问二兰："听说你会扎针！对了，医院的人说那叫注射。"

二兰答："我已学了，就是还不熟练。"

大嫂靠近一步，神秘地说："那是扎吗啡。"

"不是，不是扎吗啡，是打药。吗啡，医院里也有，大夫说那是开刀时麻醉人用的。院长嬷嬷说，那是毒品，轻易不许动。"

"吗啡可不是毒品，告诉你吧！那是享乐子的，扎上去，人就跟腾云驾雾一般舒坦得不行。说是，那东西是咱这里出的土膏子造的，省里有人专门下来买上等的土膏子，就是为的造那东西。"

"我可不知道吗啡针是怎么个扎法。"

大嫂俯在二兰耳边，神神道道地说："说是胡二发就有那东西，要给女的扎上，便像中了蒙汗药一样，四肢瘫软，任人摆布。你可得防着胡四，说不准他也有这手。"

"大嫂，你提醒我正好，我就是不能让那畜牲近身，好大嫂，节骨眼上，你可要护住我。"

大嫂笑了，随即掩着了嘴："你瞧俺这个人，就是个鸡脑子，咱们不是躲人吗？怎么能说笑。你放心，我不离你身就是了。离天亮还早，你靠定我，养养神，明早有好戏唱呢。"

我们安排齐六十五携定二兰，从蛮会家中赶往黄图拉海大桥，作出外逃的架式，预定在桥上遇见专员。张渔子夫妇瞟在二兰子身后准备随时接应，几个作证的农业社社员假作在地里干活儿，杨子华则带着二旦从河务口的渠段赶来。

眼见二兰子她俩就要上桥了，他们身后出现了三匹奔马，带着一片烟尘。惊得齐六十五一个趔趄跌坐在地。原来胡四得知二兰外逃，派下打手快马追来。

二兰去扶齐六十五时，头马已经到了二兰身前，那人马缰一勒翻身下马就来捕捉二兰，同时大声喝道：

"凭你们这一老一小，还想逃出胡头的手掌心，真也太不量力了。"

围上近前的人们，不由得为二兰捏把汗，却见二兰猛地从怀中掏出一把明晃晃的杀猪攮子，扬眉叫道：

"要人没有，要命一条，谁过来试试！"这二兰双腿叉开，稳稳站定，一副拚命的架式，气势十分摄人。

那大汉先是一愣，看了看左右的两名助手，立即畅笑连声，说："你这个傻姑娘，放着现成的福不去享，却偏偏拿刀动枪。干这个，你可不是我的对手！"声到又来抓人。

二兰紧握攮子，灵巧地一闪身，躲过大汉抓人的粗手，嘲笑道："你看是福，送你娘、你妹、你媳妇去享，我冯二兰没那份好命！"

拥到二兰身边的我们几个，趁势围定二兰。张渔子接过二兰的话茬，朗声说道："对着哩！俺们穷人家的女娃不会享那份福，还是送你老娘去吧！"他那酸溜溜的调侃之声，若得人们哄笑起来。

那大汉见难以下手，又被众人哄笑得火起，伸手掏枪，喝道："冯二兰，你乖乖地跟我走，再出半个不字，我毙了你。"

"那好！你就往这儿打！"二兰挺胸向前，毫无惧色。

正僵持间，尘土飞扬，几匹走马连翩而至，我料定是省里的官员到了，向二兰一努嘴，作了个手势，催二兰告状去。

二兰斜刺里冲出人群，手里挥舞着状纸，连哭带嚷，一迭声地喊着救命。

骑在头马背上，头戴礼帽，身穿中山装的省里专员，在临河县警察局长、税务局长的簇拥下，正待过桥，被二兰迎头拦着了。

二兰跪在当地，直喊："青天大老爷，给小女子作主哇！"

这专员看了看二兰，又看了看聚拢过来的众人，回头问警察局长："怎么回事？"

警察局长慌忙下马，接过二兰的状纸，瞟了两眼，喝道："专员是来查地亩的，不管民事。"

张渔子跨前一步，高声说："这青天白日，就敢打人、抢人，还要开枪，哪位长官也该管，要给老百姓作主哇！"

专员瞧了瞧众人，无奈接过状纸，看了看问二兰："你状告民团大队长抢亲，这种地方上的民事，为甚不到镇上、县上去告！"

"那队长一手遮天，哪里有我们老百姓说话的份儿。再说镇上县上都听民团的，告也告不下来。这实实出于无奈，长官要不受理，可就断了我的活路了。那队长焉能饶下我们这糟老弱女，你老就开恩吧！"

专员瞧了瞧声泪俱下的二兰，摇了摇头，想了想："你说你自幼订亲，队长是强抢民女。我问你，你订亲可有媒证？再问你，你好好站在当地，怎能说抢。"

隐在一旁的我，不由得替二兰子捏了把汗，后悔没过细地考虑现场的行事，没多教些二兰子答话的招数，怕二兰一时心慌，说不到点子上。

那二兰用手指了指已经闪在路旁的团丁，那为首的大个子正悄悄地往怀里掖枪。二兰说："长官你老上眼，这三位官差摆开架势圈定我，不是要抢，是要作甚？"她又指着齐六十五的肿脸："昨夜去我家，没找见我，把我舅的脸打成了烂茄子。我们是不得已逃出来的。要说我自幼定亲有没有媒证……"

张渔子立即接上话茬："是我保的媒，她舅托的我。"

众人也七嘴八舌说开了："这乡里乡亲的，他家的事，我们都明细，都能作证。"

专员转过脸来喝问团丁："你们给头头接亲，可有明证？"大个子吱吱唔唔："不是给头头接，是给头头的外甥接亲，头头说，这是姑娘她舅应下的！"

"既是老汉应下，你们为什么还打肿了他的脸？既是应下的，他们又何用外逃？这分明是倚势压人么！"

专员还待进一步发作，警察局长在他耳边说了句什么。专员的脸色和缓下来，重重地顿了顿："事情明摆着，当然，这地方上的事还要归地方处理。不过，你们穿着团服，鸣枪震人确实非法。回去告诉你们头头，不要用这种方式给外甥娶媳妇。叫他好好看看咱省傅作义主席最近的手谕，你们听着："当今，日本大敌压境，随时都有进犯绥远的危险；一应军民人等都必需树立抗敌观念，不得有碍军民团结等行事，听明白了吗？"

"听明白了！听明白了。"团丁牵马后退，灰溜溜地走了。

专员转向二兰："冯姑娘，你的状子告下了，安心过日子吧！不过，这么大的事，你那未婚夫为什么不来。"

二兰急得脸上涌血，一时答不上话来。还是张大嫂眼尖，手指桥左大路："看，那不是二旦来了！"

一匹光背白马急驰而来，待到桥旁，马上贴骑的人猛一收缰，白马前蹄竖起，咴咴长嘶！马上人趁势下马，插柱一样落在当地。只见他头上热气直冒，脸上大汗淋漓，正是那闷声闷气的崔二旦。二旦一把揪着二兰，吼道："胡四抢你，我跟他拚了。"

二兰捺倒二旦，和她并排跪在当地，说："多亏长官明断，要不，我也把自己攘死了。"说罢痛哭起来。

专员看了看二旦，向着二兰，赞道："冯姑娘，是你这份志气救了你。经过这番教训，谅民团不再敢胡来。回家去，准备结婚吧！"说罢，首先策马过桥，一行人随着去了。

二兰站起，慌忙鞠躬致谢。二旦还闷声地跪在那里，二兰嗔道："人家走远了！你还跪着作甚？"

二旦怯怯地站起来，二兰又嗔道："你这块木头，就不知道谢谢张大哥、张大嫂。"

九

忙过二兰子的事，还没容我喘息，孙景绪捎急信来，要我去磴口那边，那里去年天花猖獗，今年急需为娃儿们种痘。他已托人带来了足够的疫苗，还有我日思夜想的那本《家庭医药大全》。磴口那边是民运兵运的空白点，基于对抗日气氛高涨的回应，孙景绪有意把三师的势力向东南方向扩展。希望我能去磴口了解军情民情，为扩展工作垫底。

我原本打算回陕坝盘桓两天，找机会见见我那梦中时隐时现的玉女，春脖苦短的后套之春，已经过去了大半又大半，我只有抓着这暮春的尾巴尖，为磴口的娃儿种好牛痘才行。

三盛公总渠闸口的渠工们用二饼子牛车拉我这乡那村地栽种牛痘。常常是这家的娃儿痘还没种停当，那家的牛车或走马已等在那里。真格是顶着晨星上路，伴着残月投宿。若不是总有人相接相伴，我准会迷失在那连片的依依芦苇之中。那在和风中轻轻摇曳的新嫩苇叶，软软地拂在脸上臂上。我总是不由自主地想起暗夜中那双温软的手，甚至在迷迷糊糊的赶路途中，也会有马蹄踩着苇叶的沙沙声响起。

一转眼，夏天毫不容情地掠过来了，该种痘的娃儿没漏掉一个，磴口人也认定了我这个种花先生。我张罗着回陕坝，渠工郑全备马送我，他说："郭先生，你为俺们作了件大好事，忙得没好生吃过一餐饭，没好生睡过一夜觉，也该松散松散了。回陕坝，路过水桐树乡，那里正有庙会，这可是后套的一大盛事，不可错过。我送你到那里，逛过庙会，你再回陕坝不迟。"他送我到水桐乡镇口，自回磴口去了。

夏天，是后套自然风光最最绚丽的时日。春麦黄澄澄的，树叶绿油油的，芦花白生生的。配上那盛开的红的、白的、粉的、黄的、红里带紫的、白里透粉的罂粟花，似乎是自然界所有悦目的色彩都汇集到这片沃土上来了。看得人眼花缭乱、目不暇接。加上嗡嗡吸食的采蜜蜂，翩翩吮汁的穿花蝶，天空中云雀高唱、草丛里昆虫欢歌，一派美哉风光，使人打心眼里往外感到舒畅、痛快。

这后套独有的庙会，其实并没有庙宇。就在四通八达的荒滩上铺开。中心是一座用柳条笆子别就的戏台。戏台两侧，雁翅般排列着一座座布帐篷。有卖小吃食的，有卖日用杂货的，也有卖小型农具的。其间，杂有两座平顶的布帐篷，有门有帘，特别惹眼。经人指教，才知道那是卖洋烟（鸦片）的。里边设有烟具，卖贴成小块膏药似的熬熟了的鸦片烟膏。有枕有席，有烟瘾的人可以躺下吸一口过瘾。还有一种蒙古包式的帐篷，里边铺着毡毯，设有后套流行的纸牌、天九牌、骰子等赌具。一伙一堆，一堆一伙；谁都可以进去赌上两盘碰碰运气。人们从四面八方前来赶会，戏台上唱的是当地人称作大戏的晋剧。据说，年成好时，曾有过连台唱上一个月的盛事。

最具特色的是戏台对面的牛车观众（这是我自己杜撰的称谓）。说是牛车，牛早已卸下拴在车的外围吃草。车辕板用支柱支得平平展展，一辆傍着一辆，对着戏台组成了月芽儿式的半包围圈，距戏台约有一丈多宽。支得溜溜平的车辕板上，铺着栽绒毯子马褥子什么的；穿红挂绿的大姑娘小媳妇们，端端正正地坐在车上看戏。其实，这是比戏台上的大戏更引人的浮世之戏。河套风俗，每逢庙会，女人们便要来这里比美。她们经过经年准备，就盼着在庙会上亮出风采：一是亮长相，二是亮手工。据说：很有些人借着这个场合相亲，寻找合意的配偶；当然也免不了有经过眉目传情进而私订终身的。这是河套约定俗成的社交场所。

河套出美女的传说由来已久，看起来确实名未虚传。那些端坐在车辕板上的年轻女人，穿着滚边的衫子，绣着花朵的裤子，脸上擦胭脂抹白粉，下垂的银耳环玲玲珑珑地闪来荡去，梳得一丝不乱的云发上插着簪子戴着花朵。一个个顾盼生姿，低语浅笑。就像把那盛开的罂粟花搬来组成了色彩缤纷的花环一样。每朵花儿的中心都供养着一个小精灵。

看戏的人熙熙攘攘，更多的男人却是傍着牛车转来转去。偶尔有哪辆车上的大姑娘或是小媳妇回眸一笑，便会招致出爆发式的、挑逗式的大笑，或是啧啧的咂舌声来。

河套的汉族妇女，仍然沿着历史的陋习以缠足为美。牛车上的精灵们虽是盘腿端坐，却将纤纤细足显眼地摆在腿肘之上。那些精工做就的绣鞋，有的蜂蝶翻飞，有的鲜花怒放，显示了鞋主人的高超技艺。手工是精致的，人是俊俏的，天空晴晴朗朗、风儿轻轻柔柔。戏唱得有韵有味，人们的欢快淳厚又愉悦。我却平添了说不清的惆怅，心里为这些俊俏的精灵们惋惜。关里的土地上，妇女早已争得了天足的自由；可是在这里，她们还没认识到这摧残自然的可悲。看起来，唤醒荒原粉碎旧习俗，确实是件艰巨又艰巨的任务。

离开精灵们组成的花环，我踽踽地踏上归途。猛然被一声酸溜溜的怪叫止住了脚步。那半哑带沙的声音响得如此刺耳，使得我不由得循声望去。只见一个穿着缂丝坎肩、灰色长衫，上了点年纪，又似乎有点身份的男人正咂舌晃脑，不住地扬声赞叹！他说的是："二龙戏珠，呸！呸！二龙戏珠。这女娃子准是把自己的眼神交给龙了。这龙眼活灵活现，怕比真龙的眼神还要亮上三分。诸位上眼、上眼……这真是巧夺天工啊！"

原来他赞叹的是双绣鞋——一双穿在姑娘脚上的绣鞋。那男人亢奋的语调、似痴似狂的神态，不知是被绣鞋那精湛工艺所震摄；还是为那绣鞋包裹着的纤足而痴迷。那双鞋子！海蓝色的鞋面上银浪汹涌，一条金色苍龙正嬉戏其间。苍龙昂首缩尾，朱红点漆的龙眼，正睨视着鞋尖的一颗奶色明珠。姑娘转换着盘坐的双腿之时，绣鞋两侧的苍龙似欲穿浪而起随风飞去。窄窄的鞋底纳着狗牙花纹，稍沾尘土更衬得花纹工巧整齐。姑娘的裤角没有绣花，衫子也没有滚边，头上没有戴花，耳上没有耳环，只在如漆的辫发根上，用红头绳系了个喜庆的万字花结。一身淡紫，直如一朵出水芙蓉。她俯首而坐，不肯亮相，对周围的喧笑，一概不予理睬。

我脱开拥挤的人群，二番上路，心里不知为什么不是滋味。这绣鞋的主人，肯定是个聪明颖慧的女儿，看她绣鞋上的针工便可断定。这么个大自然的绝妙杰作，竟被陋习摧残得成了半个残废。那双瘦不盈握的小脚，怎么支撑体重，怎样料理生活？出路只有一条，嫁个大地主，被人家当作摆设，当作玩物供养起来。人们的喧笑声陡然提高了八度，原来是随着紫衫姑娘的玉立而起。那姑娘亭亭地站立在车辕板上，目不斜视地了望远方。我所在的位置只看到了她的侧脸，明显地感觉那俏脸上的冷气咄咄逼人。我不由得猜测了，她了望的是什么呢？是寻找姗姗迟来的意中人吗？她为什么要在鞋上绣龙呢？这不仅仅是为了吉利吧！按着习俗，龙——还代表男性，她是要表达心灵的渴想，向往冲开男性的禁锢，像龙一样的自由遨游吗？在这传统的赛美会上，她表现的是多么不同于一般啊！

我顺着坎坎坷坷的土路径直回了玉萝家我的住处。院子里静悄悄的，玉萝两口子可能是赶会去了，正屋孙家也没有人声。听见响动，西屋里的赵大婶走出屋来；一见上我，忙不迭地拉我进屋上炕，忙不迭地为我烧水解渴。大婶是怀着乡亲们的情意接待我的，对我在老百姓间的看病行事赞不绝口。她那溢美之词，就像涌流在河套中的黄河水一样，醇厚甘甜，听得我一阵阵心头发热、两颊飞红。大婶张罗罢开水，见我不吸烟，又忙着摘瓜掐菜，要为我整治吃食。我趁势欲抢出门去抱柴禾，大婶不依，说那柴禾扎手我抱不得，叫我就坐在炕上歇腿儿。推让之间，一个甜润润的声音插话了："不用让，你俩就去说话儿，让我来！"

我刚巧背对屋门，闻声立即转过身来。天哪！迈进门槛来的竟是那双苍龙绣鞋；抬头，姑娘那流星似的目光"刷"地照将过来，照得我倒退了两步，心头怦怦乱撞，心中不禁暗自叫苦：老天爷，为什么一定要我面对这大自然杰作被毁的残酷现实，这不是太捉弄人了吗？我惶惶然不知如何招呼才好，姑娘笑盈盈地走近一步，利手利脚地夺过来大婶手中的围裙往腰间一系，向我嫣然一笑。大大方方地说："是老郭大哥吧！"她招呼得如此淳朴自如、如此合乎当地礼数；我却手足无措、呐口难开。赵大婶二番推我上炕，挑明说：

"她就是正屋里孙大娘的老闺女，人们都叫她三妹子。那晚上跑芦正奎的反，不是你郭春出主意带我们跑的吗。只可惜，那晚上又急又暗，谁跟谁也没搭句话儿。难得今儿巧遇，真得好好的说道说道。

郭春，你今儿不走了吧！也该在家歇歇了。"

"我就是回家来看看的，就是回家来看看的。"我平日那能说会道的本事全没了，一句简简单单的话，竟重复了好几次。

大婶见我尴尬，指了指已在灶间引火做吃食的三妹子，附在我耳边轻轻地说："你虽没正式见过她；她可早就相看过你了。你那人人都夸的好大夫的名声，你在刘七家烟酒不沾的行事；你又是这么一表人材，还有一肚子学问，怎能不让姑娘动心。再说：你丢在炕角的烂袜子是谁给你洗净补好的？你那满屋子的尘土又是谁精心在意帮你扫的？人家一片真心，你可不要犯傻！"

大婶的悄悄话，表明了两层意思。一是她和三妹子处的很近，三妹子为我做的一切都不瞒她。二是她在开导于我，叫我明白姑娘的心，嘱我不要辜负了这番厚谊。

当天晚上，我为一个摸不清病由的病例查找医药大全，就着麻油灯的微光，全神贯注一心想找出个最佳的治疗方案来。前翻后找，左比右看，还是开不出处方，免不得焦躁起来；没注意到三妹子像一朵彩云悄无声息地飘进了我的小屋，直到她在小炕桌前的炕沿边坐好，悉悉窣窣地翻起画报来我才惊觉。

"看什么看得这样入迷？"她笑着问。

"治病的方子。"

"给我看看！"

我把那本《家庭医药大全》递给她。她接过书，在手中掂了掂，横看看竖看看才还回给我。

"怪不得人们都说你有学问，这么厚的书也能看，全识得吧！"

她说着，眼睛里流转着钦敬的光波。我只笑着，不愿意说全识得也不愿意说识不得。她又指着炕桌上一本画报封面上的戏装人像问了：

"她是谁？"

"她叫梅兰芳，是唱京戏的，是咱们中国最有名的旦角。"

"她长的多俊啊！"三妹子真心实意地赞美着。我想告诉她那戏装像是男扮女装，又怕引出更多的话来。我顾虑的是我还没弄清这里对男女交往允许到什么程度，我不想引起不必要的议论。特别是对她家有顾虑：一个哥哥是警察，一个哥哥正往佃富农的路上走，和我的处境难以融合。

三妹子见我不说话，翻到一张风景画页问了："这是什么山？"

"是华山。"

"这个呢？"

"五台山。"

"五台山？吆！就是大戏里唱的杨五郎出家的那个五台山吧！"

"是！"

三妹子为自己也知道画报里的山而开心地笑了。笑得黛眉弯弯，眼睛里流溢着欣慰的神采。她完全没有高距于牛车之上的那种凛然傲气了。笑得甜甜美美，显露出女孩儿家那魅人的妩媚。她又指着高楼林立的画页问了：

"这是哪儿？"

"是上海，是咱们中国最大的城市。"

"多大？比包头还大？"

"比包头大得多，比十个包头还大。"

"你去过？"

我只笑笑，没作回答。

一缕惆怅掠过她那容光照人的俏脸，她感喟地说："就是识字好，有学问的人才能走南闯北。咱这里，除了黄土就是苇子。"

我瞧着她，不知该怎样接下她的话茬儿来。她脸上瞬间出现的迷惘却又立即为一种亢奋的神色所代替，用那像红罂粟花一样艳红的脸对着我。她问：

"郭大哥！识字难吗？"

我抓了抓头皮，被她那渴望的神色打动，老老实实地说："依我看不难，比绣花容易。绣花描花样比写字细致得多。识字写字，只要牢牢地记着这个字有几笔又是怎么摆的就行了，永远不变。不像绣花，老有新花样。"

"你说：郭大哥！我学识字行吗？"她急切地问，弯弯的笑眼，晶亮得像要滴出水来。

这可把我僵住了。依我的本意，能把我这点学问统统倾倒在荒原上我才称心，巴不得有人愿意学文化吸取知识。可眼下连农业社尚未提到学文化的事；单单教一个人，特别是单单教一个河套里拔尖的俊姑娘，那能行吗？看看她那双纤足就可以判定，她娘可是在她身上下了大工夫的。我这个外乡人单独教她一个人识字，立刻就会派生出各式各样的议论来，说不定会伤害了她，何况她还有个当警察的胞兄。我简直不知说句什么才好了。

三妹子被她娘隔窗喊走了，在屋子拐角，似乎是她娘数落她，她还分辩了几句。

吹熄了灯，我躺在炕上，抚摸着一准是三妹子帮我洗净、浆好、捶平的滑溜溜的枕头布。忽然觉得暑热蒸人，心里燥热起来。其实，河套的盛夏之夜，夜凉如水，十分宜人。我的燥热并不是自然的过错。

黄图拉海桥头，冯二兰的抗婚戏，似乎一下子就震倒了胡四和他的民团。那之后，很少见到团丁在各个镇上强买多占，胡四也很少在众人前露面。人们说：蛮会镇上的金凤凰冯二兰，震住了陕坝镇的土鳖龙胡四，这是神意降魔。不然，怎么会二兰子一出逃就撞上了省里来的大官？怎么那大官就情愿给二兰子主婚？怎么就那么奇巧。

其实，知情人都明白，那只不过是作了些准备工作而已。要说也是占了天时、地利、人和这三条。这天时占得好，刚好是绥远省傅作义响应老上级冯玉祥的号召，为抗日大业积蓄实力，在省内励精图治；那专员是奉了主席之命清查烟亩，乐得借此作出一番爱民姿态。地利是掐准了官员们的行走路线，掐准了时间。至于人和，首先是二兰子那自立自强的精神，那股子遇事奋起的劲儿。这也是她和二旦那源自大地的纯贞相爱的必然结果。人们说二兰子出息得惊人，这出息可不是人人都行，换个只希望衣食不愁的姑娘，怕是早就屈从胡四，穿罗衣，吃美食了。

那桥头的大戏，差一点把二旦漏掉，要不是二旦那生死不渝的冲劲，大戏不会这样有声有色。或许那专员也是为之动情了吧！这抗婚戏中，我结识了张渔子那样爽直的真正庄稼汉，结识了兢兢业业为传播知识而蛰居荒滩的杨子华。我得到了朋友，得到了同志。这荒滩上的依依芦苇接纳了我这个新移民。

要紧的是：清查烟亩税的大员既已进入后套，孙景绪筹划的要在烟亩税上争取更多群众的事立刻就需着手。那罂粟美艳花朵的核心葫芦已经泛青趋熟，那又是宝又是祸害的鸦片乳浆正在逐渐渗出，不久就能以之换回真正为老百姓解难的黄金了。

河套的土质，很适合栽种罂粟，特别是那晴多雨少日照充足的气候，能促使鸦片的乳浆醇厚馨香，后套种烟已经有了几十年的历史。

国民党政府明令禁种鸦片，在后套那天高皇帝远的边陲之地，当地政府一直都采取明里禁暗里放的禁烟政策。每到罂粟成熟之时，省里便派人下来，说是禁烟实是收税。即种一亩烟要交一亩的罚款，老百姓习惯上把这份税收就叫烟亩税。说是种一亩罚一亩，其实里面花活很多。地主、地霸与税官勾结，种的多罚的少；老百姓是种的少罚的多。有时收成不错，罚来罚去，甚至一点实惠也落不下。这件事民愤很大，老百姓都把种鸦片看作是自己的聚宝盆小金库。那东西好藏好带，比光洋更值钱却比光洋不显眼，遇上兵乱匪荒，拿出几两便能换回救命的吃喝。一般，正经的庄稼人都不吸鸦片，只有地痞懒汉才用那东西。可在地主、商人等有身份人的家中，要摆不出烟盘待客，那就会遭到人们诽笑，说你不够气派。

胡四的堂叔大地主胡二发，他那上千顷的良田多一半种的是鸦片。土匪头子芦正奎投汤玉麟之后，芦正奎名下的百多亩好地由胡二发代管，胡二发一律改种了鸦片。人们早就担上心了，挨着胡二发地块的小户移民，一向替胡二发背黑税。今年，鸦片长的没有往年实成；胡二发又比往年种的多，他肯定会耍花招要众人替他背税。农业社的社员们，特别是穷人会的几个成员，早早晚晚磨定白英，看怎么想个好招数不替地主背黑税，能叫鸦片烟浆真真流进自己的腰包才好。

这是个繁复细微的工作：移民们地块上清楚，某块地上的鸦片葫芦能刮出多少烟浆就不很清楚，该交多少罚款更不很清楚，给地主背黑税到底背过了多少一次说的一个样，反正是一篇胡涂账。要办这件事，非得项项落实，才能保证告状告个准。

我和白英、杨子华，又叫上了张渔子，摸底、查证、计算，查历年交税的实底，认认真真地作起抗税的准备来，一熬就是几个通宵，熬得我连翻找医药大全的时间都挤没有了。

这天，总算理出了头绪，上告省里的状纸也拟了个草底，大家同意松散松散，我便决定回"家"去看看。

天已黄昏，落日的余晖在白生生的芦花上闪动，恰似万点金星流淌，看上去十分悦目。河套那透明的天体，被金晖染成橙红，渐渐转成金黄，更转成淡淡的玫瑰紫。玫瑰紫的暮霭轻纱一样散落开来，掺合着四处升起的晚炊的乳色轻烟，色彩迷蒙又淡雅。耳边是归来的牛哞、进栏的羊咩、守门的犬吠，还有进埘的雄鸡的晚歌。后套的田园交响乐浸润着我，我只觉得安恬、惬意。这时，一个悦耳的歌声飘然而起，渐次高昂，熟辣辣地迎面扑来。仍是那首人人会唱，且又唱得人人不同的民歌：

滔滔的河水向东流，

姑娘一心要自由。

百里挑一选中了你，

哥哥哟！吃糠咽菜不回头。

是三妹子在唱吗？是她的话，歌声传达的感情可不同于苇丛中的心气了。苇丛中唱的是女孩儿家无忧无虑的情怀：单纯明朗欢快活泼，就像雨后的天空那样纯净。现在唱的却是心灵的倾诉，特别是吃糠咽菜上加的挫音，力度坚挺，显示了冲决世俗罗网的炽烈情愫。

我站到一个土坷垃上去，循着歌声搜索。看见了！看见了。在一间草房的平顶上，立着一个修长的人儿。夕阳从她的身后透射过来，人体镶上了一条耀眼的金边。轻风徐来，衣襟裤角微微翕动，似要乘风飞去。

这是三妹子，从那圆润的嗓音可以判定，从那火辣辣的歌词可以判定，从那俏然玉立的神态更可以判定。我看不清她脸上是不是重复了庙会上那凛然的傲气，我判定她是在瞭望，她瞭望的是什么呢？当然不会是她家那辆迟归的牛车，也不可能是尚未归来的兄长，她瞭望的莫非是……

我的心擂鼓似地猛猛的撞击起胸腔来。

进了玉萝家的院子，劈头撞见了赵大婶。大婶把我从头望到脚下，亲亲热热地说：

"郭春，你这一走又是半个多月，就不惦记着回家来瞧瞧。看！鞋都走破了。"

"大婶，我走村串户看病，费鞋。"

"就没一双替换的？鞋都张嘴了。难为你这么个精神的小伙子，脚上却是这么一对鞋！"

"大婶心痛我，给我作双新的吧！"

"我这么粗手笨脚，做出鞋来你也看不中。有手巧的人，做的又快又好，为甚不去求她？"

大婶说着，诡谲地笑了笑，向正屋努了努嘴。加了一句："你就去求三妹子，不好为自己张口，就说是我转求她的，这总好说了吧！"

"大婶，人家肯做吗？"

大婶见院子里只有我们两个，往我身边凑过来，用手指狠狠地戳了戳我的心窝，附在我的耳边低声说：

"我不信！你就一点感应都没有。谁给你上心在意地拾掇的屋子，又是谁给你补的烂袜子？你也二十好几了，百灵百慧的怎么看不透人家姑娘的心？人家可是把你夸到家了，说你跟别人不一样：不抽大烟，不耍钱，还有一肚子学问。"

"可我穷呀！大婶！穷得连自己站脚的地方都没有。哪家的姑娘能情愿跟着我受穷！"我嘴里这样说着；心里想的却是那句"吃糠咽菜也跟你走"的热辣辣的歌词。

大婶正待再说些什么，目光往街门口一闪，忙不迭地甩下我走近门口去打招呼。

"哎！他大哥！难得今儿有空儿回家来了。""大婶！回乡来办件公事。"

门外，一个长相酷似三妹子的中年男人跨过门槛走进院来，他那一身官衣，证明了他的身份。这是孙家那当警察的老大了。待我看到孙大身后的那个人竟是白英时，我立时直觉到：肯定是出了什么不寻常的事。白英见到我，不由我分说，扯起我的膀子就走，一面向孙大说：

"有个急症病人，需要郭先生看视，改日再来拜望大娘吧！"

白英扯着我，一口气来到了四楞家才放开手，他这一扯，扯断了赵大婶说给我的知心话。

四楞家一屋子人，正咯吵得不可开交，主人四楞直挺挺地躺在当地，莫非是真得了急症？

原来四楞惹了个不大不小的麻烦，说大，是惊动了官府，要治四楞捣乱官衙的罪；说小，是经过孙大的保证，警察局要孙大把四楞押回本乡教育了事。

这四楞是个火爆脾气，牛性上来，天王老子也不怕。他听了张渔子无意露出来的准备为烟亩税罚的不公上告的事，勾起历年背黑税的窝心，以为这下子就能出这口恶气了。刚好有个渠工头平日跟他常打哈哈，他认为渠工头是官面上的人，便打问这烟亩税不公能不能上告？那人有心拿他戏耍。便说："咱们省主席傅作义就容不得对老百姓不公，可以告。"还加了一句："明日有省里的大官来兰梭子大桥视察河务，你就去告！"

四楞以为讨了实底，连夜串连了几个背黑税背得苦的乡亲，赶往兰梭子大桥去告状。待到视察河务的官员们一上桥，那威风凛凛的架势把告状的一行人震住了，人家问拦着头马的四楞要作什么时，四楞一时心慌不知从哪说起，却跪在地上只喊冤枉。

官员们莫明其妙，便交给随行的警察局长处理，一行人打马过桥而去。

是孙大问明情由，明白从小一块长大的四楞绝不是有意捣乱，向局长做了保证，押送四楞回了陕坝。

人们喀吵的不是为什么状没有告好，而是埋怨四楞不该带头下跪，说：如今民国了，不作兴下跪叩头等等，四楞分辩不过，气得背过气的。

四楞的行事，引发了我的深思，我沉重地觉察到了自己工作中的缺陷。细想起来，工作中鼓动作的多，具体作法教的少，对群众的热情又估计不足。而这自发的热情往往会带来相反的效果。对群众不能指责，像四楞这样冒进，打乱了抗烟亩税的布署也不能指责。眼下的情况正趋复杂，稍一疏忽就会酿成大乱，甚至还会出人命。必须把烟亩税不公的告个确实，这是争取人心的大事。我决定立即前往临河，向老孙讨教下一步的具体行事。

孙景绪和我商定：为把抗烟亩税的事作得万无一失，由他先去归绥，观看省里情势，了解内幕，作好上层工作；由我和白英在基层，把往年背黑税的地块查得确实，写好状纸，交他设法交给傅作义，我们准备好地头告状的人，状纸口头一齐上。这件事，既得下有实人实证，又得由上压下，才能保准效果。

我去临鲁药房补充药物，去见十分想念的好友、同志刘吉瑞大哥。

老刘仍然那样稳稳当当，和我说这说那。说二兰子已入了教，教父就是河务口那老牧师。而且，也把二旦叫到了河务口教堂，帮助牧师看管教堂，操持杂务。教堂属下的十几亩好地，准备明年春上，就叫上两个老汉负责耕种。

说到抗烟亩税的事，老刘建议：最好能给下去的税官找个合宜的下脚处。历年税官下去都住镇公所，那可是胡四的势力范围，胡四定会生出各式各样的花招阻碍告状的事。我记下了老刘的嘱咐。径直回了自己的小"家"。

我的小屋子仍然干净得一尘不染，小玻璃窗亮得可以照人。在将带回来的药物按门类放置时，见原来的药品瓶归瓶、罐归罐，摆的齐齐整整，这当然是三妹子精心拾掇的。我不禁打心底升出来赞叹，"多么细心的姑娘，多么聪明的姑娘。"这回，无论发生什么事，也要找时间和她说会话儿，说说我的感激之情。

赵大婶笑吟吟地掀帘进屋，把一双崭崭新的布鞋递到我手中，催我说："快试试！看合脚不！"

那布鞋，青布帮，千层底，小圆口，又周正，又秀气；一看就明白，穿到脚上准定又抱脚又得劲儿。再看鞋底，麻绳纳的长针，细密规整，脚心处，还用红洋线纳了个同心结儿，手工精巧得很。

"是大婶给我做的吗？"

"我可没这么好的针工，再说，也没存下这份心计。""存下心计，什么心计？"

"你又发懵了。做鞋没鞋样子能拿准大小吗？你又没丢下一双能做样子的旧鞋。这是，人家趁你睡觉的工夫偷量下的尺寸。不存心，能做得到吗？"

　　我把鞋放回炕上，脸红上来，心儿更是上下跌宕，不知说句什么才好，一脸的尴尬相。

　　大婶笑了，拍了拍我的肩膀，低声说："郭春，你可别犯傻了，这么好的姑娘你上哪儿找去？她十九，你廿三，年岁正相当。她那么聪明伶俐，跟上你，准能学成个女秀才！"

　　"大婶，这后套的风俗你也不是不知道，哪有大姑娘白给人家的？少说也得花上个三百五百的现大洋。人材出众的，上千块也有人聘。我这个穷小子，哪里掏得出这么多的钱来娶媳妇。"

　　"你可真是个死心眼儿，凭你在套里的人缘！借个三头五百的准能借得出来。我已经听说了，沙河沿刘七为你给他的宝贝闺女治好了病，正要给你牵头大骡子当脚力呢。咱们穷帮穷，你那些穷朋友，一个人给你凑一份就能把事情办成。大婶我就先借你一份。"

　　"借钱讨媳妇，还不上可怎么得了！"

　　大婶往我身边凑了凑，诚心诚意地开导我说："郭春，你是明白人，你没看看咱套里的情况？凡是出众一些的姑娘嫁的都是洋烟猴；岁数大得多的像爹，差得少的也是个老大哥。虽说是吃穿不愁，可那过的是什么日子？三妹子心高气傲，就怕嫁个洋烟猴给人当摆设，连句知心话都没处说去。她早就说了：只要年岁相当、人又可靠，再穷她也甘心情愿，吃糠咽菜拚死拚活也要把债还上，你就不想人家姑娘这片真心？"

　　这片真心我早就体会到了。河套女儿要求突破陋习的心意我完全理解：她们唱的那支歌——那支嘲笑洋烟猴的歌不止一次地打动了我每当听她们唱起：

骑马不骑黄枣骝，

嫁人不嫁洋烟猴！

盖金堆银遮不住；

怎么着也是个洋烟猴、洋烟猴！

　　我便升起了负罪的感情。姑娘们不嫁洋烟猴的要求天然合理。从我肩负的使命讲，我也负有义务启发她们战胜环境自我解放。可眼下的情况是，河套的劳苦大众还没能意识到自我解放的必要，由于千百年来重男轻女习俗的影响，妇女解放更是难以提上日程，而且只要一牵涉到年轻妇女，误会、诽谤，甚至辱骂相加的麻烦事便会接踵而至。我必须维护我在群众中刚刚建立起来的威信，这是工作的需要，是我立足的需要。退一步说：我的前途风险重重，说不定会给姑娘带来难以分说的灾难，使她痛苦一辈子。尽管心中翻浪涌波，我仍然保持着表面的平静，热心的赵大婶见我沉吟以为我动了心，把那双新鞋再次举到我面前。"你仔细瞧瞧这针线上的功夫，这么心灵手巧的人什么学不会，足足配得上你这个种花先生。"

　　我心里说："好大婶哟！我若真是个种花先生那倒好了，可惜我并不是。"

　　嘴里却说："正是三妹子这么好，她家才不能轻易放手。河套不是有句顺口溜吗；'家有三个女，金银往家举。'三妹子那么出众，没金没银怎么能行、再说她那脚……"

　　"脚怎么？又小又周正，人家求还求不到手呢！"大婶抢白我。

"那脚她娘可是下了狠工夫的，那是双穿绫着缎的脚，她娘是要把她送到那茶来张手饭来张口的享福去处的。"

"缠脚的人多了，未见得脚小就得吃闲饭。再说那脚多招人、多顺眼……"

"那不是好看，不是美，那是残废。只有黑了心的男人才以那种残废为美。"

生活中一再出现的这种摧残人体的陋习引起过我无数次的伤感，引出我一种爱莫能助的强烈的负疚之情。我以为：受摧残的女儿们背负的是我们民族的灾难。面对三妹子这个大自然的杰作被毁的现实，我为自己的无从尽力而忧心不已。这一直埋藏心底而又不便吐露的难言的痛楚，无意中被引爆起火；我脱口而出的这一段控诉之词连我自己也被灼伤了。

大婶的脸猛然变白，狠狠地戳了戳我的脑门子，气愤地说："你可真正的不识好歹！"便拐动那双缠过的半大脚两步并一步地抢出门去。更令我不知其措的是：大婶在我的窗下"呦"！了一声，显然是撞在什么人的身上了。来潜听我和大婶对话的当然不会是玉萝嫂，也不可能是其他的什么人，肯定是三妹子无疑。这么说我那脱口而出的实心话她是全部听到了，她能不能理解话中的含意呢？我几句话就把人家十几年、几十年甚至几辈子追求的"美"给推翻了，给颠倒了个儿，人家一时如何接受得了？

我屏息静听，希望捕捉到某些响动，能够证明大婶撞上的不是三妹子。我听见了，听见她娘在喊她，听见那轻风一样的脚步悄然地移向正屋。我盼望听见一声恨骂、一声叹息，就是一声饮泣也好。什么也没有，什么响动也没有，只有那拂动窗纸的轻而又轻的轻风。

　　我跌坐在炕沿上，抱着那双纳有同心花结的新鞋，心儿油煎一样，我究竟是个不谙世事的愣头青。天天开导别人，给人家出这招儿那招儿，临到自己头上却不能冷静。我有什么权力伤害三妹子那纯情的心？有什么权力讥笑历史强加在姑娘身上的陋习？

　　那一夜，我一直瞪眼瞪到天亮，左翻右滚就是想不出几句合适的话；几句既能表明我对陋习的看法，又能说清我对受陋习摧残的人的看法。我彻底承认：与传统的陋习交手，我是差着好大一截子的，更彻底地明白了，这是个个人难以胜任的艰巨任务，必需有更多的人认同这一点，愿为这个大业献身才行。

十二

　　为了和孙景绪联系方便，我一直住在玉萝家中的我的"家"里。玉萝和赵广志不时搭帮到外地去干活，捎信带东西十分方便。这天，孙景绪捎信来，说告烟亩税的状子已经捅给了傅作义；傅看过状子之后，十分愤怒。傅曾说："日本人霸占了东三省，正寻找时机进占平津、热河、绥远当然在他们践踏之列。值此民族存亡之秋，还有人利用种鸦片发横财坑害同胞，真是丧尽天良，难道我们中华民国的父母官还不如清朝雷厉禁烟的林则徐！"他不但明令严查，还加了一条，谁种的最多就重重地罚谁的款。老百姓种的零星小块，念其无知生活困难可以酌情少罚。这一来等于官家承认告烟亩税不公是合法的了，这可是给了老百姓一颗定心丸。孙景绪叮嘱：就在种的越多罚的越重的范围内挑选揭底对象，一处告成，他处就好办了。

我和白英、杨子华，又叫来侯进国，商议就地告状的事。这侯进国是陕坝镇小学的校长，是移民后代中惟一一个在包头上过师范学校的洋学生。思想十分敏锐，最爱读的是陈独秀主编的《新青年》。常常抓空和我讨论时局、讨论人生、讨论青年等问题。我有意发展他，白英劝我慎重。群众由于红廿四军被残酷吃掉的史实，对共产党有种难以述说的怕沾边的情绪。孙景绪也一再叮嘱：办好农业社，使群众有个向心的目标，稳妥教育启发穷人会，只要人心向我，不愁事业不成。

我们商量好由农业社社员中挑选上得阵仗的人就地告状，大家一致同意就从胡二发打开缺口。这胡二发每年自种烟亩混税不说，连他代管的土匪头子芦正奎的烟地也大部分出恶招转嫁在接壤的小户移民头上，人们替他背税已经不止一年二年了。

我们选中了芦正奎的一片烟田，约有六七十亩之多，地块虽然不大，接壤的却都是基本群众。那地块东面是齐六十五的三亩二分地，西是吕四虎的一亩八分，西北方是刘七管家郝头的妗子钱老奶的二亩七分。这几家中齐六十五背的黑税最多，虽说那老汉自己见不得官，见了官也说不出一句整话来，有他外甥女冯二兰顶着，到时候就叫二兰子回来上阵。四虎好办，只要领一领说透利害，他就有胆子据实而说还准能说到点子上。只是钱老奶不好说。这是个没儿没女的孤寡老人，就靠这点进项过日月。历年吃亏都是郝头兜着，其实也不是郝头全兜，是刘七全兜下了。刘七一是可怜这个苦老婆子无依无靠，二是愿意为郝头分忧解难，以酬谢郝头为他办事的忠心。钱老奶的二亩七分地紧接着刘七的大片麦田。刘七的千顷良田从不种鸦片，他说鸦片是断子绝孙的毒饵，种了必遭天谴。刘七说不种也不是绝然不种，就在与钱老奶接界的地方零零星星种了一些，为的是入乡随俗招待亲友。若是郝头能替他妗子顶着，这官司就赢了五分。

至于齐六十五，白英早就有意叫二兰回蛮会一次，目的是再震胡四。胡四在二兰告状之后，越想越丢不下这株带刺的野玫瑰，不但大事小事不断地找崔老汉的茬儿，还曾去救世医院查看风色。他在县侦缉大队的铁哥们劝他死了这条心，一是二兰的事已在警察局长面前过了明处；二是没哪个敢摸洋人的屁股到救世医院去劫人。退一步说：二兰已是洋牧师的教女，救世医院里极得人心的小护士，完全不是蛮会镇上的黄毛丫头了。打她的主意，怕饶事不成还会惹上一身麻烦。

请郝头替他妗子告状，叫二兰回来替齐六十五作原告，这两项都是好主意。杨子华自愿到时候去临河接二兰回乡，侯进国包下了说服郝头的事，我分担开导指教四虎，白英则负责挑几个能站脚助威必要时又能不怯阵接得上话茬的乡亲。

为了避开胡四一干人对查税官的蛊惑，我们商议怎样能叫查税官不住镇公所才好。白英主张由农业社接待，我不同意。

农业社最重要的事情是为众社员买荒，掺进去抗烟税的事怕影响放地的大事，何况在渠工罢锹时，有几个老财已经怀疑到是农业社带的头，胡四已经扬言说：农业社里有漏网的红廿四军。

怎么能请得出一位财主肯接待查税官最好。后套有这样的积习：下地方视察的大员有住地方士绅家中的惯例。侯进国说：他教桃女文化时，了解刘七是个深明民族大义的人，他愿意试试劝说刘七。

这一阵子，议事、看病，早出晚归，一直住在小"家"里，盼望着早早晚晚的能有个和三妹子说说体己话的机会。说也奇巧，只要我进院，总会遇见她在院子里摆弄什么。向她打招呼，她沉着脸，从嘴角挤出个"嗯！"字来，多一句话也没有。有时，则是一发现我的身影就立刻放下手中的活络闪进屋里去，连打个招呼的空当也不留给我，几番之后，我悟出了其中的奥秘：这分明是她在和我赌气。姑娘家的赌气，正是基于深沉爱恋的撒娇。我在心里说："我的好姑娘，你可叫我如何是好！"

我的小"家"她也不管收拾了，因为总是来去匆匆，我自己也没顾得上整理。告状的事安排就绪之后，我想可该整整药品了，便动手扫地擦尘归整药草。在三妹子喜欢翻看码得整整齐齐的一摞画报下面，我发现了一个小小的汗巾包。打开一看，竟是一个崭崭新的围腰。这个当地男人用来保护腰腹、爱称为腰腰的物件，用淀蓝的寨子布做面，红细洋布做里，面和里的合缝处，用黑洋线码就的狗牙图案，正是我在苍龙戏珠绣鞋上所见的那个式样。几个绊纽，环环相扣钉得严丝合缝，手工的精细工巧令人爱不释手。体会得出，做围腰的人缝上的是千条蜜意万缕柔情。当地习俗，一入金秋，男人便要系上腰腰暖肾防寒；入冬天冷时，还要填塞棉花保暖。还没入秋，三妹子便把腰腰为我做就。说明我是她心里最亲的亲人。我判定：这件事她娘肯定不知道。因为未出嫁的姑娘，只有给自己的父亲或兄长才能作这样的活计，三妹子当然不会向她娘明说是给我做的。寨子布，特别是红细洋布都是老百姓最珍贵的东西。三妹子不知费了多少周折才为我做成了这个暖肾的腰腰。就是她最知心的赵大婶怕也是全然不晓。我在大婶面前讪笑她那双小脚是残废，三妹子那般心高气傲的姑娘，绝然不会在大婶眼前表露出对我仍然一片痴情。再说大婶那样的快性人，如若知道，早就会说给我了。

　　我把腰腰捧在手里，像捧着一个细磁碗那样小心翼翼，那红彤彤的细洋布，红得像燃烧的火苗一样，烘得我双颊发烧全身灼热。看起来，我一定得单独的见上三妹子一面，就说说我由衷的感激之情，我还不能向她吐露实情说明身份，现在还不具备这样的条件。

　　我再也没心思扫尘了，呆呆地坐在炕沿上发愣。眼前是那双穿着苍龙绣鞋迈进门槛的纤纤细足，是那笑吟吟坐在桌旁摆弄辫梢的俏脸，是那玉立在草房顶上扬声唱着"吃糠咽菜也跟你走"的身影。心中萌生出各式各样的念头却又一一否定。只有一项我认为可行也具备行得通的条件。我要办一个识字班，教青年们读书写字，男女都教。不能男女一齐编班，就男归男、女归女。我将同白英想出个切实又妥善的办法来，在农业社的官方招牌下，尽快把识字班办起来，再困难，也要为三妹子、玉萝嫂等年轻妇女办个女识字班。

十三

　　侯进国在劝说刘七作为士绅代表接待巡查烟亩的董专员一事上显露了才能。经过两次游说，刘七欣然同意。我们已得到的信息是：董专员之所以迟迟未到陕坝来，就是怕按惯例住到镇公所时受到胡四等一干种烟大户的纠缠；住到农业社中吧！虽然也说得过去，农业社只有一铺土炕，肯定虱子成堆，再说不知放垦局是否承认农业社之前自己不好冒然先行，更说不定还会有土匪前来干扰。住在刘七家就不同了，条件是没的说了，安全更是完全有保障。最重要的是既然这是非常时期，傅主席又严令必须查实烟亩征税之事，自己就非显示清廉不可。刘七向来不种鸦片之事尽人皆知，这完全避免了受贿之嫌，何况还乐得结识一位地方上的高人呢。刘七当然有自己的打算：这事在他，只不过是接待一位贵客，接待一位能提高自己社会影响的贵客而已，使他高兴的是，在抗烟亩税中尽力必会得到乡亲们的拥戴，将来在宅门前挂上块"造福乡里"的功德匾，那才是真正的风光呢。

这件事，把胡氏叔侄气得干瞪眼，胡四扬言，只要专员到了陕坝，他就有办法把专员请到镇公所来。

杨子华接二兰来家的事也办得十分相宜。二兰的教父——那位意大利籍的老牧师，先期来到了齐六十五的茅庵，摸着齐六十五的秃顶为老汉祝福，二兰子穿着洗得亮生生、熨得平展展的救世医院护士服，衬得那双墨玉般的大眼极其清澈。那神态，完全不是一提胡四就恨得咬牙切齿的怯姑娘了。

这勘查烟亩税的董专员，确是官场老手。老百姓种的鸦片烟田，指地指证一亩就罚一亩零头不计，平息了数年来老百姓背黑税的积怨；老百姓感激涕零齐颂青天。老财们种的鸦片田指地估片暗含着宽容，安份的地主心里有数也齐颂公正。只有胡四等一干地头蛇，不但没有捞到油水，还不得不挖肉一般上缴了应交的税款，恼得恨骂不止。

抗不公烟税的斗争，上阵的都是以农业社社员为名的穷人会的骨干，农业社的威名远近传扬，县里县外的移民、自耕农纷纷前来申请入社。农业社作的好事不胫而走，也有人注意到穷人会的存在了。孙景绪的预见是对的，穷人会就是共产党的变名，一旦需要，穷人会就是共产党。

工作上的顺利，使我欣喜；心中蓄储的衷情却一直没得到倾诉的机会。入秋后的后套，小麦进了家，鸦片乳浆也熬成烟膏变成了随时可用的光洋。为了抵御寒冬，老百姓习惯上把屠弱的羊羔宰掉，免得这小东西在酷寒中冻死。几乎是家家吃馍、户户飘散着煮羊肉的香风。我们利用这安定的时期，办起了识字班。男青年的识字班没费什么唇舌就办起来了。因为这事不但青年们愿意，一些主事的中年当家人也赞成；他们都不同程度地吃过亏，上过当，在卖粮上，交税上，深感不识字之苦。青年们更是摩拳擦掌，立志要学会书写免作睁眼瞎。我和杨子华、侯进国轮流当先生。又应大家的要求，添了学打算盘。农业社的窄屋，一时书声朗朗、一时算盘珠子叮咚，一番奋起的景象。在荒原上普及知识原是我的夙志之一，听了这朗朗的书声，一种说不出的遗憾总是悄悄地袭上心来，我多么想办一个女识字班，三妹子那笑吟吟询问学字难不难的姿态总是鲜鲜活活地在我眼前出现。为了她，为了玉萝嫂等年轻妇女、为了一直陷在缠足陋习中的河套女儿，这识字班是太需要了。只是，我用什么办法来说服环境呢？这里的绝大多数家长，都认为女娃儿用不着识字。

孙景绪从四面八方为识字班找来课本、纸笔，还从孙殿英四十一军的政治处里，以协助他们培养移民为由，为识字班要下了一批算盘。因为孙殿英一进河套，就曾标榜他的政治处是把培养移民作为一项施政措施的。这当然给识字班增添了官办的保护色。也可以说增添了威信。人们学习的热情很高，特别是一些当家的中年人，十分热衷学习珠算。这在他们印象中只有管账先生才具有的本事他们也能学得时的那种欣喜劲儿，真叫人感动。

孙景绪却忙得很难联系了：骑兵三师的潜在困境，由于阎锡山的晋绥屯垦军大规模调入、由于孙殿英的四十一军节节深入后套腹地、王英这支贴在蒋家王朝身上的小小骑兵师，右有"阎"虎，左有"孙"狼，困境明显凸现。在孙阎等想利用、想吞并、想联合的纵横捭阖中，从未经历过这种阵仗的王英，一时喜、一时忧又一时惧，更把孙景绪看做自己身边的诸葛亮，一时离开不得。孙景绪乐得抓着这个各方明争暗斗的机会，物色人材，巩固军中地位。他为王英出了两条计谋：一是去投正在张家口招兵买马、准备与日寇大战的冯玉祥，因为冯手中人马不足欢迎各路英雄投靠，这条路可以稳妥地保住王英这个自封的司令和骑兵三师。第二条计谋是把骑兵三师拉上阴山，凭借在后套多年蓄积的实力，把三师扩充为军甚至为几个军，那里有乌拉特旗的剽悍走马，可以为骑兵师提供最好的坐骑。可背靠阴山为屏，前以河套为路，不愁不像当年的张作霖那样成就一番霸业。

王英首先倾向于投奔冯玉祥，他爹王进财怕因此开罪蒋介石，不同意王英加入什么抗日同盟军。其实王进财骨子里惧怕的是日本人的快枪利炮，怕三师被日本一口吞掉。至于拉上阴山，是个宏伟的好主意，王进财却又顾虑这举动太大，怕得不偿失。好在阎锡山、孙殿英在日军咄咄逼人的态势下，还没缓过手来对王英来真格的，他嘱咐王英稳稳再说。

世事却不像王进财估计的那样，而是步步转紧，各种恶信接踵而来：有说热河的汤玉麟已经向日本人交了枪，有说察哈尔的宋哲元被蒋介石叫到南京不许他抗日。军队的频繁换防增加了可怖气氛。那流水一样流进来淌出去的这个军那个军，一到陕坝便由胡四带领着征粮征草，一到蛮会又由胡四带领着征粮征草。有的人家，连麦种都叫人强征走了。老百姓怨天恨地一反秋后的康乐景象，不是大人哭就是孩子叫。青壮年不来上课了，守在家里能护着点什么就护着点什么。为了防范出意外，我索性完全住在农业社里了。

意外的是，这天的大清早，玉萝找到农业社，说起赵大婶带话来，要我抽空儿回家看看。说是孙大娘病了有几日了总不见轻，昨天又添了头痛，三妹子很着急，不好意思麻烦我。是赵大婶的主意，说一个院里住着，这点忙我应该帮。

这可是个堂堂正正跟三妹子见面的机会，且不管是不是赵大婶的主意，我都要去。但愿我的玉女绷不住了。虽说她家有孙大的关系，胡四没敢过分骚扰，捉个鸡牵个羊什么的也不时发生，这混乱的时势，谁不惦记自己的亲人，谁不想和对方说句知心话儿，能彼此平安相对也是个安慰么！

走在回"家"的路上，塞外那早冷的秋风吹得我连打了两个冷战。因为不愿意弄脏那腰腰，其实是怕别人发现我有那样一个腰腰，我还没舍得系上腰腰护肾，也许是心理作用，我直觉得那冷风恰恰吹进了小腹。我辜负了三妹子的体贴，冬已来临，她还会为我的腰腰填上棉絮吗？

孙大娘的病是因为这不平常的世道着急上火郁结了内热，又加上这早来的冷峭的晚秋之风着了凉。内热加外感，没即时疏散，寒热上攻才导致了头痛。我把过脉，给她吃了散热去火的草药，还特意加了一片宝贵的阿斯匹灵，不到顿饭工夫，大娘的额角渗出细汗，显然是轻快多了。

我要走，大娘说什么也不依，定要留我吃饭。

一直没见三妹子露面，我心里直打小鼓，不知是祸是福，正急得心如油煎之际。只见通往暗间的门帘一掀，那个裹着黑地黄花小袄的身子敏捷地闪将出来，我的仙女终于下凡了。三妹子像不知道屋子里还有我这个人似的，瞭也不瞭我一眼，把那条沉甸甸的大辫子往后一甩，直奔北墙下并排放着的一对水桶。

大娘忙问:"你要作甚?"

"挑水!"三妹子扬着脸,扁担上肩,一阵风似的走了出去。转眼之间,她挑着满满的两桶水回来了,那由壳牌煤油桶改做的白铁皮四方形铁桶,装满水时,一头便有六十斤重。只见三妹子腰板挺直、双肩平展,一手扶定扁担、一手前摇后摆,春风戏柳样地迈着小碎步姗姗而来。这哪里是挑水,分明是刀马旦在舞台上跑圆场;那一幅从容得意的样子,震得我一下子跳到地上,本想上前搭把手;只见她稳提桶梁,顺顺当当地把水倾倒在缸里。见我呆伸着双手的尴尬相,忍不住抿嘴一笑,却又立时绷起,扁担二番上肩,夺门而去。

大娘嚷着:"你疯了,等你哥回来再挑也不迟,用得着你?你就不怕遇见差眼的人!"

我这时才醒过味儿来,三妹子不是要挑水,是在向我还击。她就是要用挑水的具体行动扳倒我说的"残废"。她挑水,为的是要表明连这男子汉干的活儿,她也干得了。

三妹子又担着满满的两桶水回来了,当门一站面不改色。胸脯微微起伏,水汪汪的大眼睛里有夸示、有嗔怪,更有难以诉说的哀怨。我再也不敢伸手相帮了,也不敢正面瞧她,尴尬地靠着炕沿不知说句什么才好。三妹子把水桶扔在原处放好,望了望她娘的脸色,问了:

"头不那么痛了吧!"

"轻多了,郭春把脉就是准。"

"可咱这芦苇荡,养不下人家那大大夫!"三妹子揶揄地说了句,转身闪进暗间去了。

嘲笑我也好,怨恨我也好,只盼望三妹子就此能恢复女孩儿那欢快的心境。我完全明白她那吃糠咽菜也跟你走的决心、明白她那烈火一样的痴情。只盼有个合适的机会，容我向她倾诉心曲。容我详细说明我是个什么样的人，眼下又是个什么样的处境。

倒是大娘耐不住了，嗔着："你这个死丫头，还不赶快整治吃食去！"

三妹子应声了："好亲娘哟！别起急，怠慢不了你的贵客！"仍是揶揄的声调，可听在我耳朵里，恰便是来自云端的仙音，因为我已经捕捉到了，捕捉到了那揶揄声调里面的挚情声波。

这是后套里老百姓家最上等的饭食，一看见端上来的盐水煮羊头，我的心咯噔一下坠入脚底，我不过顺口向赵大婶说过，我爱吃河套的盐水煮羊头，这也刻在三妹子的心上了。那羊头显然不是近日煮的，虽然存放得好，边边沿沿业已发干。大娘用筷子戳点着炕桌说了：

"这丫头是个变戏法儿的，不知从哪儿变出个羊头来。昨儿问她：她还说已吃光了哩！"

三妹子在里间应声了，声调比刚才又欢快了些。

"你这个老太太真不知好歹，我若是不变出个羊头来，你拿什么款待先生！"

这明是向她娘撒娇，其实是向我述情。那调侃的语气如此甜润，温存熨帖地揉搓着我的耳膜，我的四肢百骸都美美地舒展开了。

十四

这一年，后套的严冬来得特别早，交过立冬，便纷纷扬扬一场又一场地落起雪来。我的小屋子冰冰冷。玉萝嫂几次张罗为我烧炕，我都婉言谢绝。玉萝家为过冬准备的柴草，被过往的兵士抓得所余无几。

几乎每家都是如此，总是一家大小卧在一铺炕上熬冬。我实不愿意为我一个人浪费难得的燃料。想起那火力强劲的秦艽，便想去割两蓬来取暖。这就又暴露了我欠缺民情的缺点。这个特定的时间，大蓬的秦艽早被人割光，小蓬埋在雪里，我分不清雪下的小土包是柴茎还是土丘。雪地上印下了我无可奈何的脚印，严峻的自然在向我挑战。

从我给孙大娘把过脉后，三妹子已经不再故意躲着我了，从那偶遇的眼神中，我窥见了和解的光波。只是大娘怕出差错，一刻不见便到处找她，她的二哥更是隔个一两日便住到家里来，能够早晚见见三妹子的机会几乎没有；能够单独和她说句话儿的事更是梦想。我的心虽然一刻也难以放下，却怎样也鼓不起勇气径直去会她。为了免受熬煎，几番权衡之后，我二番住进了农业社。

随着大寒来临，世事进一步转紧。阎锡山暗地里与日帝勾连很可能有送掉山西的传闻像凛冽的朔风刮进了后套的草庵、土窑。据省里的官员透露，傅作义被蒋介石叫到了南京去述职，两个人在抗日问题上政见不合，怕一时回不了绥远。最使人震惊的是，汤玉麟已经在省里迎进了日本官员，汤已完全无力控制热河的局面，他的部下纷纷自寻出路。那些由匪变官的兵痞们还了匪痞的本来面目，四处为非作歹，正趁着汤记王朝的末日，大捞油水。

农业社成了人们凝聚的中心，越是时局难测，人们越渴望揭开各种疑云。几个穷人会的骨干，自动抱来柴草，烧得农业社的土炕热烘烘。经老孙同意，我在回答问题之间，有意无意地讲说世道为什么这样坏，为什么兵匪敢于这样横行，为什么日寇敢于欺负我们；更像讲故事一样，讲说中央苏区老百姓怎样打土豪、减租减息，怎样当家作主的事。后套中有一些人曾间接跟红廿四军接触过，知道红廿四军是支不扰民的队伍，印证我讲的故事，有了这样的印象，要解救眼下的磨难非得造那些大军阀的反不可。那些曾在罢铣中得知抱起团来力量大的激进的穷人会骨干，一次次地怂恿我，怎样想个好招儿顶顶这股恶浪才好。甚至有人说，就成立个穷人军，打痞打匪，日本人真来了，就跟日本人拚。

芦正奎带着他的亲信在后套一露面，便把这里的灾难推向了顶端。这帮恶煞说："汤玉麟投了日本鬼子，咱们不能随着他当亡国奴。回家乡来借点盘缠，咱们要开赴口外去打日本鬼子借助这个口号，人们被刮了个精光。这群地理鬼，知道老百姓手中藏有最值钱的鸦片烟膏。威逼、掘找，雪下的土丘都被戳成了洞洞，抢的、逼的、掘的一律带走了。

这可真是天塌下来了，人们被逼上了绝路，连一向喜庆人人欢欣的大年除夕，正月十五灯节都无人提起，怒气、怨气、愁气纠结在弥漫着冻云的上空。

经过计算，几乎家家没有春粮，底子薄的眼下就要断顿儿。穷人会的骨干便要求效法中央苏区，开大户的粮仓渡荒。他们愤怒地吼叫：老财的粮食烂在窑里，穷人连吃草都没地方挖去，这世道太不公平了。

开大户的粮仓背粮，这是件翻天覆地的大事，稍有差错就会出人命；且事后引起的反应将更其残酷。我被群众的饥荒煎熬、被群众要求砸烂旧秩序的热情震撼。从感情上赞成开窑背粮、从理智上又怕组织不周背粮不成反倒会给群众招致更大的灾难，思来想去决定和白英、杨子华一道去临河面见老孙，研究这背粮的路走得走不得。

经过全面分析，老孙赞成背粮渡荒。他认为这是眼下惟一能给群众实惠的措施。他叮嘱吸取罢锨中的经验，出主意的人一定不要正面卷入，就是个群众自发。要组织得特别严密把可能引发的残酷后果减少到最低。他将全面利用虽然危在旦夕的骑兵三师所能给予的一切方便，作好背粮后的减震工作。更一再叮嘱，选好突破的对象是关键中的关键，一定要选民愤最大、最不得人心的对象，这可以减少反扑的压力。

我们选中了胡二发这个恶霸地主。这胡二发原是赶马的出身，与大土匪芦正奎结拜以后，巧取豪夺占了不少良田。他为人狠毒、嗜钱如命；就连他家雇用的短工长工，也必须按他规定的定量吃饭，专设了一个管事的记清工人们的吃饭账。谁个某日多吃了，便记上，年底结算时由工钱中扣除。胡二发对其他地主也丝毫不讲情面，连芦正奎的金兰老大哥——骑兵三师司令王英的老子王进财他也不放在眼里，曾扬言说：王进财三大渠里的宝地早晚得姓胡。可以说：这是个穷人恨、富人避，人人都不待见的家伙。他家若出事，众人只有趁愿的份儿。经过反复商量，我们就决定背胡二发的粮。

胡二发拥有十几座粮仓。张渔子建议：就开勾星庙的两座，这是胡二发的备荒窖，轻易不动。胡二发之所以把这两座粮仓作为备份之用，是因为这两座窖的地理位置好。这窖周围是一片荒林，不知底细的很难发现这里有粮窖。林外是两个土包包，土包下面是五加河。窖距胡二发本庄约有廿里。胡二发认定没哪个人敢到他这位太岁头上动土，看窖的只有一个老头一个小羊倌外加两条恶狗。用胡二发的话来说：他的这块宝地，既有山神土地守护，又有五加龙王巡逻，再也不会出个差错。"犯不上放上两个壮丁，白白靡费粮食。"

　　我便住到张渔子家，为的是详细勘查地形画出勾星庙的方位图，定出背粮路线，设置放哨地点，凡是骨干都知道哪里有人接应，一旦有变可以进退有序不至慌乱。我处在起义前夕的亢奋之中，绞尽脑汁，确定了最佳路线。

　　我无法预料背粮后我将面临什么，工作中能作的一切防范都布置好了，我的心却无法安顿。我心里住着一个人，那就是吃糠咽菜也要跟我走的我的玉女。我忐忐忑忑回了玉萝家，想无论如何也要见上三妹子一面。我在院子里假作摘选药草，在屋子里抱柴烧炕、翻瓶倒罐，却怎样也引不出她人过来。烦躁之中才想起玉萝说过为了躲乱，他已把玉萝嫂送回碴口娘家去了。亲爱的赵大婶也像并不在家的样子，这就失去了给我搭桥的两位菩萨。我注视着正屋孙家，人进人出，灶房里轻烟袅袅，显然是有贵客在座。

　　眼巴巴熬到红日西斜，仍然是自己煎熬自己，连三妹子那甜润的语声也没捕捉到一点。我决定就到三妹子住的里间窗外去转转，遇上人，我可以说是去找赵大婶。

　　我迈出屋门的脚，下意识地一下撤了回来，孙老大牵着他家那匹汗流浃背的紫枣骝马进院，并招呼着孙老二拴马，在他匆匆掀棉帘进屋门的当儿，我看见是三妹子站在帘后，她望也没向外望就随着哥哥进入了居室深处，我烧炕的浓烟、我在外面摘草摘药的一切活动，并没引起她的注意。看起来，是她家有事，为见她的一系列作为都没生效。我已经没有指望了。

十五

背粮的日子选定了个月黑天，约摸晚上十点钟，背负使命的穷人会会员便从各自的家里出发，分五路悄无声息地向勾星庙聚拢。遇上行人，便说："五加河下来了淌河水，带下了不少鱼儿，去摸鱼渡荒。"有的人信以为真，听说有鱼儿可摸，便也随着前往。越聚人越多，每条路上都有了人流。赶到河边一看，哪里下来了什么淌河水，正大骂上当之时，就见荒林里胡二发的粮窖掀了顶，有人嚷着："胡二发的粮窖叫雷公震塌了，该着咱们穷哥儿们吃顿饱饭了。反正麦子是咱穷哥们种的，不能叫它白白地烂在窖里可咱们挨饿。乡亲们下手背吧，能背多少就背多少。"

胆小的迟疑着不敢下手，又听见人说了："反正你也来了，不背白不背，出了事你也脱不了干系！"更有人说："这月黑天，伸手不见五指，谁也没看清谁，一口咬定不知道也就是了。"

我和侯进国、张渔子，擦黑到了勾星庙，直奔看窖的窝棚。那两条恶狗双双扑上前来，一见有张渔子，一条停步不前、一条摇头摆尾亲热地缠着张渔子转圈儿。张渔子把早已备好的浸了酒的馒头塞进狗嘴，那恶狗欢欢喜喜地蹲在一旁受用去了。

我和侯进国立即奔往窖后，按着预先摆好的暗记动手撬那窖柱。张渔子早已做好手脚，那窖柱下方只盖了一层浮土，实土早已掏空。我俩三下五下窖柱便应声而倒，窖顶掀向一边去了。

窝棚里，几个穷人会的会员在麻油灯的微光里，正往棚柱子上捆着看窖老头和小羊倌。那小羊倌忽闪着亮眼睛只管发愣，老头却吓得闭上了眼睛，捆人的人都用黑布蒙着脸，真的是认不出谁是谁了。我们看到这里已经得手，便转入窖前的背粮现场。人们用口袋、用小车，还有人脱下了裤褂，闷声闷气地装着救命的粮食，得了手的便扛着所得隐进黑暗，虽是没有语言，没有指挥，却并不显乱。

三星偏西，胡二发的两窖麦子便被背得精光了。

我们迅速撤下，侯进国把预先写就的告示，牢牢地钉在半倒的窖柱上，又分头召回来放哨的社员。

背粮成功，就像平地升起的炸雷，震得整个后套乱了脚步。胡二发直到天光大亮才晓得勾星庙丢了粮食。报信的还不是他的自家人，是公产镇的一个小羊倌路过勾星庙撞见的。气得胡二发恨天骂地暴跳如雷，马鞭子抽得叭叭风响，抽断了两棵小树也没问出个究竟来。无奈带上长工到勾星庙查看。只见顶了天的窖柱子上，插着一把明光锃亮的攘子，攘子绾着的一张大字告示在晨风中微微飘动。告示上写着："胡二发听着：窖里的麦子是穷哥们儿种出来的，穷人背走了，物归本主顺乎天理；你若不服小心你的脑袋。"

胡二发立即向区里、县里报失案。

地主们知道胡二发丢了粮，有趁愿的、有害怕的，也有再也不敢苛扣长工的。一向称王的王进财容不下穷鬼翻天，秘密去了省城，状告红廿四军残匪潜回后套指挥千人抢粮，要求省府严密缉拿匪首。他又三说五说运动好了省党部与放垦局，明令查封了临河县农业合作社。更密令胡四的民团，盯紧白英，好牵出更多暗藏的共产党以便一网打尽。

孙景绪叮嘱白英稳住阵角，迅速安排有关人员撤离。他在归绥、临河发动了舆论攻势。说的是：这上千人抢粮，准是南方开出来打日本的红军到了。日本人已经占了热河，绥远朝夕不保。世道变化莫测，还是少树敌为好。

我们着手隐蔽骨干，最显眼的张渔子去临河，由刘吉瑞介绍到五原去黄河药场帮助管理甘草，侯进国去包头投亲、四虎、六虎去乌拉特旗驯马，其他惹眼的人也都分别作了安置。最后说到我，白英竟泣不成声地说了："大兄弟，你也得走，还得快走，区里干文书的张进告诉我，王进财指名道姓的要区里抓你，说你就是共产党。"他要我先到临河见老孙，不要耽搁，立即回北平才好。

我只能走了，仍然搭上药搭子，按照白英的叮嘱，不走大路，走苇滩。

这早春的苇滩，表面一层冻土，下面却是烂泥，没走多远，两脚便被春泥糊得带不动了。估计已远离了陕坝，便拣了一个稍干的土丘坐下歇脚，并收拾泥鞋。

猛然，有马踏苇叶的响声自远而近，而且越来越近。拔开苇叶外望：天哪！竟是三妹子骑在她家那匹枣骝马上，向我歇脚的地方急驰而来，我熟悉的那件黑地黄花的小袄在晴空下十分鲜丽。她手遮凉蓬四下观看，显然是在寻找什么。她的马已逼近了我；飘拂的马鬃、她额前飘拂的刘海我都看清楚了。

怎么办？这个时间、这个地点，我见了她能说什么呢？绝不能再刺伤她纯情的心了。还是避开吧！我揪着药搭子，向密密的苇丛钻进去。

马儿竟在我藏身的苇丛外面停住了，只听得三妹子那圆润的嗓音喝了一声：

"出来！"

这当然是叫我了，四下里再没有第二个人，我愣怔了，拿不准是出去好还是不出去好。

"出来吧！郭先生，我不是老虎，吃不了你。"三妹子揶揄地笑着，朗朗地下了命令。

我只好钻出苇丛，不知所措地望着她。

她从马背上滑下来，扔掉手中的马缰，亭亭地站立在我的眼前。

眼前的她，明显地比前些日子瘦了，那双大眼睛越发显得透亮、黑白分明。眼神里是重逢的喜悦，是挥拂不去的哀怨，两者混合成火一样的情愫向我扑面烧来；我被那纯情的烈火灼晕了，负疚地低下了头，酸甜苦辣，一时难以分说。

我们对立着，都不开口。马儿在她身后不安地跺着蹄子，撕咬着绽芽的苇茎。

终于她说了："你们大地方的人，就是心眼多，信不过我们这芦苇滩上的人。"

这真是难以回答，真真是千言万语一时也难以分说清楚；我凝望着她，嘴吻轻翕，却发不出声音来。

我发现了奇迹，三妹子那双会说话的眼睛，揶揄的同时，倾泻出推心的信赖；她却突然转过身去，哽咽起来，一边说："我知道你忙！"

我的心整个融化了，融化在那幽如琴弦初拨的哽咽之中。我记起了药搭中的宝物——那是我为她留存的识字课本和特为给她买的石板石笔，我还一直没有机会给她。我急忙从药搭子中拿出来，用那物件触了触她的后腰。她吞咽着抽泣，转过身来。我说：

"给！"

她一见那方方正正的纸包，立时就猜到了那正是自己日思夜想的东西。眼里迸散出欢乐的火花，双手接过，紧紧压向胸口，两只纤手，沿着纸包的边边温存地抚摸起来。我直觉那温存的手恰恰是摸在我的心上，心因承受幸福而颤动，愉悦地擂起小鼓。

她再次幽咽起来，一种撕肝裂胆、极其痛楚的饮泣，我吓慌了，摸不清她这急骤的感情变化由何而来。我抓着她的手，她却把纸包推还给我。我惶急地说：

"是给你买的石板石笔，是给你留下的识字课本。"

"我知道！"三妹子控制着饮泣，凛然地抬起脸儿，深情地凝望着我，一个字一个字地说：

"我知道你心里有我；可我配不上你。我这双残废的脚，大地方的人看不惯，我不能拖累你！"

"不！不！"我分辩着。

"你是我见过的最好的好人，你是干大事的人，我一辈子也忘不了你。我已经来这一带两天了，就是为能在半路上截着你。"

"这……"

"县里派人来找二哥，说是奉中央军部的命令到陕坝抓共产党。有人报告你是，还有人说抢粮就是你的主意。不管他们怎么说，我就认定你是好人，做的都是好事。"

"那……"

"我就是给你送信来的，你不能回住处，民团已经盯上咱们院子了。"

这消息我虽然早已知晓，由三妹子嘴中说出，却直如晴天霹雳，轰得我"扑通"跌坐到了地上。此时此刻，使得我焦心的不是民团要抓我——这种事我有余裕对付；我着急的是无法安慰这颗纯情的女儿心。我就告诉她，我真的是共产党吗？不能，她没有一点点这方面的知识，说给她她一时间也无从理解；仍然说我只不过是个种花先生吗？这种时刻我不能仍然对她说假话；真的带上她一齐走吗？前途吉凶未卜，顾不上她的时候岂不是更害了她。我从没有这般明确地意识到，三妹子已经牢牢地活在了我的心里。我认定：启发她、引导她走革命的道路这是我与生俱来的义务。

可能由于我的脸色徒变，三妹子吓懵了。她忘情地靠近我，替我舒展胸口，由衷地说：

"别着急，千万别着急，是他们瞎猜疑，全后套的人，哪个人不知道你是种花先生。"

我努力镇定了自己，从容地说："我来教你认字，这是咱们的第一课。"

"那好，真的是太好了！"

三妹子喜孜孜地打开纸包，拿出石板和课本，珍惜地翻了翻课本，郑重地放回纸包，拣了截压断的石笔，爱娇地望着我。

"我会写字，你看！我能写一，还能写二。"她认真端正地写下了一、二。

"你给我写个字！"

"什么字，写你姓的孙？"

"不！写郭，写你姓的郭。"

我写了郭字，她左看右看，眼泪一滴、一滴，珍珠似的在石板上滚动。

"你现在不能回住处，民团在了哨。官家抓到共产党，说是要砍头的！"她俯身石板，忍不住失声痛哭起来。我抱紧她，吻吮着那苦涩的热泪。她推开我，侧耳凝眸，说：

"有人来了！"

果然传过来马的嘶声，三妹子那匹枣骝立即应声长嘶。三妹子机伶伶地打了个冷战，纵身跃上马背，向马嘶的方向望去。

她在马上摇摆了一下，我急忙去扶她，她一抖马缰，低声说："别露面！就在这里等我！"便策马跑出苇丛，向着马嘶的方向去了。

我坐在我俩并坐过的土坷拉上，一种从未感觉到的巨大的责任感从心底升起，我的心呼喊着、搏击着："我决不能丢下她走！"

丢下她，就是把她推向痛苦的深渊。她将被聘给有钱的老洋烟猴。老猴戏耍她、亵渎她、蹂躏她的躯体，吞噬她的青春。这个娇美的大自然杰作，就会像被严霜抽打的山丹丹花一样，褪尽生命的红彤，背负着民族的苦难，从这个世界上消失。

我痴痴地望着一无行人的土路，终于盼到了马踏苇叶的响动。三妹子风一样地驰马过来。见到我勒马、松缰、翻身、下滑，那一双纤足还没在地上站稳，便遑遑地向我靠近，我连忙抱扶着她。

"快走！就在这里过河，县里侦缉队的人来了。"

"咱俩一起走，你说过：吃糠咽菜也跟着我。"

"总算听到你这句话了！"三妹子泪流满面一头扎在我的怀里，激动得全身颤抖。

　　"不能！眼下不能！亲人，带上我，你就走不脱了，我这双脚，跑也跑不成。"

　　"我背你！"

　　"这两天，我来回来去想了几十遭，怎么想也只有一条路。你走，我等你。"

　　"你只要舍得你娘……"

　　"不！眼下不行，等这阵风过去，你就回来，现在不行。"

　　三妹子倔强地离开我的怀抱，把马缰绳递到我手中："从这里过河去县城能近五里，过了河也别走大路，明白吗？"

　　她笔直地立在我的眼前，胸脯起伏，我知道那里正翻滚着难耐的情涛，我木立着下不了决心。

　　"走！快走！你这个憨头，你要急死人吗？""不！我不一个人走。"

　　"过了河，就把马放回来，拍拍马屁股，马就会循原路回来！"

　　不容我再迟疑，三妹子以惊人的腕力推我到马前，厉声说："上去！难道还要人扶吗！"

　　我纵上马背，她把药搭子准确地抛给我。打了个呼哨，枣骝马昂首下了河滩，溅着点点水花，嗒！嗒地小跑起来。

　　"我会回来！我会回来的。"我哽咽着，哽咽的声波被瑟瑟的苇声淹没。回头望去，三妹子傲然地挺立在河滩边上，目光如注，紧盯着小跑的马儿。

　　枣骝马轻快地跨过河床，上了对岸。我翻身下马，用汗巾把药搭子牢牢地捆在马脖子上。学着二妹子的作法，撮唇打了个呼哨，拍了拍马屁股，马果然掉转身躯，循着原路跑了起来。

我蹲在苇丛里，捕捉着来自对岸的声响。似乎马儿已踏上了对岸，又似乎不是。耳边只有瑟瑟的苇声——可憎的瑟瑟的苇声。我绝望了，是马儿没循原路返回吗？还是小跑间颠落了我的信物，那载着深情的信物，那将用来消解相思的书和石板。

我决定回去，到对岸去，想再见三妹子的情思烈焰一样煎炙着我。我卷起裤角，脱却鞋袜，准备涉水过河。

我熟悉的歌声飘过来了；为的是让我听清楚吧！三妹子的嗓音提高了八度：

> 骑马不骑黄枣骝，
>
> 嫁人不嫁洋烟猴，
>
> 百里挑一相中了你，
>
> 哥哥哟！誓死相待，等你回头。
>
> 哥哥哟！

叠句的哥哥哟，唱得如醉如痴，誓死相待的"待"字顿得铿锵有声。低沉绵长的尾音一缕一缕地缠向我的心，缠得紧紧，紧紧。

到了临河，见到了老孙，得知张渔子大哥已去黄河药厂落脚，我心安了许多。陕坝的风波尚未能席卷临河，临鲁药房照常营业。

利用四十一军教导队去五原拉给养的大车，老孙和老刘送我出了县城。我们商定，我径直回北平向省委汇报，请省委根据形势指示下一步的行动。

仍然是黄尘漫漫的古道，仍然是辕骡拉着的花轱辘大车，仍然是苍茫的田野，仍然是隐现霜意的苇丛。天空湛蓝湛蓝，春风阵寒阵暖。

云雀在我耳边絮语，如痴如醉地唱着哥哥。每块闪光的碎冰上，都闪现着三妹子俏生生的俊脸，推也推不开，抹也抹不掉；我只能承认，我是眼离了。

"等着我！一定等着我！"临别时我不愿说出的这句话，千百遍在我心中回响。对三妹子那样烈性的姑娘，我清楚这句话对她的约束力量。很可能环境不会在短时间内给我重返后套的机会；我没有权力、也不应该要求她等着我。但现在：我对着朗朗的晴空说了，对着阵寒阵暖的春风说了，对着瑟瑟的芦苇说了，更对着在我耳边聒叨的云雀说了："等着我，务必等着我啊！我一定回来，一定。"

我在心中立下这样的铭誓。我将用鲜血和生命缔造回来的条件。

1989 年初稿
1995 夏日二稿

鸣谢

  在搜寻梅娘佚著、佚文的过程中，得到了许多先生、同行、文史爱好者的帮助。他们是杉野要吉、大久保明男、蒋蕾、杨铸、杉野元子、羽田朝子、Norman Smith、孙屏、刘奉文、刘慧娟、陈霞、庄培蓉、张曦灏等。如本文集的书信卷所示，众多梅娘信件的持有者，提供了梅娘手书的复印件。

  还有不少亲友为《梅娘文集》提供了梅娘不同时期的照片，入选照片、图片均由柳青编排。梅娘的好友，东北沦陷区作家、书法家李正中先生（1921-2020），生前热情为《梅娘文集》题签。终校得到了刘晓丽教授的友情助力。

  在书稿即将付梓之际，谨在这里向所有无私指教、大力协助过的人士，表达诚挚的谢意！

梅娘全集编委会

2023 年 4 月 9 日